From Interest to Taste

以文藝入魂

低價夢想
A Nickel's Worth of Dreams
臥斧

目次

天堂囚徒

我們擁有一切，但仍渴望更多

——〈Prisoners in Paradise〉by Europe

【零】

1

走出捷運站的時候，我有點不安。

我替經營夜店的老闆工作，職稱是「特別助理」，工作說起來可以很簡單，做起來可能很複雜——老闆找我時隨傳隨到、老闆交辦什麼我就去辦，這很簡單；但要把老闆交辦的「什麼」辦妥，有時會很複雜。

會替老闆工作，始於一個意外。

約莫三年前，我搭乘一列從南向北行駛的火車，遇上出軌事故。

火車中段兩節車廂脫離軌道、猛烈扭曲，車廂內的乘客被甩離座位，包括我在內的幾名乘客甚至撞破車窗，飛出車外。我被拋離車廂很遠，著地翻滾後正面磨礳沙礫滑下邊坡，最後在接近邊坡底端的地方停下，距離事發現場太遠，趕來的急救隊伍根本沒發現我；要不是老闆正好駕車經過下方公路、停車查看，我的人生結局大概就是在草叢裡安靜地躺到斷氣。

急救人員在我身上找不到身分證件，我清醒後記不起自己是誰，住院的時候沒有人來探望過我，除了老闆。老闆替我墊了醫療費用，要我出院後到夜店工作、用薪水分期償還這筆款子，還在夜店地下室騰出一方空間當我的住所；老闆表示：自己並非我的舊識，為我出錢出力，是因從前有個長得像我的人說過一句重要到改變老闆人生的話。

這回答有點讓人摸不著頭緒，不過老闆的協助是明擺著的事實，我能做的就是盡責地為老闆工作。

一段時間之後，留在身體上的創傷大多已經痊癒，只剩被邊坡磨爛了的臉部上方留下長短不一的縱橫傷疤，還有不知頸部撞上什麼所以受損的喉嚨。可能因為臥床太久，我總覺得身體好像不是自己的，於是在出院後開始持續運動；為了避免臉上的疤太過顯眼嚇人，所以無論白天黑夜，只要出門，我就戴上寬幅運動墨鏡遮掩。

至於喉嚨受損、導致嗓音粗嘎恐怖的問題，我就沒理會了——只要不開口就行，況且我發現自己似乎本來就不喜歡說話。

意外後最古怪的一件事，是我發現自己有閱讀他者記憶的能力。

用手接觸他者、再拉遠距離，我的指尖和他者之間，會出現幾縷只有我看得見的晶亮絲線；只要能將糾結的絲線理順，被我拉出絲線的他者就可以做場好夢，因此之故，我將這些絲線命名為「夢線」。一段時日之後，我發覺只要我集中精神，就可以經由夢線讀到他者的記憶；記憶，就是做夢的原料。

我不確定這個異能和意外有沒有關係，或許我本來就是個超能力者，又或許被拋進空中或撞擊地面的時候觸發了身體裡的什麼開關；但我想得起來的絕大多數超能力記載都是騙局，在閱讀記憶的經驗裡，也沒遇過有類似能力或其他異能的他者。

經過實驗，我歸納出這個能力的三個限制：第一，必須接觸他者肌膚才能啟動，例如額頭或手臂，只要隔著衣物，無論厚薄，這個能力都無法施展；第二，他者必須處於失去意識的狀態，例如沉睡或昏迷，只要他者保持清醒，我就拉不出夢線，讀不到任何記憶。

最後一個限制最諷刺：我無法使用這個能力閱讀自己的記憶，所以我不能經由這個能力得知自己是誰。

這個限制本來似乎理所當然——要拉出我的夢線，我就必須失去意識，但我如果失去意識，就不可能拉出自己的夢線，更不可能集中精神讀自己的記憶。不過，曾有幾回，這個能力在我並未打算閱讀他者記憶時自行啟動、在他者清醒後仍然短暫持續運作，如此看來，倘若多加練習，我或許不但能夠在他者清醒時使用能力，還能夠使用能力挖掘自己的記憶；只是後續試過幾次，我都沒能從自己身上拉出夢線。

所以，或許這個能力的限制就是如此。

2

閱讀他者記憶的能力受限，對我來說不成問題。我喜歡透過閱讀、看電影和聽音樂蒐集各種資訊，而且應該在意外之前就有這些習慣，因為雖然我記不起自己的身分，卻莫名記得數量龐大、紛雜混亂的東西，包括各種神話典故、小說電影情節、搖滾曲目歌詞，以及不同領域深淺不一的資料；閱讀他者記憶說來也可以算是一種資訊蒐集，但我認為每個人的記憶都是私密的，都該尊重，逕自閱讀，會有種窺私的噁心。

至於不能用異能搞清楚自己的身分，雖然有點可惜，但也不算真的可惜。雖然我不知道自己從前是做什麼的，但現在已經有了新身分，能夠繼續增加閱聽經驗、在新的生活圈子裡順利過日子，所以我也沒那麼在意。

如此生活已經過了三年。說真的，倘若這時候我突然得知自己原來是誰、但那身分牽扯了什麼麻煩，對我而言才真的會成為問題。

拉出夢線和閱讀記憶的異能聽起來太不可思議，所以我沒有告訴任何人，包括老闆。而老闆大約是懶得解釋，所以夜店同事連我曾經遭遇意外、遺忘過去這事都不知道。

無論老闆交辦的工作簡單或複雜，著手處理前我大多會知道一些相關資訊，對於自己要面對哪些情況有個粗略想像；現在會覺得不安，原因就是我對接下來會遇上什麼幾乎一無所知。

話說回來，我會在接近十一點的深夜走出商業區捷運站，不是為了工作，而是為了安帛。

安帛是夜店的舞孃之一，在我眼中，她是夜店裡最美好的存在。不是因為安帛有驚人的美貌或火辣的身材，而是她親切溫暖的個性，以及對世界充滿好奇的眼睛。發現我的腦袋是個雜亂資料庫之後，安帛常會找我聊天、問東問西，和她在一起的時候，我會變得比平常多話。

前陣子安帛身邊發生一些狀況，明顯影響了她的情緒；今天晚上，安帛告訴我，她加入了一個團體，參加團體聚會時她能夠感到放鬆、重新獲得力量。從安帛的描述裡，我知道團體成員尊稱領導人為「上人」，強調摒除各式宗教的偏見限制，直接在上人的帶領下直接認識自己、修養靈性，但並不知道團體聚會的具體細節。

遇上火車出軌事故之後，我沒有參加過任何類似團體，腦中的資料庫裡沒有相關記憶，想來在意外發生前也沒接觸過。我問安帛能否參觀團體聚會，安帛說今晚就有為上班族安排的深夜聚會，她也會參加，歡迎我一起加入。

聚會地點在這城東北緣的商業區，上下班時間交通繁忙，捷運班班客滿，還經常塞車；不過這個時間捷運站沒什麼人，路上的車也不多，整個區域充滿彷若巨岩的辦公大樓，只有零星窗戶透出燈光。

我經過一個空曠的停車場，繞過兩個街區，拐彎進入另一條街道，發現一棟建築的一樓燈光大亮；不用確認安帛提供的地址，我也知道那就是目的地——因為安帛站在門口，正與一名穿著鮮黃色Polo衫的女子交談。

「珊德師姐，」見我走近，安帛對女子說，「這是我剛跟妳提到的同事。」

「歡迎你來。」珊德師姐笑著對我點頭，對我深夜仍戴著運動型墨鏡的樣子沒有露出任何意外表情。

入口接待人員要我在一張單子上填姓名職業手機號碼、繳「定緣金」，我拿出一張千元鈔，收回一張五百元和一張灰色貼紙。安帛教我把貼紙貼在胸口，珊德師姐遞給我一本薄薄的手冊，說很高興和我結緣，手冊不另計費。我被引導到距講臺最遠的一列入座，旁邊的每個人胸口都有灰色貼紙，有的人面露期待，有的人用興奮的語氣與鄰座說話。

3

放眼望去，不少人穿著和珊德師姐同款式的鮮黃色Polo衫；珊德師姐剛才同我說明，灰色貼紙表示我參加聚會的次數不到十場，次數和對團體的貢獻增加之後，就會發給不同顏色的貼紙，至於那件被珊德師姐稱為「靜心服」、像制服一樣但顏色十分扎眼的Polo衫，則得待我修習到某個程度之後，才有資格購買。

「資格？」我有點好奇「修習程度」的資格該怎麼認定。

「對團體的奉獻到達一定金額，或者多找幾個朋友一起加入；」珊德師姐的微笑一直沒有消失，「等你符合資格，我們就會告訴你。」

聚會場地不小，粗略計算，可能坐了一百五到兩百個人；我坐在座位上翻閱那本手冊，印刷和排版都很隨便，內容全是關於上人為世界所做的功德、以及成員加入團體後有多少收穫的見證，幾處空白印了一些勸世言語，讀起來像是從這城商家牆上時常看見的「某某法師靜思錄」或寺院外頭隨意拿取的善書裡抄的。

「你好，第一次來？」剛和鄰座攀談的那名男子挪到我旁邊坐下。

我點點頭。

「邱中興，叫我阿興就好，」男子笑著指指自己胸口的灰色貼紙，我瞥見他的手腕上有道疤，「也才來沒幾次，不過覺得整個人都不一樣了呢。」

我報了名字，望向會場，「人很多。」

「如果不是這種平日深夜時段的聚會，人會更多。」阿興的語氣難掩激動，「我參加過兩週一次的大型聚會，得租體育場館，不然根本塞不下；不過對我這種上班族來說，平日下班吃個飯順便參加聚會，比較方便。對了，你為什麼要戴墨鏡啊？」

「意外。」我指指蜿蜒爬出墨鏡外圍的疤痕。

「哦，我瞭解；」阿興以初識情況下顯得太過熱絡的方式拍我肩膀，「無論你從前做過什麼，在這裡都能重新開始。」

除了安帛之外，我沒向其他人解釋過傷疤的來歷；夜店裡很多人以為那些疤痕是我混黑道時留下的，夜店圍事金毛更常以此亂編故事，這名男子大概也這麼想吧。

聚會正式開始，穿著鮮黃Polo衫手持麥克風的主持人走上講臺，先指示大家關掉手機，再調暗燈光，要大家閉目冥想；幾分鐘後，座位區的燈光轉亮、講臺的燈光暗去，開始播放上人談話的影片、上人與各界名人交流握手的畫面，以及好幾個人的見證錄影，其中不乏學界商界及政界人物，還有明星及製作人。

講臺燈光亮起，主持人再度登場，「經過冥想與剛才的影片，大家是不是感覺到上人為大家灌注的力量了呢？」

座位區響起一片掌聲，我疑惑地看看周圍，和我一樣貼著灰色貼紙的人也跟著鼓掌，阿興拍得特別起勁。掌聲稍歇，主持人道，「上人也知道大家渴望直接得到他的加持，所以今天特別親自蒞臨深夜聚會現場！大家……」

主持人的話還沒說完，麥克風的聲音就被演唱會現場巨星登臺前的歡呼和掌聲淹沒，好些人站起來大力拍手，我還看到幾個人似乎激動地流出眼淚。

上人走上講臺，歡呼和掌聲又升高了層級，幸好這裡是晚上沒什麼人的商業區，否則鄰近的住戶一定會抗議。

究竟上人會開示什麼了不起的人生真理？我不禁也好奇起來，一起鼓掌。

上人對著講臺上的麥克風清清喉嚨，開始演講。

來了。我集中精神。

在捷運站時感受到的不安，主要來自我對聚會內容一無所知；剛才見證影片實在沒什麼重點，聚會的核心，肯定是接下來的演講。

一分鐘之後，我的聚精會神轉變成巨大的困惑。

4

上人的演講時間大約半個小時，內容分為三個部分。

第一個部分，上人講述自己的修為高度，並且以佛教、道教、基督教、天主教還有伊斯蘭教來比擬，說明自己目前的位階在不同宗教裡屬於哪個高不可攀的級別；那些級別我從沒聽過，上人口中「次元」、「維度」、「象限」或「宇宙」之類的用詞，不但與我所知的宗教典籍不同，也完全不符合科學領域中的定義。

接下來，上人提及自己捨棄其他宗教的尊榮地位，為的就是更親近我們這些凡人，帶領我們不受既定教義限制地追求性靈成長。在他的帶領之下，有哪個成員順利克服了病痛，有哪個成員成功發展了事業。照上人的說法，只要加入團體、追隨上人，那麼不但人生可以一帆風順，甚至能夠長生不死。

第三個部分，上人嚴詞抨擊某些宗教團體枉顧信眾福祉，利用教友的信賴變相斂財自我壯大，根本就是把信仰當作生財工具。上人表示，團體歡迎有任何宗教信仰的成員加入，但特別點名國內的一個宗教團體，呼籲在座成員：如果自己或親友曾是該團體的一員，那麼就該馬上脫離，不要陷入業障泥淖。

上人口中大力抨擊的這個宗教團體在國內相當知名，領導者是個胖子，被信眾尊稱為「宗師」，主要根據地在南部，全國都有道場據點，經常在媒體上出現；發生重大事故，宗師會在螢幕上替大家祈福，執行某些新政之前，政客也會去向宗師請益。

我知道宗師與這城裡先前的一樁都市更新弊案有關，不過對宗師的大部分理解，來自其他資料。從那批資料裡，我得知宗師教團的確有些複雜的運作，不過上人並沒有提到任何細節。

聽著聽著，我發現一件事。

上人雖說這個團體不屬於任何宗教，但他的演講內容明白地傳達了一個訊息：你們應該信仰我。

演講結束後，主持人要大家搬動椅子，進行分組交流。

分組交流有點像我所知道的互助團體進行方式：大家輪流說說生活近況和苦惱，相互打氣或出主意。和我同組的大多是胸口有灰色貼紙的人，包括阿興，只有一個穿鮮黃色Polo衫的團體成員當組長；大家都是陌生人，話自然不多，倒是阿興十分起勁，每個人發言之後他都會提供意見，意見內容都是多多參加聚會、深深倚賴上人，然後以自己加入團體之後遇上的好事為例，佐證自己的說法。

阿興沒有發現，照他話中的例子來算，他參加聚會的次數一定超過十次，不該還貼著灰色貼紙。

輪到我發言的時候，我搖搖頭。

「參加交流對自己有幫助。」阿興笑著鼓勵我。

我也笑了笑，沒有開口，想起美國作家勞倫斯．卜洛克筆下一開始參加匿名戒酒協會時都「只聽不說」的角色馬修．史卡德。

「不想講也關係，可以留著下次聚會再說。」組長看看錶，「時間不多，請下一位吧。」

5

一名團體成員拿著小木箱在各個小組間走進走出，像是教堂禮拜結束前的信眾奉獻；我看不見其他人投了多少錢，但沒聽見任何硬幣撞擊聲響，倒是聽到其他小組當中有人或者激動地提高了聲量，或者嗚嗚咽咽地啜泣。

分組交流結束時，小木箱出現在我面前。我問，「定緣金？」

「不，這是功德金，」團體成員的笑臉和Polo衫的鮮黃一樣耀眼，「把世間財轉為功德財，對你有很大的幫助。」

除了硬幣，我身上面額最小的鈔票是那張剛找回來的五百元。好吧。

花了一千元，我獲得一張貼紙、一本無趣的手冊，以及一次愚蠢的聚會經驗。

我把錢塞進小木箱，站起身來找安帛，看見珊德師姐正在同她說話。

「……再找一些人來，妳就有資格佩戴正念項鍊了；」走近安帛時，珊德師姐正熱切地說著，「這樣妳的修為之路就往前邁了一大步，要加油啊！」

「謝謝珊德師姐，」安帛用力點頭，「我會努力的！」

安帛不覺得包括上人演講在內的整場聚會都是胡說八道嗎？看著安帛明亮的表情，我不知道怎麼告訴安帛參加聚會的感想，只好向安帛揮揮手，表示自己得先離開。

捷運收班時間已經過了，抬頭看看，剛才幾處仍然亮燈的辦公大樓已經沒有燈光，恍如鬼域。

不同時段，這城就有不同樣貌。我決定隨意繞幾條巷子，看看這個平日不常到訪的街區；撕掉胸口的貼紙、扔進路邊垃圾桶，拐過第二個街角，我聽見動靜。

有人打架。

在夜店工作，雖然不會成天遇上肢體衝突，但也不算罕見，倘若發生在夜店裡頭，我們自然得去處理，但如果發生在店外，我們大多就不會自找麻煩。不過這區晚上人少，沒什麼夜店，也沒有熱炒攤之類容易讓人喝酒鬧事的地方，這是怎麼回事？

我在巷口停腳轉頭。巷底有三個人，一個架著一名男子，另一個正對男子拳打腳踢。

動手那人看見我，喊道，「看屁！找死啊？」

我搖搖頭，正想離開，遭人架住的男子被揪著頭髮仰起臉，我一皺眉，發現男子是個熟人。

這就不能視而不見了。

我朝三人走去，動手的兩人互看一眼，剛才向我喊話那人大步走來，「叫你別管閒事，你是……」

話沒說完，他已朝我揮出拳頭。

我側身閃過，右拳砸斷他的鼻梁。

他從睡夢中醒來的剎那，立刻想要重新睡去。

不是因為工作疲勞——他對工作一向得心應手，交辦給他的任務每回都能準時順利地完成；應付工作相當輕鬆，他從來不覺得工作費勁。

也不是因為體力活動——除了找漂亮女人上床之外，他討厭任何其他需要付出大量體力的勞動；至於各式運動，他全都認為那是蠢人才會想做的事。

更不是因為通宵狂歡——他上一回通宵狂歡已經是三年多之前的事了，而且他根本想不起來那天自己去的是哪個夜店、有沒有在夜店裡遇到看上眼的女人。應該要記得才對，如此一來，在現下這種無聊日子裡就可以好好回味，但他去夜店獵豔的次數實在太多了，雖然有很多經驗，但回憶起來全都糊在一起。

說實話，他想要重新睡去的原因，根本和疲憊與否無關，而是現在的生活實在太乏味了。

無論清醒與否，他哪兒都去不了。

而且除了他自己，沒人知道他是否清醒。

在旁人眼中，他始終處於昏迷狀態。

被送進醫院時，他的確處於昏迷狀態。

昏迷的原因，是他遇上一場火車出軌意外。

更早一點，在火車出軌之前，他就已經因為另一樁事而受傷——對他而言，那也是個意外。

不過他自己清楚，會受傷是自己太過心存僥倖，以為自己做的勾當不會被查到；他當然知道做那勾當有點風險，只是那時他認為自己的行徑足夠低調，不至於啟人疑竇，事後想想，當時實在有點自信過頭。

他在火車出軌前，發現自己有機會彌補先前捅出來的簍子，但他沒料到自己正打算展開行動，意外就發生了。

換個角度看，雖然他擁有常人沒有的特殊能力，但沒法子預知未來，而意外就是會發生在意料之外。

意外發生，他失去意識；清醒之後，他不確定自己在哪裡。

接著他發現另一件更麻煩的事。

雖然已經醒轉，但他無法移動身上的任何一條肌肉；揮手起身辦不到，張口呼叫辦不到——事實上，他連睜開眼睛都辦不到。

沒人知道他醒了。

他的自我意識，被囚在一具昏迷的軀體當中。

雖然無法命令肌肉動作，但經過一段時間的努力嘗試，他發現自我意識逐漸能夠與感官連結；雖然無法睜開眼睛，所以沒能使用視覺，但聽覺、嗅覺和觸覺的運作似乎是正常的，味覺也沒有問題，只是灌進喉嚨的全是沒什麼味道的流質食物，想來是因為他無法自主咀嚼吞嚥的緣故。

自我意識清醒的時候，就可以接收到正常運作的感官傳來的外界刺激；透過來自聽覺、嗅覺以及觸覺蒐集的資訊，他開始拼湊出自己目前的處境。

他明白出軌意外發生後，自己被送進醫院；根據巡房的醫師及換藥的護士談話內容，可以得知身體上的小傷癒合狀況良好，幾處輕微骨折仍需時間恢復，但也不會有什麼大礙。比較麻煩的是頭顱在意外發生的時候撞擊地面，雖然檢查起來沒有問題，但仍需一段時間觀察，才能確定是否有任何不甚明顯的內部損傷。

醫師認為，生理機能並沒有什麼異常，他無法順利醒轉，應該和大腦內部遭到隱而未顯的破壞有關；他知道自己其實已經清醒，但也認為自我意識無法成功運作身體，原因可能是腦部受損。

可是經過多次檢查，院方都找不出任何問題，只得出個「靜觀其變」的結論；他持續嘗試，但身體仍然不聽使喚。

過了幾個月，他嘗試的次數少了。再過幾個月，他偶爾才試幾次。

即便沒對自己承認，他也知道自己已然放棄。

他一向不是個太有耐性的人。

能夠接收資訊的感官當中，聽覺是最有用的。

醫師、護士、幾次轉換病房的鄰床病患及探病親友，談話之間都能或多或少更新他所知道的外界情況；除了能得知時序的轉變之外，他還能聽到熱門的影集劇情、當紅的偶像八卦、這城裡的節慶活動，以及社會上發生的重大新聞。這些事情他以往一向認為與自己沒什麼關係，不大在意；現在知道這些對他的狀況也沒什麼幫助，不過因為沒別的事好做，所以也就聽得熱切。

再者，因為在旁人眼中，他一直處於昏迷狀態，所以在他身邊來來去去的人，說話都沒什麼顧忌。他可以聽見哪個家庭正為籌措住院費用發愁、哪家的成員在患者還沒去世前已在用盡心力爭奪財產、哪個醫生偏好把護理人員視為後宮成天用各種方法騷擾，以及醫院高層因為加入靜修團體而在院內大力慫恿全院工作人員一同參加。

這些資訊偶爾會引起他的感慨。

不是對人性的感慨。他對人性一向沒有什麼正面看法。

感慨的原因，是這些資訊會讓他想起：自己過去根本毋須如此被動地得知這些埋藏在人心內裡的實話。

想要知道這類東西，他有自己的獨門方法可以取得。

只要他用手指碰觸就能辦到。

但是現在，觸覺是他認為最沒用的感官。

觸覺傳來的資訊沒什麼問題，他能感受到衣服質地、被褥的重量、看護人員替他清潔身體時的動作，以及協助他解決排泄需求時戴著乳膠手套的手如何挪移他的肢體，只是這些資訊對他來說沒什麼意義。

不過因為有了觸覺，所以他也感受得到接受檢查時的按壓、揉捏、敲打，以及穿刺，凡此種種都令他覺得不快，但他無計可施；每回遇上這些情況，他都覺得不如不要恢復觸覺。

從前他可以憑藉手指碰觸做到的事，是常人根本不知道的。

那時他可以用指尖把別人的記憶抽出來。他可以用指尖閱讀別人的記憶。

時光流過，被囚在軀殼裡的三年當中，他覺得嗅覺的存在最可有可無。

過去閱讀別人記憶時，最先出現的總是記憶裡的氣味，所以他認為氣味對每個人的影響都很大，只是大多數人都沒注意到這件事。

但醫院裡的氣味變化很少，無論是藥品或食物，氣味都很淡，而且空氣裡幾乎一直都有消毒水的味道壓著。有時他會聞到其他床位傳來的飯菜或水果香氣，讓他湧起對進食的懷念，不過嗅覺的影響大多也就僅此而已。

嗅覺唯一讓他覺得有用的時間，是一名年輕女子前來探病的時候。

剛醒來的那段時期，來探望他的人就不多；時日一久，持續來訪的只有兩名女子，一名年長，一名年輕。

年輕女子身上大多帶著淡淡的清爽香味，他知道那不是任何香水製造出來的氣味，而是年輕女子自身的體香。有幾回年輕女子傍晚來訪，聞得到另一層香水味道，會讓他想起沒事就去夜店廝混的時光。

他不知道年輕女子的長相，但他喜歡她的味道。他想把她壓在身下，折曲她的肢體；那樣的時刻，混著汗水，她的體味會變得如何？他很好奇。

但他只能幻想。

年輕女子最近到訪的次數少了很多。前兩年一個月裡總有兩、三回，最近這年兩、三個月裡還不見得會有一回。

上回年輕女子出現在病房裡是三個月前的事。那次還有名男子陪同。

然後年輕女子就沒再來過了，反倒是男子頻繁地在深夜到訪。

他討厭這名男子，只是他什麼也不能做。

年長女子幾乎每天都來，每次都會和他講幾句話，有時講講天氣，有時問問心情，好像他會出聲回應一樣。剛開始他不明白，為什麼年長女子講話的時候，感覺和其他人不一樣，後來他聽出年長女子移動時除了腳步聲，還有輪子轉動的細瑣聲響，發現年長女子坐著由看護推動的輪椅，所以發出聲音的位置比其他人都低。

三個月前年輕女子到訪時，年長女子也來了，兩人聊了幾句。年輕女子離開之後，年長女子還留在他的床邊。

過了會兒，年長女子吩咐看護去去醫院附設的便利商店買東西。看護的腳步聲踏出病房，年長女子的手掌覆上他的手。

然後，他聽見低低的啜泣。

「兒子……你到底還要睡多久？快醒一醒吧。」年長女子抽抽噎噎地道，「三年了，雖然你爸爸留下的存款現在還夠用，但他那時沒料到你也……我實在不知道你……唉，三年了，你的學妹不但已經交了新男友，還把人家帶來了，結果你還是在睡。我知道我的病是好不了了，只是拖一天是一天，等死而已；你還這麼年輕，難道也要這樣？哪天我要是撐不住，那……」

他覺得很煩。

雖然他本來就憎惡自己的母親，但年長女子讓他心煩的不是這個原因，而是毫無意義的叨唸。

況且年長女子根本不是他的母親。

一如年輕女子根本不是他的學妹。

因為這具囚禁他的軀殼，根本不是他原來的身體。

宛如天堂

宛如天堂，我們已經別無所求

——〈Almost Paradise〉by Mike Reno & Ann Wilson

【一】

「幹他媽的混蛋東西！」阿狗躺在急診室的病床上低聲咒罵，接著抬頭看我，「你很能打啊，在哪裡學的？我也要去報名！下回再遇上那群王八蛋，就要他們好看！」

「看書學的。」我道。

「你別鬧了。」阿狗哼了一聲，「算了報名學格鬥技太麻煩了，你直接教我幾招速成的好了。」

我並沒有搪塞阿狗的意思。運動習慣讓我持續鍛鍊肌肉的爆發力和耐力，在夜店遇上的麻煩讓我獲得實戰經驗，不過我所知的格鬥招式，的確都是從書上讀到的。遇上真正的格鬥行家不見得能輕鬆取勝，應付工作上的衝突大多綽綽有餘。

剛才在巷子裡圍毆阿狗的兩人，明顯慣於以暴力手段進行壓迫，惡聲斥喝、拳來腳去；但也明顯慣於在面對暴力時屈服，一旦發現自己沒法子用拳腳對付我，就不再戀戰，快速撤退。

這類人大多仗著自己的雄性優勢行事，不動腦思考，也不精進自己的體能技巧，就算依附黑幫勢力，也只是萬年基層，他們會把幫派名號亮出來唬人，但不會是幫派裡的重要人物。

那兩人沒有抬出自己的幫派名號，或許就只是尋常混混；阿狗為什麼會惹上這種人？

「我當然知道為什麼啦！」聽到我的問題，阿狗又哼了一聲，「我遇到仇家了！不是那兩個人，是從前的長官。倒是你為什麼會出現在那裡？」

阿狗是個年輕記者，剛認識他的時候，他在一個電視臺工作，不過對高層處理新聞的方式很不滿意，後來轉到一個新興的網路新聞平臺任職。

我幫過阿狗一點忙，阿狗也給過我一些協助，算得上是朋友，只是彼此的日常沒什麼交集；我知道阿狗有時晚上會到一家我常去的酒館，我們就是在那裡認識的，但我大多是運動完才去喝睡前酒，那個時段幾乎沒有客人，也難得在那裡遇見他。

阿狗胸口貼著一張紫色貼紙，樣式和我扔掉的那張灰色貼紙一樣，表示他剛才也參加了聚會。我不認為阿狗會對上人那套莫名其妙的演說內容有興趣：阿狗對新聞真相充滿熱情，雖然個性有點躁動、話有時也實在太多，但思考邏輯相當清楚。我認為阿狗參加聚會，必然另有目的。

可是，我認識安帛的時間更長、也覺得自己瞭解安帛，卻完全無法理解安帛與珊德師姐交談時的熱切態度；這麼說來，我怎麼能肯定阿狗不會成為團體成員？

我告訴阿狗自己去參加上人團體的聚會，「你不是那個團體成員吧？」阿狗睜大眼睛，我搖搖頭，阿狗追問，「你不會打算加入那個團體吧？」我又搖搖頭，說是因為朋友引介才去的。

「人情壓力啊，傷腦筋；」阿狗露出深表同情的表情，「我覺得這個最麻煩了，去了根本對不起自己，不去嘛又好像對不起朋友。你會再去嗎？」

我繼續搖頭。

「那你要怎麼對朋友說？」

我聳聳肩，不是代表「無所謂」，而是代表「無計可施」——因為我完全不確定該怎麼辦。

「幸好我不用對朋友交待，我是自己要去的，只是我真的沒想到那麼無聊就是了；」阿狗嘆了口氣，指指胸口的紫色貼紙，「你知道這是什麼意思嗎？這代表我已經參加聚會超過二十次了，正確地說，是二十九次了！你能想像嗎？不過這怨不得別人，這個企畫是我自己提的，但我實在沒想到花了這麼多時間還是沒什麼進展啊。」

所以，阿狗是去工作的。

「臥底？」只有臥底調查得這麼麻煩。

「賓果！」阿狗壓低聲音，「我想調查上人團體。」

2

急診室的醫生剛才已經處理了阿狗身上的傷處，大多是些皮肉傷，不算嚴重，但因阿狗的頭部遭對方重擊，所以雖然看起來只有額角腫起和嘴唇破裂，醫生仍擔心會有腦震盪，囑我先在這裡陪著。

「我想調查上人團體，並不是因為他的演講太無聊。老實說，如果聽他演講的那些人，真的感到自己心靈被上人洗滌了、在上人帶領下找到人生意義了，所以錢啊時間啊花得很值得，那也很好，反正這是個人自由，我們也是個宗教自由的國家。對了，」被打裂的嘴唇完全沒有影響阿狗的多話，「雖然上人宣稱自己不屬於任何宗教，但你也覺得那算是一種宗教團體吧？」

的確如此。那個宗教，信仰的是上人。

「國內有些宗教騙子會涉入各種刑事案件，例如詐欺啦、性侵啦；不過也有些看起來正派的宗教團體有問題，這些團體有的勢力很大，甚至還會左右某些政策，相當驚人。」阿狗說，「幾年前，我有個前輩想要調查宗師領導的教團，你知道宗師吧？就是那個胖子，大本營在南部。前輩搬到南部去，偽裝成信眾，花了不少時間慢慢深入，查出一些政要和僑商與宗師有密切往來，沒想到後來出事了，那個本來應該很重要的報導企畫也沒了。」

「出事？」我腦中浮現瘋狂教徒追殺記者的懸疑小說情節。

「嗯，我也不確定細節，那時只是突然聽說他住院了，我趕到醫院去看他，正好遇到他的爸爸；」阿狗說，「前輩的爸爸也不知道發生什麼事，因為他也是接到通知、急急趕來的。送前輩入院的教友表示他在參加宗師主持的儀式時突然昏倒，一直沒醒，被教友送進教團出資興建的醫院。」

「生病？」

「不知道，前輩清醒後，看起來整個腦子都失能了，但檢查不出原因；」阿狗嘆了口氣，「後來前輩的爸爸把他接回中部老家，我有時會去拜訪，算起來已經三年多了。教團裡傳說，前輩的福分太淺，在聽宗師傳道時一下子承受不住太強的能量，才會出事。」

前輩出事時，阿狗才當記者不久，也不在前輩所屬的那家雜誌社工作。前輩雖然對他提過要到教團臥底，但沒說細節；阿狗到雜誌社表示想接手調查，但雜誌社高層似乎不願意再碰這個企畫，以社內沒有職缺拒絕了阿狗。

過了幾年，調查宗教團體的想法仍然沉沉地壓在阿狗心裡，只是沒有機會付諸行動。從電視臺轉職到網路媒體後，他覺得時機較為成熟，和主管商量了幾回；主管建議，前輩原來的調查目標太大、牽扯太廣，貿然行事可能不大妥當，如果想要臥底調查，或許可以先從比較小的目標著手。

「因為很多宗教團體，不管是大是小、歷史是長是短、看起來正不正派，都有一個類似的問題。」阿狗豎起手指，「揪出一個，讓社會大眾瞭解這件事，或許就能透過修法之類的程序去導正其他的。」

宗教團體中的類似問題？那應該是關於「神」的討論吧；「神存在嗎？」我問。

「啊？我怎麼知道？喔，不是這個問題啦，是更現實一點的；」阿狗拇指摩擦食指做出數鈔票的動作，「錢。」

信眾的捐獻難以公開透明、教團的財務難以計算管理，對政府的財政稅收來說，這一直是個難以測量的黑洞。「我們可以相信很多宗教團體拿錢行善以及應付日常開支；」阿狗說明，「但畢竟無法確定，也不知道它們會拿把錢用在什麼地方。再說，有些宗教團體除了接受捐款，也會用別的名目收費或者販售祈福用品之類，這些款項都不好追蹤。」

和主管討論之後，阿狗決定把上人團體當成目標。

3

阿狗的決定，基於三個原因。

「其實想查上人團體還有個人因素，」阿狗道，「不過只看這三個客觀原因，就應該先查他們。」

上人團體大約六年前成立，前三年像是小型的靈修集會，近三年才快速擴張。「暫且不論上人講話有沒有內容，這個團體擴張的方式，其實就是應用了直銷模式：鼓勵成員透過各種方式介紹新人加入，藉此換取組織裡更高的地位、獲得更多的心靈報償——至少成員們覺得有這種收穫。」阿狗哼了一聲，撕下貼紙，「從貼這個蠢貼紙開始，一直升到可以穿那件俗到爆的制服之後，才能成為幹部，更加接近上人、更加提升靈性。不過我不確定到底有多少成員真的慢慢從介紹下線、長期捐款一路升為幹部，綜合幾次聚會中打聽到的訊息，雖然有不少人靠鈔票換到穿那件制服的資格，但目前的幹部大多數仍是這個團體早年的原始成員。」

雖然持續吸收新人，但上人團體並非來者不拒：具有宣傳作用的公眾人物和能夠大量捐款的企業高層是首要目標，捐款量不大但是數量很多、又能夠長期參與活動的白領階級次之，再來是沒什麼錢但是可以接觸更年輕人脈、也更容易受影響的青年學生；至於收入不豐的藍領勞工、或者身障與長期患病的人，常常會被拒於門外。

「有回我聽見一個成員說想把自己久病的父親帶到會場，結果幹部不准，理由是上人的心靈力量太強，病人會無法承受；」阿狗搖搖頭，「有夠鬼扯。」

在阿狗開始調查之前，上人團體就曾傳出零星負面新聞，只是大多不了了之，「我決定先查上人團體的原因之一，就是因為這團體這幾年名氣漸漸響亮，如果查出什麼，就容易引起社會關注，但不能只憑一些網路上的鄉民放話，得要有從內部得到的證據。」阿狗說，「其實我加入團體之後，大略估算過，光是聚會時交的那些錢，就全是些不用報稅的淨收入，而且上人出入開名車、租借聚會場地也要不少花費，上人的金錢來源一定有很多內幕文章。」

麻煩的是，阿狗一直找不到什麼確切的證據。

「沒有幹部願意談論團體內部的運作狀況，就算開口，講的也都是同一套公關說詞，沒什麼用處；還沒找到看起來可能合作的幹部，我也不好問得太多，免得招來不必要的懷疑。」阿狗輕輕碰了一下嘴唇的傷口，皺皺五官，「我也試過別的管道，例如詢問把場地租給團體舉辦聚會的那些單位。」

有些單位是公家機關，有些單位是私人企業，不過阿狗問到上人團體的租借細節時，這些單位全都三緘其口。

「其實大多數場地的租借費用是查得出來的公開資料，他們不願意談，八成是因為公開的租借費用與他們實際收到的有差距；」阿狗推論，「依我看，上人團體可能會給承辦人員不小的回扣，確保自己能夠長期使用場地。」

但這只是猜測，與實證的距離太過遙遠，寫成報導不會引起太大的注意，也沒有促使有關單位去查核上人團體的力量。

第二個原因，是阿狗和主管討論的那段時間，曾經接到幾通爆料電話。

「印象中大概有三通，不同人打的，兩個是家人曾經加入上人團體、一個是自己曾經是團體成員，三個人全都提到上人團體騙他們奉獻大筆金錢，但是不知道怎麼告訴警察，所以打給新聞媒體。」阿狗皺眉，「宗教團體的金錢流向本來就不夠透明，就算上人團體有按規定立案登記也一樣，沒有惹出什麼事情，警方大概不會沒事去捅馬蜂窩，否則惹毛了團體裡那些有頭有臉的人，後續肯定有麻煩。我加入之後，發現那三通電話應該都不是惡作劇，因為他們對每個階段的奉獻金額講得很清楚，自稱曾是團體成員的那個，也談到上人會在聚會時大罵宗師。」

我想到上人的演講內容，點了點頭。

「話說回來，這其實蠻諷刺的；」阿狗咧嘴想笑，但扯到傷口，擠出一個苦臉，「因為更早之前，上人其實是宗師的忠實信徒。」

4

上人還沒自稱「上人」的時候，曾經是宗師教團的重要幹部。

「我在舊報紙存檔裡查到，當時他和宗師的關係很不錯，宗師還曾經在一次競選造勢晚會公開稱讚過他。」阿狗告訴我，「上人原來的名字叫『黃迦農』，宗師那時說他的『迦』字代表修行的緣分，『農』字代表務實的態度，所以注定是宗師教團的重要助力，也能好好協助處理選務工作。」

「選舉？」我以為自己聽錯了。

「不是宗師自己要選舉，是他去幫候選人站臺造勢。宗師過去有一段時間相當熱衷政治議題，就算沒有直接講，但記者訪問時提到，他就會發表評論；每到選舉年，也會有候選人找他幫忙，分量不夠還請不動他。」阿狗說，「宗師的信眾很多，不管他支持的是地方派系還是特定政黨，對選舉結果的影響都很巨大，自然成為各方勢力極欲拉攏的對象；宗師與政商高層的關係很好，其實是長年布局的結果啊。」

我的確知道宗師與政客關係密切，而照阿狗的說法，這樣的政客數量可能還不少。

「也因如此，那些勢力當然就會給宗師教團不少好處，檯面上的捐獻找得到資料，但教團的收支不透明，所以雖然教團出資蓋醫院、甚至還有自己製播節目的電視臺，但其他的錢用在什麼地方，沒人知道；至於檯面下的交易，就更難確認。」阿狗嘆了口氣，「說起來，前輩當初想查的東西其實龐大得難以想像；我想調查上人團體的第三個原因，就是上人也曾屬於宗師教團。」

幾年當中參與了幾次大小選務工作後，下一個選舉年開始時，上人和宗師鬧翻了。

「前輩查過，當時的存檔資料載明地方競選的總幹事是黃迦農，不過他並沒有出現在任何造勢場合；宗師當年只說黃迦農因為信仰理念和教團不合，不再參與教團活動，所以也不便協助選務。」阿狗扭扭臀部挪動姿勢，「我和前輩討論過，就算黃迦農那時已經離開教團，去當競選總幹事也沒什麼問題，一定是和宗師翻臉了，所以連宗師支持的競選活動都不能去，信仰不合什麼的，只是場面話而已。」

阿狗認為，上人和宗師翻臉的可能很多，例如上人發現擔任地方公職油水不少，也想參選，但宗師想要拉攏勢力更大的候選人；又例如教團那陣子曾經傳出善款流向有問題的消息，如果上人與這事有關，那麼就會被宗師從教團切割出去。

「只是我不大確定真相如何，」阿狗說，「宗師一向會吸收力量最大的候選人，尤其是多年政治世家派出的新人，相較之下，黃迦農的確沒有足夠的背景；善款問題後來不了了之，八成是被宗師靠關係壓下去了。所以，這些都只是推論。」

雖然只是推論，不過聽起來的確比「信仰理念不合」來得有說服力。

「兩人翻臉大概是十年前的事，宗師後來沒再公開提過黃迦農這個名字，照那回競選時的說法來看，黃迦農應該是被宗師逐出教團了；」阿狗道，「過了四年多，黃迦農另外成立了團體，開始自稱『上人』。上人團體一開始就打著不受限舊有宗教規範、鼓勵成員開發自己心靈成長的名號，不過你也看到了，上人其實是在創立以自己為主的宗教，只是名稱沒這麼講而已。」

雖然扛著跳脫舊有宗教規範的大旗，但上人並不會主動批評其他宗教，只是近年成員數量激增之後，他愈來愈常在演講時直接抨擊宗師。「大概這麼多年過去，還是餘怒未消吧？」阿狗拍拍墊在腰際讓他坐直的枕頭，「現在有群眾撐腰，就可以盡情發洩了。」

洩恨或許是原因之一，不過刻意對宗師開炮，似乎對團體發展沒什麼好處啊？我提出疑問，阿狗點點頭，「我也這麼想，所以認為上人盤算的，是自己未來的勢力——上人團體瞄準的成員是公眾人物、企業主管、白領和學生，只要國內政商風向一變，這些人就可能會成為新的力量，取代宗師多年來擁有的政商人脈。」

也就是說，雖然大力抨擊宗師作為，但上人的計畫，其實是成為下一個宗師。

5

就算有這些背景資料和推測，阿狗的臥底調查進展仍相當有限，一方面是他沒有太多經費可以靠捐款快速升級，接觸的大多只是基層成員，另一方面是有機會和幹部交談時，團體幹部的說詞全都統一口徑，問不出什麼內幕。

「這比採訪麻煩多了；」阿狗嘆了口氣，「從前不管是訪問社會案件的關係人還是政治人物，換個方式多問幾回總會有機會找到突破口，而且也會有其他資料可以輔助查證。但上人團體的幹部不管回答什麼問題，都照同一套SOP回答，像在背稿一樣，繞了一圈什麼屁都沒放，我得再想想別的方法。」

的確得要另尋出路——因為阿狗認為，自己已經沒辦法再繼續臥底。

「剛才那場聚會，我找空檔東問西問的時候，遇到從前在電視臺的高階長官；」阿狗露出噁心的表情，「那傢伙穿著俗到極點的黃色制服，爽得好像剛中樂透一樣，不知道是花了多少錢弄來的。算了這不是重點，重點是他也看到我了。」

高階長官和阿狗曾經因為新聞內容起過爭執，那是阿狗離開電視臺的原因之一。「我當然是裝乖和他打招呼，說些自己深受上人啟發之類的屁話；」阿狗說，「但是我從前當面嗆過他，他八成認定我參加聚會絕對不是因為被上人感化，所以去向幹部咬耳朵，說我肯定是想去挖內幕的。揍我的那兩個王八蛋，就是在警告我：別再參加聚會了。」

「見過？」我問。

「你說那兩個王八蛋嗎？沒印象。」阿狗皺皺眉，「至少現在想不起來。我被他們擋住去路時覺得不對，掏出手機要拍照，剛按快門就被那兩個混帳搶過去砸了，連記憶卡都被搜走，不知道有沒有拍到。」

那就沒法子確定了。

「幸好，嘿嘿，」阿狗話還沒說完，「我設定拍照會自動上傳雲端，等明天我弄支新手機，再好好檢查一下。」

科技萬歲。

「你平常就這麼多話嗎？」醫生不知何時站在床邊。

「我沒有頭昏想睡，不會有腦震盪的危險啦。」阿狗對醫生道，「讓我回家吧我不想在醫院過夜啊！」

「不行。」醫生很冷靜，「太過興奮也是症狀之一，得留院觀察七十二小時。再說，你既然是被打傷的，屬於傷害行為事件，依規定我得通報警方。你留在這裡，明天警察會來做筆錄。」

「我現在就可以去啦。」阿狗嘟噥。

「他平常就這麼多話嗎？」醫生沒理他，轉向我問，我點點頭。

「那你先回去吧，我會留意他的狀況。」醫生說，「你們在這裡整夜聊天，別的病人都不用休息了。」

我看看阿狗，他揮揮手，「我沒事啦。真倒楣，等出去了我第一件事就是去廟裡拜拜！」

離開醫院，我到夜店附近的酒館喝睡前酒。

這個酒館就是我認識阿狗的地方，我和酒保聊到阿狗遇襲的事，得知阿狗沒什麼大礙後，酒保笑道：說不定阿狗只是因為聚會時太多話把其他成員惹毛了才被揍。

不過阿狗說沒見過那兩個人。酒保只是在開玩笑。

走回地下室的住處，時間剛過凌晨四點。

在床上躺了會兒，聞得到呼吸裡的威士忌氣味，但沒什麼睡意。

除了上人團體的調查，阿狗剛還說了不少國內外各種宗教團體過去發生的新聞——而且全是負面新聞。攪和在那些新聞事件裡的宗教，有歷史悠久全球信眾人數破億的古老宗教，也有存在時間短暫信徒人數不多的新興宗教；有的事件是詐欺斂財、戀童性侵，有的事件則是集體暴力，或者恐怖攻擊。

「大家都覺得宗教理論上勸人為善，獻身宗教工作的人好像就有比平凡人更高的道德標準、宗教團體的作為也會顯現更大的意義，所以如果一個宗教團體的一切行事都很正面，那麼對媒體而言會覺得這理應如此，沒什麼好說的；但如果出現問題？那就很值得變成新聞啦！當然，不能因為一個宗教裡有某個分支或教區有問題，就認定整個宗教有問題；」阿狗說，「不管一個宗教的中心是哪個神，真正處理現實事務的都是人，要搞出事情來，問題也都在人，只是這些人大多會假借神的名義。也因為這樣，我特別在意類似上人團體的組織。」

我點點頭。

就阿狗舉出的事例看來，類似上人團體的組織，有的會借用現有宗教的神祇名號、再加上自己解釋的教義，有的會直接創造一個新神，還有的會像上人演講時提及的那般，宣告團體不信奉任何宗教、要更直接地開發個人靈性潛質；無論是哪種做法，都在告訴團體成員：領導人就是神的人間代言人、現世化身，或者就是神。

當團體領導人的身分與神合而為一，他的指令就會變成虔誠信徒必須戮力貫徹的真理。

而現在安帛就在這種團體當中。

6

我從床上爬起來，打開筆記型電腦。

公家單位的資料庫裡查得到上人團體的立案紀錄，不過只有團體名稱、地址、電話及負責人等簡單資料，倒是搜尋引擎找到幾篇不同論壇上的貼文，發文者有的是家人曾經加入上人團體，奉獻大量金錢，造成家庭失和，有的是自己參加過聚會，覺得花了冤枉錢但一無所獲。

仔細讀過這幾名發文者的文章，他們都提到家人或自己已經脫離上人團體，不再參加聚會，奉勸網友不要參加，也提到脫離團體後，偶爾還會接到團體幹部的聯絡、熱絡地邀請他們重新參加聚會，但沒有其他進一步的動作。

這些文章都不是近期發表的，我試著搜尋文章發表後有沒有相關新聞，但只找到一篇，內容提及記者循線與發文者聯絡之後，發文者表示無可奉告。阿狗接到的爆料電話，可能是其中幾個發文者打的，但既然先前已經有記者主動詢問，為什麼那時沒有藉機交給媒體去追查呢？說不定發文者察覺那些媒體高層當中也有上人的信徒，認為媒體找不出什麼；說不定上人團體的幹部也發現那些文章，所以用某些手段向發文者施壓，要他們閉嘴。

我想了想。

阿狗提到的事例中，類似上人團體的組織，會以洗腦方式控制信徒，也會以威脅手段讓信徒不敢脫離組織；從那幾篇網路文章看來，上人團體對脫離團體的成員似乎沒有採取激烈手段，或許是上人團體目前聚焦在吸附新人、增加成員，無暇理會脫離分子，又或許是那幾名發文者都已經被榨乾了，無法再奉獻金錢，上人團體自然也就沒必要硬把他們留在團體當中。

從自己方才的經驗，我認為上人團體是個詐騙斂財的集團。

上人團體不是類似美國吉姆．瓊斯「人民聖殿」那種可能引發社會案件的組織，但不代表未來沒有這種可能；再說，我也不希望安帛把辛苦積攢、打算念研究所的收入，雙手捧著獻給詐騙集團。

麻煩的是，我不知道該怎麼向安帛開口。

事實上，要不是老闆同我提及安帛最近舉止不大對勁、還邀公司同事參加團體聚會、要我去瞭解一下，我已經好一陣子沒和安帛聊天了。

一年多前，安帛交了男友。

男友本來是夜店裡的客人，初次到店就對安帛一見傾心，他與安帛開始約會時，金毛和猩猩嘖嘖稱奇了好一陣子，因為安帛先前從未答應過任何客人的邀約。

我討厭安帛的男友，不過不是因為他是安帛的男友。

雖然喜歡安帛，但我一直沒有什麼表示；安帛有權選擇自己要和誰在一起，這事我絕對尊重。只是我在剛發覺自己閱讀他者記憶的能力、興奮地一抓到機會就做實驗時，曾經讀到一段安帛與男友相處的記憶。

在那段記憶裡，男友斥責安帛，指稱她在夜店的舞蹈表演目的根本就是勾引客人，並且還動手推了安帛。

我可以理解他的醋意，但無法認同他的暴力。

讀到那段記憶，讓我開始約束自己對異能的使用；每個人的記憶畢竟是私己之事，再說，讀到像這樣的記憶，我也不確定自己可以多做點什麼。

隔了一陣子，我得知男友不希望安帛報考研究所，也就是說，男友非但不理解安帛對舞蹈的熱情，也不支持安帛想要充實智識的計畫，而且，他還在發生爭執時對安帛施暴。

除了提過男友愛吃醋之外，安帛沒有在我面前說起任何男友的不是，反倒覺得我和他可以多聊聊、成為好朋友。

我不想批評安帛的選擇，但我憎惡她的男友。

三個多月前，安帛的男友失蹤了。

聯絡不上男友的隔夜，安帛到我凌晨常去酒館找我；我陪她聽音樂、喝了點酒，把她安全地送回家。接下來幾天，安帛的著急與消沉快速地混雜出現，她向老闆請假，但老闆沒准。

「我知道妳心情煩，所以妳更應該來跳舞。」老闆就事論事，「妳喜歡跳舞，做自己喜歡的事，可以暫時把所有麻煩忘掉。」

一個多禮拜後，安帛的情緒比較穩定了，開始恢復研究所考試的準備工作，臉上也重新出現笑容。老闆的堅持發揮了效果，安帛也想清楚了一些事。

「想要找他的時候，我才發現我根本不知道要去哪裡找他。」有天安帛對我說，「他是個設計師，但我沒去過他的工作室，連工作室在哪裡都不曉得；他替哪些單位做過設計、交過哪些朋友，我完全都沒聽他講過。我和他住在一起那麼久，但從來不清楚在我沒看見他的時候，他過的是什麼樣的生活。說不定他根本不是設計師，而是個騙子，現在跑路了？說不定他有一大堆其他女友，我是其中最無聊最難看的一個，所以他講都不講就把我甩了？」

「妳絕對不會無聊，也絕對不難看。」我道。

「謝謝。」安帛笑了，「現在唯一的麻煩是我住的地方。」

「租金的問題？」我問。

「租金本來是他負責的，下個月我得自己付；」安帛搖搖頭，「但問題不在付租金，而是我覺得那裡一個人住太大了，沒什麼必要。」

「那乾脆換個地方吧？」我建議，心忖換個居住環境，也有助於轉換情緒。

「也好。」安帛側過頭看著我，「你要幫忙嗎？」

7

我幫安帛處理前男友購置的家具和家電，和她一起找了專門租給學生的小套房。向老闆借來公司的九人座小巴，搬完安帛的東西、載她到大賣場買單人床墊和簡單的組合衣櫃，一起吃了午飯；那天下午，還陪她去了趟醫院。

住院的人，是安帛大學畢業前認識的研究所學長，學長的母親久病多年，擔任高階公務員的父親則因某樁弊案入獄。學長三年前和我一樣搭乘那列出軌火車，意外後陷入長期昏迷，安帛有空就去探望，直到與前男友交往，才因前男友的阻止減少探視。

一起去探病後的幾天，我和安帛時常見面，但接下來的日子裡，我們見面的次數急速減少。剛搬新家，安帛自然有許多瑣事得忙；因為前男友反對而中斷的研究所考試計畫重新啟動，安帛也得全力衝刺——不過，這些事不是最主要的原因。

幫安帛搬家那段時間前後，安帛與我的相處出現一些微妙變化，言談距離比以前更接近，肢體接觸比以前更親暱。我不確定這是我表錯情，還是安帛的態度真有某些轉變；就算是後者，我也不確定安帛是開始把我視為交往對象，還是因為前男友失蹤、我又幫了些忙，所以一時產生某種情感轉移的錯覺。

假若這個狀況發生得更早一點，我肯定會欣喜若狂、做出一些笨拙傻氣的回應；以我對安帛的友誼來看，我認為男友不是好人，離安帛愈遠愈好，以我對安帛的戀慕來說，男友失蹤，簡直就是天賜良機。

但，關於男友失蹤的來龍去脈，我其實知道得一清二楚。這事的內情十分複雜，面對安帛毫不設防的笑容，我發現自己愈來愈難繼續瞞著她，同時也愈來愈難把真相告訴她。

所以，或許在她想走近一步時，我就朝後退開一點，保持原來的距離，是比較好的處理方式。

現在看來，這種處理方式其實大錯特錯。

三個多月前，我被捲入一起事件，警方認為我有連續殺人的嫌疑，逼得我開始自己設法調查真相。調查過程中，我找到一個和我一樣搭過出軌列車的人，讀了他的記憶。

閱讀他者記憶，並非以旁觀角度重新檢視他者的生命片段，而是以第一人稱的視點，重新經歷他者的那段人生——我會透過他者的眼耳鼻舌身觸直接感受到他者當時接收到的外界資訊，也會同時聽到他者當時大腦對這些資訊有如細瑣雜音的反應。

從這人搭火車時的眼睛看出去，坐在這人對面的另一名乘客，長得和這人一模一樣——那不是他的雙胞胎兄弟，因為我發現這人的身分與我認為的並不相同。

閱讀記憶既然是經由他者的眼睛觀看，那麼除非他者在記憶裡攬鏡自照，否則我不會知道他者的長相。

我讀了這人意外發生時及意外發生後的記憶，那是與調查相關的資料，而更早一點的記憶，因為可用的時間不夠多，我沒來得及讀到。

所以我雖然閱讀了這人的記憶，卻無法確定這人原來的長相。

而不知道什麼緣故，這人在意外之後，獲得了對座那個乘客的外貌。

那起事件解決之後，我從這人的住處拿到一大疊筆記本。

筆記本總共五十冊，用紙講究，設計樸實；除了有四本空白之外，其他都填滿各式資訊，每篇皆標注日期，第一冊第一篇出現在大約三十年前，第四十六冊只寫了半本，最後一篇是三年前寫的。

根據筆記內容，寫筆記那人一開始只是想要記錄生活瑣事，雖然不是每天都寫的日記，但條列的生活記事十分詳細；隨著年月過去，筆記內容也出現變化，開始記錄大量的閱聽心得，以及接受委託搜尋資料的過程。

算起來寫筆記那人從接近二十歲時就開始接受搜尋資料的委託，那是網際網路還不發達的時代，搜尋引擎還很原始，大多數的資訊還沒有數位化，我很好奇這種工作的收入如何，但也讀得出寫筆記那人不大在意報酬。

我認為這批筆記的真正主人，並不是被我閱讀記憶的這個人。

這批筆記的最後一篇結束在三年前，日期就是火車出軌意外的前一天；被我閱讀記憶的人在獲得對座那個乘客的外貌後，也接收了那個乘客的一部分生活，所以我相信，真正寫下這批筆記的人，應該是對座那個乘客。被我閱讀記憶的人之所以留下筆記，只是預防如果有對座乘客的舊識找來，自己可以從詳細的紀錄中找到應付的資料。

寫筆記那人，在筆記中自稱「廢物」，並把這批筆記統稱為《廢物手記》。

被我閱讀記憶的人留著《廢物手記》是為了以防萬一，我把《廢物手記》搬回住處則是為了尋找線索。

雖然我明白，《廢物手記》裡並不會記錄被我閱讀記憶的人在意外之前究竟是什麼身分，但《廢物手記》既然屬於坐在對座的廢物，那麼裡頭或許有些資訊，可以幫助我找出廢物目前身在何方——他的外貌意外後被套在被我閱讀記憶的人身上，那麼他的內裡或許就被塞在這個人的身體當中，他難道不會覺得奇怪嗎？他應該也在找尋解答吧？

雖然可能性極小，但我有時會想像：我拉出夢線及閱讀記憶的能力，說不定也和那場意外、甚或和這兩個人有關；找到廢物，或許有機會問清楚這件事，甚至，有機會知道我是誰。

是故，自從拿到《廢物手記》之後，這三個月我一有空就讀。

8

閱讀《廢物手記》初始的目的雖然是為了尋找線索，但讀著讀著，倒是讀出了不少趣味。

主要的原因是除了早些年的生活記事之外，廢物寫下數量驚人的閱聽心得：藝術電影、紀錄片和非常多商業電影，還有不少年代古早的黑白片和年代更早的默片；藍調、爵士，以及各類搖滾、民謠和流行歌曲；美國主流的超級英雄漫畫、地下獨立刊物、圖像小說，還有一些歐洲大師的經典；各式各樣的書籍，小說占大多數，非虛構的人文、哲學及科普作品次之，一些詩集，甚至還有神話和宗教研究。

這些心得有一部分是廢物受託尋找資料時的閱聽經驗，但絕大多數是廢物自己沒有什麼目的就找來閱聽的作品，或者說得更準確一點，就連接受委託後連帶產生的閱聽經驗，都讓他樂在其中。

「搜尋資料本身的快樂就是我最大的滿足」，在《廢物手記》裡頭，廢物寫過這麼一句話，而這個自承心之所愛的句子，同時也坦露廢物如此自稱的心境——他認為自己光是隨興屯積資訊但無任何積極產出，只是一個廢物。

我對這句坦承和這個心境感同身受。

對於搜尋資料，我有一種類似成癮的症狀；但我很清楚，這些東西對我來說大多是「資訊」，而不是「知識」。

記得有回安帛說我知道很多知識的時候，我告訴她，「通透地瞭解、應用，資訊才會變成知識，所以我腦子裡那些東西充其量只能算是資訊，我其實就和一顆硬碟差不多。」

不過安帛認為，我會注意到很多人沒注意的事，再利用資訊去處理那些事，既然應用了資訊，資訊也就成了知識。

雖然我認為「資訊」要經過應用才能算是「知識」，但無論是我對自己閱聽經驗的思索，還是廢物寫下的大量手記，或許都不能只把那些東西單純視為「資訊」——它們不盡然是可以應用在某處的知識，但卻是形塑我們內裡的一部分，縱使我們不見得會如此察覺。

除了對讀到一大堆閱聽心得以及對搜尋資料的相同狂熱之外，《廢物手記》令我驚奇的，還有廢物和我重疊程度相當高的閱聽經驗；知名流行作品不談，就連一些冷門作品，我們也都同樣接觸過。

例如他在《廢物手記》裡提過自己花了一番功夫，購入湯姆．威茲的《低價夢想》專輯——這張專輯並沒有正式發表，是張由歌迷自製的合輯，裡頭收錄了威茲在一九七四年到一九八二年間的幾次現場表演曲目，以及一些沒有放進早年專輯的歌曲。

我記得自己聽過這張專輯，也記得那首與專輯同名、不到一分鐘的說唱歌曲〈低價夢想〉，不過我手頭並沒有這張俗稱為「靴子腿」的歌迷選輯，而且也不確定自己是什麼時候、在哪裡聽過的。

這約莫是我和廢物的最大不同。他知道他自己是誰，這個「自己」成了核心，串起所有資訊，而我沒有這個核心，所以腦子就像沒有建立索引目錄的資料庫，如果有關鍵字，就可能找得出對應資訊，但如果沒有關鍵字，就算有相關資訊，可能也撈不出來。

坐在筆記型電腦前胡亂找了一堆文章、想起先前與安帛聊天的內容，但對於怎麼對安帛開口談上人團體的事，我還是毫無頭緒。兩個多月前幫安帛搬家時沒聽她提過上人團體，所以她加入應該是最近的事，時間不長，要說服她退出應該不大難，但從安帛與珊德師姐對話的模樣看來，她已經完全是個乖乖聽話的上人信徒，要改變她的想法可能不簡單。

認識她這些年，安帛一直是個溫和有主見、會獨立思考的女孩，只有在面對男友時沒法子堅持自己的看法。

話說回來，有主見、會獨立思考的女孩，為什麼會認為上人那套東西有道理？

是了。倘若我能夠知道安帛加入上人團體的經過，或許就能理解她相信上人的因由，也就有機會從中找出說服她脫離的方法。

天亮之後，我應該找安帛聊聊這個。

9

「我們好像很久沒有一起吃飯了啊。」

「嗯，上回是幫妳搬家的時候，那天還陪妳去醫院看妳學長。」

「哈，我記得，我們在醫院遇到學長的媽媽，伯母偷偷要我小心點，因為她覺得你看起來像黑道。」

「我常因為這些疤被認為是黑道，習慣啦。」

「不過你後來幫學長蓋被子時，伯母又說你似乎人蠻好。」

「她坐輪椅不方便嘛。」

「後來我說日本漫畫裡有很多臉上帶疤的角色都很酷，結果你說你沒看過日本漫畫。」

「是啊。」

和安帛坐在小吃店裡輕鬆閒聊，時光彷彿倒帶回溯了兩個多月，日常平凡，但是美好。安帛伸手把長髮掠向耳後，低頭喝湯，我看著安帛的動作，視線突然在她的鎖骨中央聚焦。

認識安帛這幾年，她一直戴著同一條樣式簡單的銀鍊，鍊墜是個沒有雜質的琥珀，無論是登臺演出還是平日生活都沒有解下；我原來以為安帛喜歡琥珀，所以才戴著琥珀項鍊，還用琥珀的英文「Amber」當自己在夜店表演的藝名，後來才知道她的確喜歡琥珀，而「安帛」就是她的本名。

那顆琥珀一向窩在安帛鎖骨中央、頸底那個小小的凹陷裡頭，但那處現在空空的，像懶貓突然離家出走後留下的虛無。「妳的項鍊呢？」

「喔，」安帛手指按了按喉嚨，「上人說不要戴多餘的飾品，才不會有雜念。團體裡有幫助正念的項鍊，但我還不夠資格戴。」

昨晚我的確聽到安帛和珊德師姐談到這事。「妳是最近加入的嗎？」

「嗯。」安帛點點頭，「大學時就聽同學提過，但那時還沒開竅，認為自己沒有需要。」

那現在為什麼有需要？不對，不該直接問這個。「最近同學又找妳去？」

「不是。」安帛泛起微笑，「是緣分到了。」

一個多月前，安帛晚上到學校圖書館查資料，坐在長桌邊翻書時，一名女子問她是不是在準備考試；安帛本來以為女子是補習班業務，結果女子主動表示她從前和安帛念同一個系，隨口問起一些系所和老師的近況。安帛解釋自己已經畢業了，但的確在準備研究所考試，是故到學校圖書館找資料，女子體諒地表示很明白研究所考試的辛苦，兩人於是聊了起來。

這名女子，就是珊德師姐。

珊德師姐那天沒有和安帛聊太久，不過接下來幾天，安帛都在圖書館遇到珊德師姐，兩人聊的東西愈來愈多、時間愈來愈長，還一起去吃了宵夜。

吃宵夜的時候，珊德師姐說安帛看起來似乎一直為某件事情心煩，安帛回答只是因為擔心考試，順口反問珊德師姐有沒有什麼可以安心準備應考的方法，珊德師姐笑著坦承自己當年並沒有考上研究所，不過的確找到了穩定心神的方式，甚至因此確定了人生的目標。

「沒考上研究所，珊德師姐心情很差，覺得自己一無是處；」安帛道，「幫助她重新認識人生的，就是上人。」

安帛說自己大學時曾經聽說過上人主持的禪修團體，不過自己沒有宗教信仰，也沒打算參加。珊德師姐解釋，其實加入團體並不需要任何宗教信仰，那是一個可以認識更多朋友、可以放鬆、充滿溫暖、重新獲得力量的地方；團體裡並沒有進行所謂的「禪修」，那只是不大明白團體宗旨或不知道如何定義活動真諦時的替代用詞，在團體裡，上人會為大家解答人生疑惑、大家也會進行小組討論，在上人的帶領之下，相互扶助、一起成長。

「因為團體會印一些協助大家的正念手冊，也有場地租金之類的支出，所以來參加活動得繳一些費用；」珊德師姐告訴安帛，「不過妳要來的話，我可以先幫妳付。」

「這樣不好意思啦。」安帛笑著推辭。

「我遇到妳，是個緣分，妳現在需要一些支持，這也是個緣分；」珊德師姐講得誠懇，「要好好把握哦。」

10

「這個團體對妳有幫助嗎？」我問。

「有。」安帛答得肯定，眼裡浮出一層夢幻神采，「我在那裡找到了平靜，說出來你一定會覺得我太誇張，但那種感覺，就像置身天堂。對了，我吃完飯要去幫忙當義工，要不要一起來？」

「義工要做什麼？」

「今天應該就是到處走走，幫團體多找一些人進來；」安帛眨眨眼，「我想可以到學校裡試試。」

「募集新成員？我不適合吧？」我指指架在鼻子上頭的墨鏡，「妳不怕人家以為是黑幫組織在招募新血嗎？」

「不會啦，你沒有那麼恐怖；」安帛笑了，「而且被看成是壞人的話，別人就會認為：上人果然很有大愛啊，連黑道分子都被感化了——這樣一來，你在場不是很有幫助嗎？」

聽起來安帛很想讓我被誤認為黑幫成員嘛。我擠出一個笑容，沒說話。

「你有事要忙？那不勉強。」安帛道。我硬擠出來的笑容肯定很不自然。

「嗯……待會兒我沒事，不過⋯」我想了想，不知怎麼講比較好，但安帛過去一向能夠明白我的想法，所以我決定不要拐彎抹角，「我認為妳也不要再去參加聚會比較好。」

安帛看著我，隔了一會兒才道，「我就知道昨晚你根本沒有用心體悟上人的教誨。」

桌上的滷肉飯和排骨湯冒著熱氣。

但我和安帛之間的空氣很冷。

「妳晚上要表演，表演完了去聚會，白天還去當義工⋯」我決定從最實際的層面勸說，「再過半年就要考試了，這樣妳怎麼有時間準備？」

「念研究所和放鬆心情、認識自己相比，哪個重要？」安帛用一種好老師按捺情緒準備教育壞學生的眼光盯著我。

「認識自己當然很重要，」我在心裡嘆了口氣，「但參加聚會，真的能讓妳認識自己嗎？」

「當然。」安帛的回答斬釘截鐵。

「真的？」我控制自己不要皺眉，「我昨晚參加了整場聚會，只聽到上人說自己多麼了不起，沒聽到他教我怎麼認識自己。」

「要先理解上人的教誨、跟隨上人的領導，才能開始認識自己⋯」安帛深吸了口氣，「分組交流就是在幫助你敞開心門接納上人，我問你，你在分組交流時分享了什麼？」

「什麼都沒講。」我誠實回答。

「你看，你根本就是把自己封閉起來了⋯」安帛搖著頭，「這樣上人怎麼幫你？」

「分組交流做的事和所有互助團體差不多，而且根本沒有主題，我沒什麼好講的；」我道，「況且，小組裡有個人，參加過的聚會一定超過十次，卻和我一樣貼著灰色貼紙，這分明是團體安排的暗樁嘛。」

「你應該好好敞開心門交流，算人家參加過幾次做什麼呢？」安帛停止搖頭，不可思議地瞪著我，「就算那是資深成員安排的助手，也是為了幫大家順利交流呀。」

「到底要交流什麼呢？」我還是忍不住皺眉了，「沒有主題的話，那就是閒聊；我為什麼要和一群素未謀面的人聊天啊？」

「因為這樣可以更貼近上人的訓示啊；」安帛注意到自己提高了音量，下意識縮縮脖子，壓低聲音，「你到底有沒有仔細聽上人的開示啊？」

「上人講的內容我聽得很清清楚楚，」我的眉心愈鎖愈緊，「那怎麼能算是『開示』？那幾分鐘的演講裡不知道誤用了多少專有名詞，不符合任何宗教定義，也不符合任何科學定義。」

「對啦，我知道你很有學問；」安帛擺擺手，「可惜的是有個超越各種宗教和科學的力量在你面前，你卻受困於自己的低階思考模式，認不出來。」

「這和我有沒有學問無關。」我試著分析，「上人的演講第一部分在亂用專有名詞，第二部分在吹噓自己有超能力，第三部分在罵別的宗教團體——這到底『開示』了什麼？」

「不就在展現上人的能力很偉大嗎？」

「他說的超能力都沒有真憑實據啊。」

「先前有見證影片呀！」

「那就是另一群人的說法而已。」
「所以你根本不相信別人！」
「不，是上人根本只是要大家把他當成神一般信仰。」
「這有什麼不對呢？」
我呆住了。
安帛繼續說了些關於相信上人才能認識自己、跟隨上人才能生活順利之類的東西，但我不知道應該怎麼回答。
我覺得我不認識她了。
「其實我本來就覺得你不會認同，沒想到參加聚會之後，你還是沒能開悟。你對什麼都有看法，了不起，覺得上人的教誨對你沒用；但我沒你那麼行，上人的每句話都對我很有幫助。」安帛沒碰眼前的滷肉飯，站起身來，「我不說了。我要去當志工。還有比你更需要我的人。」
我愣愣地看著安帛走出小吃店，半晌之後才回過神來；追出門外，安帛已經不見了。
背後有人叫我。
我轉頭看見小吃店老闆，想起自己還沒付錢。

他出生在南部城市，是家中獨子。

雖然家裡只有三個人，但從他有記憶以來，父母親之間的爭吵幾乎沒有停過。說是爭吵，其實大多時候是母親單方面的責罵，而父親大多置若罔聞，偶爾開口，都只是要母親放低音量，別讓鄰居看笑話。

母親發怒的主因是父親好賭。

他和父親雖未特別親近，但對父親的印象並不壞。晚餐時間父親大多不在，因為父親常在下班後就跑去賭場。賭贏了，父親總不會忘記幫他帶回他嚷著要買的玩具，賭輸了，父親也會幫他帶點零食。睡醒了看見床頭擺著閃閃發亮的嶄新玩具，或者深夜意外獲得母親平常不准他吃的零食，他總是很開心。

他並不喜歡母親。

就算大多數時間，照顧他生活起居、供餐盯功課的都是母親，但在那些時間裡，母親的叨唸幾乎沒有停過。

考試成績不差，就表示應該更好，生活習慣不差，就表示應該更好；做對了事，理所當然，做錯了事，就是和父親一樣從來不聽話不會想。

「你爸這樣，我未來就只能靠你了，」母親常說這類的話，「你要多用功、多努力，以後才能出人頭地，不要像你爸，自己普普通通，成天想靠賭博賺大錢過好日子，結果拖累全家，把我的人生也賠進去。」

賭博真的可以賺大錢嗎？他問過父親，父親摸摸他的頭，「有時可以。不過我喜歡賭，不是因為這個啦。」

「那是為了什麼？」他說，「媽媽一直講。」

「有一天你遇上你喜歡的事，」父親笑了，「你就會懂啦。」

責備無效，母親開始想別的法子，例如請求親友不要借錢給父親當賭本。但父親下注本來就還算謹慎，就算輸多贏少，也從未借貸上賭桌，很少出現無法維持家庭支出的情形。母親考慮過辭去工作，藉以逼迫父親將自己的收入全數投入家庭，如此一來，父親就無錢可賭；但一則擔心離開職場後，要重新求職極不容易，二則擔心假若父親執意要賭，那麼家裡的經濟狀況馬上會出問題。

當時母親已經隱約瞭解，父親好賭，與金錢的關係不大。

那是一種癮頭。

既然如此，母親的下一步棋，是尋求超自然力量的協助。

母親開始四處尋訪著名的半仙道長、靈驗的廟宇宮堂，有時隻身前往，有時把他帶上。他不討厭那些場所，大多覺得挺有趣味，但無論傳說中那些人物地點有多麼了不起的力量，父親的行徑完全沒變。

經過一段時間，母親的尋訪似乎停了。但母親並不是放棄對超自然力量的期待，而是母親認為胡亂尋找，顯示自己信仰不專，與其如此，不如仔細考慮，加入一個固定的宗教組織，虔誠祝禱，才有可能見效。

他被母親帶著，參加過幾回宗教組織的集會，覺得相當無趣，後來便藉故推託，母親沒有勉強，繼續隻身前往。

母親待在宗教組織的時間愈來愈長，對他而言沒什麼不好；自己吃飯，自己睡覺，沒人嘮叨，自在清靜。

國小六年級某個晚上，他起床如廁，發現母親睡在客廳沙發上。

他走近母親，不確定該不該叫醒母親，但聞到一股味道。

母親喝醉了。

既然是去參加宗教組織的集會，怎麼會喝醉回家？

他伸手搖晃母親，母親沒醒，但他忽然看見一個影像。

怎麼回事？他縮回手，影像消失；他再度碰觸母親，影像重新出現。

影像不只像電影那樣提供聲音與光影，還包括氣味、溫度、觸感，以及許多類似收音機雜訊的細微聲響。

隔天他到學校，碰了幾個同學做實驗，但沒有再讀到任何影像。幾天之後，他突發奇想，利用午睡時間偷偷觸摸鄰座同學的手臂，不同的影像，以相同的形式再度出現。

幾次實驗之後，他發現自己讀到的影像是被碰觸那人的記憶。

開始進入青春期，他已經概略知道男女之間的肉體情事，所以他也明白，母親喝醉那晚的記憶，代表母親與別的男人發生了關係。

他還沒想好該不該告訴父親、該怎麼告訴父親，母親就消失了。

那天晚上他入睡時，母親還沒回家；隔天早上他醒來時，聽見父母的臥房裡傳來聲音。他走到臥房門口，看見父親拉開所有抽屜東翻西找，衣櫃的門大大敞開，看起來少了好些衣物。父親發現他站在門邊，著急地問，「你媽呢？」

他搖搖頭。

回想起來，他認為母親出走是家庭崩壞的開始。

父親待在家裡的時間比以前更少，和他說的話也比以前更少；原來就不常與他互動，現在更顯得疏離。

他並不覺得這情況有什麼不好。他擔心的是別的事。

長時間的獨自生活，他自認應付得很好，只是他很清楚，自己可以料理各種日常所需，原因是家中經濟狀況雖不寬裕，但尚稱穩定。

在這個社會，只要手頭有錢可用，就不會有其他問題。

他不確定父親是否仍去賭場——長時間不在家，想來這個癮頭沒有因為母親離去而改變；但麻煩的是，他發現父親開始酗酒。

初始只是深夜回家時會帶著酒氣，後來有時他清早出門前，會看見父親趴在餐桌上，手邊擺著酒瓶。某次他上學時看見父親睡在客廳沙發上，放學後發現父親仍睡在那裡，臉上還看得見淚痕。

那是他第一次領悟到：父親是個多麼軟弱的男人。

所以，他真正擔心的是：這個軟弱的男人，是否還能成為他穩定的經濟來源？

小學畢業前的寒假，農曆年剛過，向來疼他的叔叔到家中拜訪；該是早聯絡好了，父親在家等著。

向叔叔打過招呼後，他以為會拿到紅包，但父親要他進房寫作業。

他走進房間，虛掩上門，在門板邊偷聽父親與叔叔的對話，發現自己的擔心已然成為現實。

根據叔叔的說法，父親早就已經丟了工作，也沒有另覓新職；喝了酒再上賭桌，下手也失去了往昔謹守的分寸。

家中原就不多的積蓄早已用罄，父親現在完全靠借貸過活。

「你要多替孩子想想；」叔叔的聲音聽來語重心長，「快上國中了吧？你這樣下去不是辦法。」

「對啦，我知道；」父親的聲音很敷衍，「今天找你來，不是為了……」

「我知道你是要向我借錢；」叔叔打斷父親的話，「我沒打算借你。剛沒給孩子紅包，就是怕你把他的錢拿去買酒或賭博。我問過其他親戚，把錢借你根本有去無回，大家都已經被你借怕了。我算了算，如果大家沒借你錢，你這段日子一定沒錢可用，但剛看起來孩子沒什麼狀況，那你們的生活到底是怎麼過的？」

「沒事啦，我當然會照顧我兒子。」

「你是不是向地下錢莊借錢？」

父親的聲音頓了一下。「沒有啦。」

「你知不知道地下錢莊利滾利下來的數字有多恐怖？你這樣下去，不但自己無法收拾，還會把孩子也賠進去啊！」

「我兒子不用你操心啦！」父親難得明顯地激動起來，放大音量，「你說這什麼話？和我老婆講的一模一樣！你是不是知道她跑哪裡去了？」

「自己留不住嫂子，不要牽拖別人！除了喝酒賭錢，你還會做什麼？」叔叔沒示弱，「嫂子跑得了，孩子跑不了！你根本打算讓孩子陪你去死！」

叔叔對地下錢莊的描述愈來愈可怕，他發現父親不但無法繼續供他生活，甚至會讓他的未來陷入地獄，不禁急了起來。他先前的確思考過，如果父親無法倚靠，那麼自己應該怎麼辦？他年紀還小，沒有一技之長可以掙錢過活，再說，就算有辦法找到工作，大概都是勞力差事，他不喜歡體力勞動，也不打算反過來用自己的收入支持父親的癮頭。

但現在叔叔在場，是個機會。回頭看看房間，他心生一計。

他關上門，抽出書包裡的長塑膠尺，換下制服長褲，換上夏季短褲，咬牙用塑膠尺朝大腿連抽幾記。

好痛。比他想像的還痛。他皺著五官，等待抽打的痕跡慢慢浮現，紅紅的印子，在白白的皮膚上很顯眼。

他打開門，假裝要去倒水，路過客廳。

「等等，」叔叔叫住他，「你的腿怎麼回事？被老師打？」

「不是老師，是……」他停下腳步，望向父親。

父親睜大眼睛。

叔叔要他收拾東西，氣沖沖地把他帶走了。

他住在叔叔家裡，父親一直沒有出現。幾天後，叔叔表情複雜地把他喚到面前，他聽到父親的死訊。

被叔叔帶離家中那晚，父親外出喝得大醉，夜裡失足滑入田邊的灌溉渠道。父親沒有醒來，臉部朝下躺在渠道當中；冬季渠道水淺，但父親仍然因此溺斃。

父親溺斃的地點離家很遠。他不知道父親去那裡做什麼，可能因為賭場或地下錢莊就在那個區域。他也不知道地下錢莊與父親的債務如何解決，可能是叔叔出面扛下來了，但沒讓他知道。

叔叔詢問他的意願之後，辦理手續，他成了叔叔的養子。

他體認到：母親相信的宗教沒有實際作用，但如果能讓某人相信某件事，就能藉以替自己謀得好處。

【二】

戰曲

我不是神的奴隸，那玩意兒根本不存在

——〈The Fight Song〉by Marylin Manson

1

離開小吃店，我決定去找老闆。

根據經驗，老闆應該在辦公室。

要到老闆辦公室，得先知道本店所在的大樓哪裡有電梯。

大樓位於這城東區，地上八層，地下兩層，夜店在連通的一、二樓營業，三到六樓是國際連鎖健身企業在這城的據點之一。

地下一樓是夜店的倉庫和廚房，我的房間就在遠離廚房的倉庫另一邊角落；地下二樓是大樓的停車場，並未對外開放。附近寸土寸金，車位難尋，金毛和猩猩常常需要代客泊車；只是交出名車鑰匙的顧客並不知道，金毛和猩猩只要拐個彎就可以把車停進大樓停車場，除了過過開名車的癮，還能拿到一筆小費。

大樓正面另有側門，門後裝設了電扶梯直通三樓健身房；想要和重量訓練器材交流感情，或者和穿著兩截緊身運動服仍不忘刷腮紅點唇蜜貼假睫毛的性感女孩眉來眼去，就直接從側門進入健身房。

健身房從清晨六點到午夜都歡迎大家上門揮汗運動；老闆是健身房的股東之一，所以准許我在結束營業後入內使用運動器材，我還可以順便使用健身房裡的淋浴設備沖澡，一舉兩得。三到六樓當中沒有電梯，願意花錢到健身房扛重物的人，想來不會介意動腿走幾階樓梯。

不管顧客是到夜店放鬆身體還是到健身房緊實肌肉，都沒意識到這棟大樓其實有電梯——除了中間那四層之外，這棟建築的地上地下所有樓層，都可以用這部電梯連通。

行政部門的同事上下班得用電梯。

負責出納、採購、人事、總務等等職務的行政部門同事，上班地點在七樓；他們的工作時間大致上是朝九晚六，和這城裡的其他夜店不一樣，和大部分尋常公司行號的上班規矩差不多。老闆認為其餘夜店的管理團隊大多鬆散，所以成立了完整的行政部門，讓這些同事監督酒水品質、培育合格女侍、管理與舞孃的長期合約，以及精準挑選能夠掌控店內氣氛的ＤＪ。

顧客不知道行政部門的存在，但顧客在店裡的一切歡快，都和行政部門有關。

老闆對夜店經營的獨到想法，還可以從夜店的裝潢窺得一二。

夜店裝潢採用洛可可式的浮奢風格，老闆認為這款風格具備大量曲面，就算客人喝得太茫或舞得太狂，也不容易因為碰撞受傷。此外，夜店裡的空間開放，沒有任何私密包廂，除了門口的圍事之外，老闆也在店裡安排了隨時梭巡的人手，一發現客人有什麼不大對勁的舉止，無論是藥物交易還是對女侍毛手毛腳，就會有禮而堅定地把他們請出大門。

「我喜歡夜店，夜店的空間、夜店的音樂、夜店的食物和夜店的酒，都和平常白天的時候不同；」老闆曾經這麼對我說，「夜店是一個讓你成為另一個人，或者，讓你成為你自己的地方。我喜歡夜店，所以我不想在自己的夜店裡看到任何狗屁倒灶的事情。」

從行政部門的設立到裝潢細節的要求，全都基於老闆對於夜店看來神祕美好實則安全無虞的理念，縱使絕大部分的顧客不會明白這些安排的真正意義，卻都能夠在店裡感受到屬於黑夜的真正歡愉——女侍的服務態度專業，舞孃的表演技巧頂尖，音樂可以把人引領到另一個時空，酒和食物能夠讓人嚐到自己的欲望。

這城東區有許多大小夜店，而本店因為老闆的緣故，成為最特殊的存在。

老闆上下班也得用電梯。

一樓的電梯入口藏在ＤＪ檯附近小小的儲藏室裡。老闆認為反正電梯不對外開放，就沒必要讓客人瞧見，我想這個設計應該不符這城的消防法規，只是不確定老闆動用了什麼關係，總之每回安全檢查本店都高分過關。

老闆的辦公室在八樓，獨占一層。一樓的夜店是洛可可式的華麗貴族宴會堂，八樓的老闆辦公室則是極簡風格的科幻星艦主控艙。

入口右方是由四十二個薄形螢幕組成的牆面，可以同時收看多頻道電視節目，也可以同時監看夜店裡外的狀況——只要老闆動動手指按按遙控器，就能清楚這個微形王國發生的大小事情。

除了螢幕牆之外，辦公室裡的一切都是白的。

牆面和地板是白的，造型簡單俐落的沙發和茶几是白的，房裡唯一一套辦公桌椅是白的，辦公桌上的菸灰缸也是白的，乾乾淨淨，閃閃發亮；每回我走進辦公室，從沒見過躺在菸灰缸底的香菸屍體超過五具，以老闆謀殺香菸的頻率和速度來說，這樣的現場完全不合邏輯，我常想像，四下無人的時候，老闆會把清洗擦亮菸灰缸當成日常消遣。

沒有政客富商致贈的牌匾，也沒有調整風水磁場的魚缸，除了那套待客用的沙發茶几和老闆的辦公桌椅，這個辦公空間似乎沒有其他家具；不過我知道辦公室的牆面經過特殊設計，暗藏夾層，有的是收納櫃位，有的是檔案抽屜，這些辦公設備隱在牆裡，得靠老闆的遙控器才能將它們召入視界。

雖然老闆辦公室看起來像是特效電影當中還沒處理完成的電腦模型，不過並非只能看不能用的虛擬實境。這個辦公室有獨立的衛浴和廁所，我猜想也有廚房和臥室，因為老闆待在辦公室的時間實在很長，這個空間理應能夠滿足各種基本生活需求。

我總覺得老闆根本就住在自己的辦公室裡。

2

一如往常，穿著白色套裝窄裙、斜倚白色辦公桌緣抽菸的老闆，是走進老闆辦公室裡最先映入眼簾的景象。

過去走進老闆辦公室，不是被老闆找來交辦任務，就是執行任務後來回報進度或結果；今天走進老闆辦公室，我的心情不大一樣。

「和安帛談過了？」老闆看看我，我點點頭。

「看來不順利啊。」老闆又看看我，我又點點頭。

老闆昨天告訴我，安帛先前曾經與老闆商議增加排班表演的時間，老闆沒有答應，後來又向老闆提出減少表演時間，老闆也沒允許；接著，開始有女侍和其他舞孃向老闆反應，安帛找她們去參加團體聚會，雖然態度並不強硬、不至於讓人不舒服，但還是有些同事覺得應該讓老闆知情——老闆不會插手員工的私生活，不過一向相當關心。

雖然我已經刻意與安帛保持距離一段時日，但老闆知道我們感情不錯，所以要我去瞭解一下狀況。

我把昨晚參加聚會的心得和剛才與安帛談話的內容轉述了一遍，老闆沉吟，「嗯，這樣安帛先前的舉動就說得通了：增班是為了增加收入，奉獻給那個團體，減班是為了增加時間，去幫那個團體當義工拉人。」

剛才和安帛談完，我也得到相同結論。

「勸勸她？」我問。和安帛談過之後，我能想到的求助對象就是老闆，但以往在這個辦公室裡提出要求的都是老闆，而且雖然我也關心安帛，但畢竟這事也算老闆交辦的任務，所以我一開口，感覺像是把自己沒辦妥的事又扔給老闆。

「我如果判斷自己能勸得動她，就不用找你了；」老闆緩緩吸菸，微微皺眉，「你處理別的事情，腦袋蠻清楚的，這回怎麼會覺得我比你更適合和她談？」

因為我很明顯搞砸了，但安帛信任老闆，如果老闆和她談談，說不定她會願意聽。

「安帛信任我，因為我是個關懷員工但不太過分介入個人生活的老闆；」聽了我的想法，老闆微微搖頭，「我能做的，是一方面確保她有穩定的收入，另一方面別讓她把應該替自己賺生活費的時間花在為那個團體服務上。安帛要怎麼應用薪水，老實說我管不著，但我也不希望她把認真跳舞的收入白白浪費，所以才要你去和她談談。」

「不只浪費錢。」加入那樣的團體雖然花錢，但我更擔心安帛的思想遭到扭曲，認同上人團體的價值觀。

「對，不只是錢的問題，加入那種團體，很容易把領導人的話當成真理。」老闆說得彷彿自己很有經驗，「安帛本來不是個沒主見的孩子，但前陣子她男友不告而別，對她造成一定的影響，這是個推力；在那種情況下，團體裡有人給她人生目標、有人為她加油打氣，那是個拉力，會讓她一頭栽進去。」

老闆解釋：安帛現在不需要另一個人去為她指引不同方向——以她現在的狀況，她只會抗拒另一個權威。安帛現在需要的，是一個能陪伴她、讓她依賴、讓她覺得自己被需要的朋友，這麼一來，她會發現自己的情感需求不必靠團體提供，自然就不會再去。

所以老闆沒有直接勸告安帛，而是找我出面。

但老闆不知道我先前對安帛刻意疏遠，加上談到這事的時候又缺乏技巧，所以沒能發揮預期的作用。

從下午到晚上，心裡的煩躁一直無處發洩。

因為老闆說的很有道理，所以我很煩——我非但沒有成為安帛需要的朋友，甚至還和老闆口中的「推力」有關，我並不希望安帛加入上人團體，可是卻伸手推了一把。

煩。耳機裡瑪莉蓮・曼森咆哮著的〈戰曲〉和手上的《廢物手記》，都沒法子轉移我的注意力。

平時如果老闆沒有臨時交派任務，我的生活大致規律：凌晨一點左右、等健身房的清潔人員結束工作，就進健身房做例行運動，運動完了再到酒館去喝兩杯睡前的波莫威士忌。

夜店大樓後方街區充斥著酒吧、咖啡廳、餐館和熱炒店，不過凌晨三點之後還亮著燈的，只有我要去的那家。這個時段的酒館大多沒什麼客人，只有酒保用店裡的大螢幕看她喜歡的老電影，或者聽早年的搖滾和藍調。

因為心煩，所以決定今天要提早運動，還要增加負重，但重量訓練沒能驅散煩躁。

兩點半左右，我草草結束訓練，沖了澡，打算今天要多喝一杯。

穿過夜店旁的小巷，我看到後方街區的店面都已打烊，只剩酒館的招牌燈在不遠的前方亮著；一名年輕男子推門走出，三個坐在路邊摩托車上、戴著全罩式安全帽的男人，突然有了動作。

3

「你們是誰？想幹……」年輕男子剛喊出聲，就被一個男人摀住嘴巴，另外兩人迅速制住年輕男子的手腳，三人合力把年輕男子扛起。

我加快腳步，離開小巷陰影走進路燈光圈，「喂。」

「看屁！找死啊？」一個男人對我低叱，「不要多管閒事！」

隔著安全帽，男人的聲音聽來含混，不過這話真耳熟。

「別亂來。」我道。

男人把年輕男子放下，腳一著地，年輕男子開始掙扎，摀住年輕男子嘴巴的男人沒有鬆手，另一個男人朝年輕男子的肚子打了一拳，年輕男子悶哼一聲，不敢再動。

第三個男人向我走來，從口袋裡亮出一把彈簧刀，「老子做事，識相點快滾！」

大多數有實戰經驗的格鬥者都知道，遇到手持刀械的對手，最好的對策就是轉身開溜——就算明白如何奪刀反制，在混亂中仍然容易受傷，如非必要，最好別正面衝突。

但我現在心情欠佳。

我大步上前，持刀男人略略一怔，隨即揮刀從下往上刺來；我雙臂交叉擋住他上刺的前臂，抓掌扭腕，把他的前臂朝外壓制。持刀男人手腕吃痛、放開彈簧刀，同時失去平衡，身體右傾；我伸右腳踢開他的左腿，男人左膝重重砸向地面，慘叫出聲。

剛用腳尖把彈簧刀踢遠，一回頭，第二個男人已經攻來。

我先拍開一拳閃過一腿，在側身閃躲時揮出左勾拳。左勾拳被男人簡單擋下，不過他沒擋住緊隨而來的右側踢。

左拳只是佯攻，但男人防得嚴實，其實他應該要想到自己戴著全罩式安全帽，我不應該瞄準他的頭部進攻，只是我快速撂倒第一個男人，所以他不敢大意，反倒中計。

脅邊吃痛，男人朝後拉開距離，仍然舉手維持架勢；我沒讓他有喘息機會，踏步迴身，踹中他的腹部。

兩人倒地，剩下一人。

摀著年輕男子嘴巴的男人看看同伴的狀況，放手退開兩步，喊聲「閃」，向外跑去；另外兩人掙扎起身，撿起彈簧刀，跟著朝街口奔去。

我皺皺眉，發現他們雖然戴著安全帽，但全都跑向一部停在街口、側門大開的廂型車；門還沒關好，廂型車已經開始加速。

「怎麼回事？」我把坐在地上的年輕男子扶進酒館，酒保嚇了一跳——酒館的隔音做得太好，她沒聽見外頭發生的衝突。

我拉開一張椅子讓年輕男子坐下，把剛才的狀況大略向酒保說了一遍；酒保替年輕男子倒了杯水，問，「還好嗎？有沒有受傷？」

「謝謝，大概沒事；」年輕男子的名牌襯衫下襬混亂中被拽出西裝褲，他摸摸肚子，剛挨的那拳看來不重。

我問酒保外面街道有沒有裝監視器。

「這條街沒有；」酒保疑惑地道，「你不是說那些人戴著安全帽？有監視器也沒用嘛。」

「等我一下。」我道。

我走出酒館，沿著街道快步走了一圈。廂型車離去的那條街，路旁停著幾部車，不過車裡都沒人，也沒看到廂型車的蹤影。

回到酒館，我在年輕男子旁邊坐下，「仇家？」

「我也搞不清楚。」年輕男子露出一個苦笑，「我在這城沒惹過事啊。」

年輕男子盯著自己發亮的皮鞋，喃喃說自己在國外念完書，畢業之後回城幫忙家裡的生意，忙了一陣子才有空晚上出來走走，不料會遇上這種事。我邊聽邊想：方才的三個男人戴著全罩式安全帽，一看年輕男子出門就行動，加上一部等在街口開著側門的廂型車，看起來是相準目標的埋伏行動。

「報警？」我問。

「啊？喔，不用了；」年輕男子一怔，「我沒事，也沒看到那幾個人的臉，再說，我父親肯定也不會想把事情鬧大。」

也就是說年輕男子的父親身分敏感，想要凡事低調，說不定是政商名流，甚或是黑道高層。只是這麼一來，剛才的事件就更可能是樁預謀的綁架計畫。

既然廂型車不在，外頭應該是安全的。我對年輕男子道，「幫你叫車？」

「好。啊，」年輕男子抬起頭來，「我還沒道謝。感謝幫忙，怎麼稱呼？下回約個時間請你吃飯。」

我搖搖頭。

這只是順手幫忙，不算什麼；再者，如果真有人要對年輕男子不利，他今後出門可得小心點，「今後留神。」

「當然，謝謝。」年輕男子頷首致謝，不知怎的，我覺得他看起來似曾相識。

4

年輕男子離開之後，我坐回吧檯前的高腳椅，酒保替我倒了波莫；我告訴酒保這似乎是起預謀犯罪，可惜沒看到那三個男人的長相，酒保皺皺眉，「我剛查了轉角那條街的監視紀錄，看到你說的廂型車開走，不過整個車牌都塗黑了。」

的確是有計畫的行動。如果策劃行動的人事先查過這條街沒有監視器、又知道這個時段其他店家已經打烊的話，倘若我沒出現，這個行動就會成功。

不過我也只是恰巧遇上。年輕男子真有麻煩的話，他得自求多福。說起來，年輕男子如果真有什麼背景，出門也許該帶人隨行，以策安全。

「說到這個，」酒保從吧檯後拿出筆記型電腦，「他不是自己來的。」

雖然這條街上沒有監視器，但酒館裡有。

一年多前，我有回凌晨造訪酒館，遇上一個壯漢意圖非禮酒保，出手阻止。那次事件讓我和酒保成了朋友，也讓我發現長髮大眼，身材姣好，外型相當具有女性魅力的酒保不但是個女同志，還是個手段高明的駭客——壯漢雖然跑了，但酒保從酒館的監視錄影紀錄裡找出壯漢、依臉部特徵查出身分，進行了某些我沒細問的報復。

酒保按了幾個鍵，筆記型電腦螢幕出現酒館裡的監視器影像，酒保往回拉動時間滑桿，我看見客人坐得半滿的酒館，一個男人和年輕男子一起走進畫面。

「他們兩個本來坐在那桌，快十二點的時候來的；」酒保指著一張桌子，「另外那個人是中年人，穿著沒有年輕帥哥那麼高檔，而且對年輕帥哥的態度蠻客氣的，看來不像朋友，也不像公司的前後期同事，我覺得有點好奇。」

螢幕上看得見酒保去桌邊幫他們點酒，「中年人點啤酒，年輕帥哥點了『教父』，指定要用黑麥威士忌——這酒點的人不多，幸好我有一支『派克鎮』。」

座位離監視器有點遠，看不清楚中年男人的樣貌，我指指中年男人，「他呢？」

「一點多就走了，」酒保道，「他離開前替年輕帥哥多點了一杯『教父』，說他得先走，不過年輕帥哥很喜歡這裡的音樂和調酒，所以多點一杯，留晚一點。」

「教父」是混合杏仁香甜酒和威士忌的美式調酒，黑麥威士忌是美國威士忌，年輕男子說自己剛從國外回來，或許就是美國；如果年輕男子是企業高層或二代接班人，中年男人是企業員工，受命帶公子出來遊逛，或許就是這種情況。

不過我沒必要管這事。

「昨天救了阿狗，今天又救了這個年輕帥哥；」酒保眨眨眼，「你是不是有什麼吸引麻煩的特殊體質啊？還是流年不利之類的，老會碰上這種事？要不要去廟裡拜拜、改改運？」

遇上麻煩的其實都不是我，昨天我只是想多走幾條不同街巷，看看這城的不同長相，今天走的則是日常路線。不過阿狗提到拜拜，酒保也提到拜拜，倒是引起我的注意，「妳會去拜拜？」

「會呀；」酒保答得理所當然，「這城裡很多人都會去吧。」

「但……」我話沒說完，酒保笑著問，「喔，你覺得我是個寫程式的，所以不相信民間宗教那一套？」

我點點頭。

「其實電腦工程師迷信的很多啦，而且拜拜不算什麼迷信，就求個心安嘛；」酒保說，「我也不會主動去，每回都是我爸要去拜拜時陪他去的。話說回來，我不認為他完全相信，只是他常說他在工作時遇過很多怪事，所以寧可信其有、不可信其無。」

5

酒保的父親叫老八，是個破案無數的傳奇刑警——當然，老八並不知道酒保的駭客身分。

「你不覺得拜拜就是在賄賂神明、多給自己一點好處嗎？」酒保自己倒了杯水，「記得我有一次故意問我爸這件事，說身為公務員，你怎麼可以也做這種事呢？」

老八告訴酒保，按照道教裡的說法，凡人供奉的神明各有職掌，都在天庭上班，理論上的確也是一種公務員；不過拜拜不像是賄賂，比較像在盡一種「禮數」。

「唔？」我聽不明白。

「我爸解釋說，就像是角頭大多會和管區警察維持良好關係，」酒保笑了起來，「三節送些茶葉水果給管區、或者在管區有需要時幫忙打探一些消息，不管有形無形都是種禮數。真犯了什麼事，角頭也知道管區得辦，只是有個人情在，管區就不會太過找碴。」

聽起來懂，但感覺似乎有什麼不大對。

酒保看出我的疑惑，「我那時回我爸說，原來這不是賄賂，是另一種交保護費的概念啊。」

對，就是這個感覺。

「我爸說不到『交保護費』那麼嚴重啦，就是一種禮數，告訴神明說：我乖乖的哦，不要搞我。」酒保道，「因為去拜拜的人不管想求什麼事，也大多明白所謂『神蹟』就是其實不會出現的那種事——求考運的學生不會認為不讀書光拜拜就能拿到高分，求平安的警察也不會認為攻堅時不穿防彈衣會有神明幫忙擋子彈。」

也就是說，老八認為要把事辦妥，自己該做什麼就得做什麼，準備充分後，拜拜只是祈求一切順利，不要節外生枝。

酒保剛說的「求個心安」，也是同樣意思。

「不只和我爸去拜拜，我還和不同女友參加過不同的宗教儀式；」酒保續道，「每回進入宗教場所，我的感覺都很奇妙。」

酒保一直沒有固定的交往對象，我見過她幾任女友，全是細腰豐胸的辣妹。「奇妙？」

「那些地方，怎麼說呢……」酒保想了想，「人大多是蠻和善的，對吧？但空間總會有種壓迫感，好像有什麼神祕恐怖的東西，這兩種感覺很衝突，所以我會覺得很奇妙。講到經典的時候也一樣，那些經典大多是很古早的東西，很多內容現在看起來分明帶著偏見，但有的人會完全照本宣科、認為每個句子都是不可動搖的真理，有的人卻能夠解釋出一番符合現代觀念的說詞，很妙。」

宗教經典是死的，但人是活的；而解釋經典的其實不是神，是人。

我啜了口波莫，酒保換了一張唱片，回頭道，「對了，我想到一件事。那個中年人說年輕帥哥喜歡這裡的音樂和調酒，所以要留晚一點，但那八成是騙我的。」

中年人離開後過了一陣子，酒館顧客逐漸散去，年輕男子坐到吧檯前找酒保聊天，「年輕帥哥到底喜不喜歡我的調酒，我不知道；」酒保說，「但我發現他聊的音樂都是現在流行的偶像，根本沒聽過我播的那些經典搖滾。你剛說中年人可能是他或他爸的下屬，所以我猜是中年人看出年輕帥哥一直在瞄我但不好意思明說，所以自己揣摩上意、先行離場，還替他製造機會。」

被酒保美貌迷惑的男性酒客數字太多，酒保早就見怪不怪；酒保明白自己的外型有助於酒館的生意，知道怎麼把酒客的藉故親近轉為下一杯調酒，沒有酒客知道她對男人毫無興趣，她也沒必要向酒客宣告自己的性傾向。

聽完兩首歌，我瞥了一眼筆記型電腦，視線忽然聚焦，「等等。」

「怎麼了？」酒保湊過來，螢幕上的監視錄影正播到中年人離去前在吧檯旁點酒結帳的畫面，可以清楚看見中年人的臉。

我在上人團體聚會遇過他。

「邱中興，叫我阿興就好。」我記得他昨天的自我介紹，記得他說自己是下班後參加聚會的上班族，但他沒說在哪家公司上班。

「昨天遇過。」我指著阿興。

「你說那個邪教團體喔？」酒保露出不敢恭維的表情。

昨天到酒館時，我提到阿狗在團體聚會後遇襲，現在看到阿興，我想起阿狗正在設法追查團體的資金流動；我向酒保大略講了一下阿狗的想法，「可以查查？」

「試試當然沒問題，」酒保想了想，「不過如果要隱藏資金流向，他們可能會用人頭帳戶，那光從網路可能就查不到什麼。」

「麻煩妳。」就算只是試試也好。

倘若能幫阿狗找出上人團體的內幕，或許就能讓安帛明白不該再去。

6

皺眉。隱約覺得有什麼不對。

手機鬧鐘的聲音不對。

昨天聽瑪莉蓮．曼森專輯時，我把〈戰曲〉轉成MP3存進手機裡當成鬧鐘鈴聲，但現在聽到的分明不是瑪莉蓮．曼森，而是「槍與玫瑰」翻唱的〈我不在乎你〉，主唱艾克索．羅斯的鼻音太明顯，不可能聽錯。

〈我不在乎你〉是我的手機來電鈴聲。酒保知道的時候還笑我壞心眼，說人家打電話來結果我的鈴聲擺明了是不想接，我回說反正打電話來的人又不知道。

咦。

我睜眼翻身，攫過床頭櫃上的手機。有人打電話來，一個沒見過的號碼。

「喂？聽得出來我是誰嗎？」接通手機，一個男人的聲音傳來。

我直接掛了電話。剛被吵醒，沒興致猜謎。

電話又響，同一個號碼。我嘆了口氣，坐直身子。

「你很沒幽默感耶，我阿興啦，記得我吧？」相同的男聲在電話那頭說，熱情的語調和前晚剛見到他時一模一樣。

「是。」我道。

「吵醒你了嗎？不用上班喔？」阿興道，「還是在睡午覺？」

「什麼事？」

「喔，只是要提醒你，今晚也有深夜聚會；」阿興聲音裡的殷勤半點沒少，「記得來哦。」

我才不要再去浪費時間又浪費錢的無聊聚會，這話還沒出口，我想起安帛，決定委婉一點，「要加班。」

「是喔？那下次一定要到；」阿興說，「剛開始的這段時間，多參加聚會最重要了。」

我支吾幾聲，掛了電話；看看時間，剛過中午十二點，阿興大概是利用自己上班的午休時間打電話給新成員。我在參加聚會時填過手機號碼，想來是上人團體發給他的；當暗樁真辛苦，晚上得陪公司高層喝酒、替高層製造搭訕機會，中午休息時間還得幫上人團體拉下線。

咦？阿興今天上班時，知道年輕男子今天凌晨差點被人綁架嗎？高層有沒有因此找他麻煩？

我看著逐漸黯去的手機螢幕，確定自己不想多管閒事。

出門處理完手頭待辦的工作，傍晚到醫院去探望阿狗。

阿狗看起來精神很好。

「一陣子沒有好好休息啦，」阿狗笑著說，「這兩天睡得真舒服。」

我看看四周。阿狗住的病房不大，擠了六床病人，除了阿狗之外年紀都很大，探病家屬的問候、爭吵、家屬手機裡傳來的影片音樂和遊戲聲響、護理人員的探問和病人的咳嗽抱怨，就算晚上人少一點，應該都不是個可以好好休息的地方。阿狗說自己在這裡睡得舒服，該不會是真的有腦震盪之類的問題吧？

「你想太多了；不是我自誇，我連在演唱會現場都能睡！」聽了我的提問，阿狗擺擺手，「醫生說我的腦袋看起來沒問題啦，等到明天晚上沒有別的症狀就可以出院了。不過，說實話，這裡這麼好睡，我還真不想出院咧。」

鬼扯什麼。要休息出院也可以休息啊。

「對了，」阿狗把音量降低，「警察來找過我。」

阿狗說警察昨天來找過他，問了幾個問題，「警察問我有沒有和人結怨啦、認不認得打我的人之類的；我告訴他們，我想寫上人團體的報導所以去參加聚會，但被人認出來了，所以打我的人應該是上人團體派來的，目的是警告我不要再到團體東問西問。」

不過警方對阿狗的推論半信半疑。「老實說這也不能怪警察，因為我沒有實質證據嘛！」阿狗道，「我把電視臺高層的名字告訴警察了，手機沒拍到打我的那兩個混蛋，我向警方描述了長相，警察要我出院後再去一趟警局幫他們拼湊嫌犯的樣子，不過我猜這個調查不會有太大進展。」

阿狗認為，就算找到揍他的人，只要那兩人不承認自己與上人團體有任何關聯，最多就是用幾條輕微罪名起訴，對阿狗的調查沒什麼幫助；就算警察盡責地去詢問電視臺主管，對方加入上人團體並不是什麼非法行為，也查不出什麼來。

「對了，」阿狗道，「我這兩天一直在檢查照片。」

7

阿狗加入上人團體是一個半月前的事，約莫比安帛早一點；因為目的是調查，所以阿狗會利用聚會空檔積極找人攀談、設法接近穿著制服的團體幹部，有機會也偷偷拍照。

「怎麼拍？」我問。總不可能在聚會時大剌剌地把相機拿出來吧？

「偷拍的裝備很多啦，網路上就買得到，有的做成手錶的樣子，有的做成ＵＳＢ隨身碟或充電器，我也想過要買，但是又想省錢，畢竟這東西好像不常用，投資買下來似乎不大划算；」阿狗比劃著，「公司裡有一套徵信社在用的器材，可以彎曲的蛇管前面裝鏡頭，另一頭接攝影機，我想過用這套東西，穿長袖遮住蛇管、讓鏡頭露出袖子，就可以拍照。不過用這個就得一直連著那臺攝影機，要藏攝影機有點麻煩，而且這天氣穿長袖也不對，說不定反倒讓人覺得怪怪的。後來我忽然發現有個簡單的方法：用手機。」

參加聚會時，主持人會要求大家關掉手機，那拿出手機拍照不是更明顯嗎？

「不用拿出來呀，嘿嘿；」看我一臉不解，阿狗露出得意的笑，「我找到一個App程式，可以自動定時拍照，時間間隔最短一秒，最長一分鐘，只要我進場時打開App，把手機放在胸口的口袋裡、鏡頭露出來，它就會一直拍一直拍，拍到我按停為止。」

這個方式實際執行起來沒有想像的簡單，「首先我得確保手機鏡頭一直露在外面，所以我在幾件襯衫的口袋裡層和手機殼背面貼了魔鬼氈，好固定它的位置；電量也是個問題，我不想直接用行動電源引人注意，不過一場聚會最多兩個多鐘頭，只要先把電充飽，拍完一場聚會後再充電就可以了。」阿狗解釋，「另外我還做了幾回實驗，試過一秒一張、也試過一分鐘一張，最後才決定每隔十五秒拍一張是最合適的頻率；一場聚會拍下來，照片的量會很大，我擔心記憶卡容量不夠，才會設定直接上傳雲端、每回聚會後就清掉記憶卡裡的檔案。」

阿狗的手機在遇襲時被砸毀，記憶卡也被抽走，不過被保留在雲端空間的照片全都還在。昨天阿狗的同事到醫院探望時，幫阿狗帶了筆記型電腦，這兩天住院沒別的事好做，阿狗把所有照片一張一張看過，做了分類紀錄。

「這一個多月，我參加了上人團體一大堆聚會，規模有大有小，每次參加我都拍了照片。」

阿狗把擺在床頭的筆記型電腦拿過來，掀開螢幕，「還沒參加聚會之前，不知道聚會都在幹嘛，所以打算拍照記錄；幾次之後，我就發現無論大小，聚會內容都差不多，只是有時上人演講時間長一點，有時做見證的名人數量多一點，拍聚會內容沒什麼必要。」

其實，上人團體聚會的內容雖然無聊，卻非毫無意義——阻絕外界通訊、利用暗樁營造所有人都齊心相信上人的氛圍，上人在演講時除了自說自話的教義之外加上激昂誇張的呼籲，就能打造出上人就是精神領袖、人人都能感受到上人力量的幻象。

我在那些關於激進教派的資料裡讀到這些，聽著我的轉述，阿狗大力點頭，「沒錯，我也讀過類似的報導。雖然知道這套模式、也覺得這麼做應該唬不了什麼人，但真的身處在聚會當中，有的時候我還真的會覺得上人很有能力。每個人都會遇到不同的人生困境，去參加聚會的時候也真的希望能夠獲得解決，所以就更容易接受這些暗示。」

我點點頭。

手機響起。我低頭看看，發現沒有顯示來電號碼。中午接過阿興的電話，這搞不好又是上人團體打來的。因為聚會裡營造出來的氣氛，對每個人的影響程度和時間不一，所以上人團體會積極地打電話找剛參加過聚會的新成員，要他們持續參與，增加固著的力道。

我直接掛掉手機。

「上人聚會沒有太特別的東西，」阿狗說，「不過我轉念一想，把參加聚會的人和幹部拍下來，以後或許派得上用場。」

阿狗把每張照片裡出現的幹部和成員分別標注，開始可以分辨出哪些人是常參加的成員、哪些人是偽裝成新成員的暗樁，以及哪些是固定負責聚會事宜的幹部。

「看完所有照片，我很確定，」阿狗道，「照片裡從沒拍到那兩個混蛋。」

8

那兩個人從未出現在照片裡有幾種可能的解釋，例如他們雖然是團體成員，但阿狗就是沒拍到過；但所有可能裡最簡單的一種解釋就是：他們不是團體成員、沒參加過聚會。

「我認為那兩個混蛋不是團體成員；」阿狗提出和我相同的結論，「這麼一來，就算查出那兩個混蛋的來歷，也不會牽連到團體。」

但是，找兩個與團體無關的人來揍阿狗，能達到想要警告阿狗、中止調查的目的嗎？

「這我也想過了；」聽了我的疑惑，阿狗道，「那兩個混蛋堵住我的時候，只叫我少管閒事，我問是什麼閒事，他們說我自己心裡有數，接著就開始揍我。我那天第一次在聚會遇到前主管，如果我是去臥底挖內幕的，一定會想到是前主管向幹部告密，要我別再查上人團體的事，只要我不再參加，他們就會覺得警告有效。」

但倘若阿狗真是個虔誠的上人信徒，以為自己被揍是因為其他無關的調查惹上黑道，那麼遇襲之後，不就會更熱衷參加聚會、想要消災解厄？

「對，畢竟他們不知道我的真正目的，就算讀了我的手機記憶卡，也找不到什麼證據；」阿狗抓抓頭，「不過，既然前主管認為我的企圖不單純，幹部也有疑慮的話，最直接的做法，就是編個理由禁止我參加聚會，或者，再找人扁我一頓——多搞幾次，我再蠢也會明白了吧。」

「打算如何？」我問。

「不去了，被打一次就夠了，我可不想再被揍；」阿狗調整坐姿，「不過也不會放棄。我最討厭這種團體，一定要把他們的底掀出來。」

阿狗聲音裡的情緒濃烈，我記起他說決定調查上人團體時，提過一個沒說明的「個人因素」。

「有過節？」

「啊？你說和上人團體嗎？現在有，」阿狗指指自己的傷處，「但從前沒有。倒是我的前輩的確對宗師教團充滿怨氣。」

阿狗的前輩老家在中部，因為父親早年經商失敗，家境並不寬裕，後來又在朋友借款時當擔保，結果朋友賴帳跑路，前輩老家的房子差點因此被查封。前輩在這城當記者，工作忙碌、收入普通，雖然一直省吃儉用地匯錢回家，但每次返回老家都會拿到一個裝著鈔票的信封，裡頭的數目比原來匯回去的還多。

「前輩的爸媽很熱心、對人很好，前輩也一樣；」阿狗道，「就是因為對人太好，才會去做保人，也才會被扯進麻煩。前輩認為爸媽可能有向地下錢莊借貸，但他們倆對此絕口不提，每天笑臉迎人。」

幾年前，前輩的母親開始頻繁參加宗師教團的聚會。前輩得知母親除了往來的交通費之外，每次去都還會捐款，所以要父親勸勸母親；但前輩的父親認為夫妻倆日子苦，心靈有個寄託沒什麼不好，所以雖然手頭拮据，但沒有阻止。

前輩的父親沒有料到，這個理應是安頓心靈的舉動，成了培育噩夢的溫床。

「一陣子之後，前輩的媽媽開始成天恍惚，說自己被不乾淨的東西纏身；」阿狗皺眉回憶，「有時前輩回老家，撞見媽媽在昏暗的客廳裡姿態緊張地不斷跪拜，十分詭異。一天晚上，前輩的媽媽失蹤了，很多鄰居幫忙找了大半夜，隔天早上發現她躺在城郊草地上，全身都是蚊蟲咬痕，但說不出自己為什麼在那裡。」

醫生判定前輩的母親有精神分裂症狀，需要按時吃藥，因此好一段時間無法工作。逐漸恢復之後，前輩的母親慢慢重新與鄰居互動，但沒過多久，又開始參加宗師教團的活動。

「那時前輩媽媽的狀況還是時好時壞，前輩覺得再去參加活動不大好；」阿狗搖頭，「只是無論前輩和爸爸好說歹說，媽媽都認為只有繼續參加活動，才能淨化自己。」

某年大年初一，前輩忙著工作，在電話裡和母親約好隔天回家，不料初二傍晚返家時，只看見一臉惶急的父親——母親又失蹤了。兩人剛想出去請鄰居協尋，就接到警察的通知：母親穿越馬路，被公車迎面撞上。

「撐了兩天，沒救回來。我們都不知道，前輩的媽媽是神智不清才出事的，還是知道自己病況，不想繼續拖累家人。」阿狗嘆了口氣，「那天我打電話向前輩拜年，結果聽到這事，嚇了一大跳；那麼努力活著的人，突然就走了。我還記得和前輩通電話時，電視新聞正在播宗師替全國祈福的畫面，噁心死了。結果後來前輩也出事了，我幫前輩的爸爸聯絡社福機構，每次去探望前輩，就順便看看他爸爸有沒有缺什麼、需不需要幫忙；老人家是很堅強啦，但年紀那麼大、老婆走了，一個人要照顧失能的兒子，我覺得雖然嘴裡都說沒事沒事，但一定很辛苦。」

原來如此，我點點頭。

「上人團體和宗師教團是類似的貨色，我不會被他們嚇倒；」阿狗道，「不參加聚會的話，上人團體應該不會再找我麻煩，這一個多月也沒太多收穫，只拍了一堆照片，我應該從別的方向查查。」

我想了想，「照片可能有用。」

阿狗在深夜聚會遇到前主管，聚會結束後遇襲，而襲擊他的兩人並未參加聚會。深夜聚會的時間大約一個小時，也就是說，前主管和阿狗談完、找團體幹部商議、幹部決定出動打手警告阿狗，以及打手趕到聚會場地外頭埋伏，這些事情必須在一個小時之內完成。

「我懂了！」阿狗一拍手，「你的意思是，一般人不可能在這麼短的時間裡就能調到兩個打手。」

是的。要做到這種事，得平常就有聯繫。

「我把幹部的照片整理出來，找認識的警察看看，」阿狗摩拳擦掌，「他們可能會認出那些幹部裡頭哪個有黑幫背景。話說回來，我還是覺得，如果可以查到金錢流向的話，就會更有用。」

查查團體幹部有沒有案底，這事酒保幫得上忙；我已經請酒保設法查查上人團體的金流狀況，如果有幹部的名單，應該也會有幫助。我請阿狗把儲存在雲端的照片檔案分享給我。

「你好像總是有管道弄到一些神奇的資料啊；」阿狗看著我，眼光充滿好奇，「你說你幫夜店老闆工作，但你幫我查到的東西，我實在不知道和你的工作有什麼關係。」

我搖頭。請酒保查帳戶是非法的，我不能讓她的駭客身分曝光。先前幫過阿狗幾次，阿狗因而對我的職業充滿想像，但猜了幾回都沒猜出來，最後還是我直接告訴他的。

手機響起，仍然沒有顯示來電號碼。我點選拒聽，然後把手機轉成靜音模式。

「不過既然你在夜店工作，一定接觸過很多漂亮女生吧？」阿狗傾身向前，「乾脆好人做到底，給我一點建議。」

啊？

「你記得我們認識的時候，我有個在建設公司上班的女朋友嗎？和她分手之後，我就一直沒再談戀愛啦。」阿狗的嘴角浮出笑意，「醫院裡有個護士，長得很可愛，是我喜歡的那一型，這幾天每回巡房，我都覺得她和我聊得特別久，應該對我也有意思；調查到一半，好像不該挑這時候展開攻勢，但是每回看到她我就心跳加速啊，你覺得我應該怎麼辦？」

睡得舒服所以不想出院只是藉口，可愛的護士才是主因嘛；但是，找我諮詢戀愛建議，可就完全超乎我的能力範圍啦。

我露出苦笑。

9

在阿狗的病房繼續待了半個小時，他口中可愛的護士出現，我趁機告辭；掏出手機，發現又多兩通沒有顯示號碼的來電。這幾通電話如果是上人團體打來的，那就沒必要理會，但如果是其他人要找我呢？但平常會打電話給我的人都沒有隱藏號碼的必要。

邊想邊走出醫院大門，我忽然發現身旁多了幾個人，靠得很近——事實上，他們靠得太近了，明顯是在限制我行進的方向。

我在腦中快速整理老闆最近交辦的幾項工作，確定自己並未節外生枝、招惹是非；倒是與工作無關的兩件事可能引來麻煩，一是替阿狗解圍，二是在酒館外頭救人；前一樁事可能與上人團體有關、後一樁根本不知對手是誰，但這兩樁事件裡我都不是事主，只是好管閒事，可能會因而遭到牽連嗎？

不對。照阿狗的推測，上人團體找打手教訓他的目的是要他別再調查，無論我有否插手，阿狗都已經收到這個警告；真因我的出現而沒能完成任務的，是計劃綁架年輕男子的那夥人，但那夥人應當無法只憑深夜裡和我打過照面，就查出我現在人在哪裡。

我用眼角瞄了一下。身旁有兩人，身後也有兩人，襯衫長褲，看來平常，沒戴口罩和安全帽，不像是要在這裡動手生事，但十分堅定地把我推向路邊。

一部黑色休旅車停在那裡，車窗貼著隔熱紙，看不清裡頭有沒有人。

被塞進車裡可就不大妙。這些人什麼來歷？要在醫院門口動手嗎？我心中盤算對策，車窗緩緩降下，一張臉出現，朝我點點頭。

我愣了一下。

那是黑先生。

約莫一年前，夜店裡有個舞孃多日曠職，老闆覺得擔心，囑我查找。這事後來發生意料之外的牽扯，我因此認識了黑先生——黑先生出身國內政治世家，彼時正是當紅的政治明星，相關新聞及發言常在各個媒體上出現，國內大多數人都認識他，所以準確點兒說，是我見到了黑先生本人，而且還得知，黑先生和老闆不但是中學同學，還是畢業後一直保持聯絡的好友。

那樁事件結束之後，黑先生淡出政壇，也從媒體上消聲匿跡。老闆在自己的辦公室把我介紹給黑先生時，提過從前黑先生有時會到辦公室和老闆閒聊；我不確定這一年黑先生是否仍會偶爾到訪，那樁事件後，我從未再面對面見過他。

站在我右邊的人打開休旅車後座車門，黑先生向裡挪挪位置，我想了想，跨進車裡。其他人都沒上車。幫我開門那人把門關上，黑先生朝司機點點頭，車窗升起，休旅車彷彿滑行般向前開動。

「好久不見。突然找你，不好意思；」黑先生開口，「不過我派人打了好幾次電話給你，你都沒接。」

所以沒顯示來電號碼的電話是黑先生打來的。但他怎麼會知道我在醫院？

「雖然你沒接手機，不過手機訊號還是可以定位，」我還沒問，黑先生已經繼續說了，「所以我就直接來了。」

看起來雖然已經辭去公職，但黑先生能動用的資源仍然不少。黑先生和我沒有私交，不會想找我閒聊，倘若想託我辦事，那麼透過老闆找我比透過手機定位找我方便簡單；再說，黑先生肯定不缺替他辦事的人手，特地找我，可見這事交給我比交給他的手下更合適。

但這會是什麼事？

我直接發問，黑先生直接回答，「我要請你去見你老闆，說我找過你了。」

10

休旅車在夜店門口讓我下車的時候，我還沒搞懂黑先生的請託究竟是什麼意思。

黑先生在車上告訴我，上人團體最近頻繁派出高階幹部與他接觸，前幾天上人的兒子親自出馬當說客，因為和黑先生畢業於同一所外國名校，所以一上門就熱絡地叫著「學長」；而無論高階幹部還是上人之子，無論拜訪名目是問安請益還是懷念校園，這些說客的目的只有一個。

「上人團體願意提供資金，支持我重返政壇。」黑先生說，「如果我想競選，他們可以出人出錢，如果我想直接找管道擔任公職，他們也可以幫忙；總之他們希望能夠出力，協助我重新進入權力中心。」

心靈成長團體向已經淡出舞臺的政治人物「問安請益」聽來很怪，表明要出錢資助也莫名其妙；我剛這麼想，就記起阿狗提過宗師在政界經過長久布局所擁有的勢力。

看來上人團體也有相同的企圖。

「經過一年前那件事，我對過去在權力階層搞的那些事已經失去興趣，所以不管誰來談，我都婉拒了；」黑先生看著窗外，「不過我還是打聽了一下，發現上人團體不只找我，也找了不少現在比較沉寂的政治人物，其中有些人已經答應上人團體，準備東山再起。這表示上人團體的確努力想要取得政治力量，並且積極行動。」

黑先生解釋，國內的政界、商界、宗教界與地方勢力之間，有相當複雜的關係，這些勢力結合後能夠發揮的實力，常常比各自在檯面上看得見的部分大上許多。勢力團體之間有的靠宗教信仰連結，有的靠權力金錢扣接，而最終的目的，都在設法利用彼此替自己謀得最大的利益。

上人團體崛起的時間不長，但也想擠進這層權力結構當中——黑先生的說明至此我都清楚，但接下來就不大明白。

「如果上人團體順利坐大，和你老闆就有關係；」黑先生說，「或許不至於直接衝擊，但免不了有間接影響。」

我皺起眉頭。

「這部分和你老闆的私事有關，我不方便多談；要是屆時真有什麼狀況，我也不見得方便介入。」黑先生看出我的困惑。

「直接找老闆？」我問。既然與老闆私事有關，黑先生就更不該找我。

「我找過了，但沒什麼效果。」黑先生露出一絲若有似無的苦笑，「如果是從前的我，大概也會有類似的反應吧？不過一年前那件事發生之後，讓我想了很多。」

黑先生找老闆表達了他的擔憂，但老闆覺得黑先生太過多慮；黑先生不放心，於是想到我，找我的原因，一方面希望我替老闆多留點神，另一方面也希望經由直接找我這個舉動，讓老闆感覺黑先生的警告相當認真。

「一年前你幫我忙的時候，我能感覺到，」黑先生看著我，「你的老闆，非常信任你。」

雖說要我協助，但黑先生一席話裡唯一具體的，就是要我讓老闆知道他找過我。這事做來不難，我下車之後，直接到老闆辦公室去。

「他去找你？」聽完我的敘述，老闆從一疊報表裡抬起頭，拿下唇邊的菸，「對他而言，這還真少見。他想讓我知道他很認真，對吧？」

我點頭。

「但我還是覺得他想太多了。」老闆看看菸，抽了一口，把菸捻熄，「他有說什麼細節嗎？」

我搖頭。

「那我知道了，這事你不用操心；」老闆燃起另一支菸，重新低頭看報表，「先去休息吧，有事我再找你。」

幾天前老闆要我去關心一下安帛，剛才黑先生要我來關心一下老闆，可是我的關心似乎都沒起什麼正面作用。

回到地下室，我拿起《廢物手記》。

這幾個月，《廢物手記》成了我最常閱讀的文字紀錄。原初的動機，是因覺得廢物來歷有點古怪；讀到一半，則因廢物的閱聽經驗與我紊亂的心得記憶幾乎完全一致，所以出現另一層趣味，在閱讀的同時，彷彿一一召喚重整我缺乏索引的記憶資料庫，將紛雜資訊各自定位歸類。

但讀到最後幾冊，我發現《廢物手記》與我之間，有比閱聽經驗更深的連結。

《廢物手記》我已經全數讀完，現在重讀，更能注意一些細節。

邊讀邊想，忘了時間。不知過了多久，我揉揉眼睛，發現擺在一旁的手機螢幕，正無聲地發亮。

他一有機會就練習閱讀別人記憶的特異能力。

這樣的機會並不太多。原因出在這個特異能力的限制。

只要靜下心來，仔細體會，可以發現閱讀記憶的過程分為兩個階段。

首先，用手指接觸別人，他的指尖會出現一種微妙的感覺，似乎沾上了什麼。如果在這個時候將手指稍微移遠，就會發現指尖和別人之間，出現幾縷晶亮的絲線；這些線只有他看得見，一段時間後便自動消失；如果在絲線消失前將其握入掌中，就會讀到一部分記憶——他因此明白絲線是由記憶凝成的。

這個階段初次見到蠻奇妙的，但多看幾回就不希奇了。他大多跳過這個階段，繼續把手指放在別人的身上；透過指尖，他可以直接沿著別人體內隱而未顯的記憶絲線，閱讀別人的記憶。

閱讀記憶的過程像是代替別人重新複習一次記憶形成的場景：他會透過別人的角度觀看、聆聽，感受場景裡的氣味、觸覺、溫度和溼度，同時聽得到細碎的雜訊，那是別人最初經歷這些時的腦中旁白。

有些時候，他會覺得閱讀記憶的時候，自己就像向別人借外套一樣地暫時穿了別人的軀殼——他在閱讀記憶前並未開口告知，其實不能算「借」，但換個角度看，他也沒有真的拿走什麼，別人的記憶不會因為被他閱讀而減損，甚至也不會知道自己的記憶被他讀過，所以他認為，自己的行為也不算「偷」。

只是，他每次憶起第一次閱讀母親記憶的感覺，都會作嘔。

與那個不知名男人肢體糾纏的是母親，但閱讀記憶時，承接母親所有感受的，是他。

前幾次實驗已經讓他知道特異能力似乎無法每次都發揮作用，不過要等到實驗累積到足夠數量，他才確定特異能力有三個限制。

第一，特異能力必須在他的手指接觸到別人肌膚時才會啟動，假使隔著衣物，不管材質、無論厚薄，他都無法使用特異能力。

如果接觸的是頭部，那麼他馬上就能讀到記憶，如果接觸的是身體其他部位，反應就會稍微慢一點，不過也差不了太多。有一陣子因為勤於練習，所以即便他沒打算要讀，記憶也會自己撞來；不久後他熟悉了控制的訣竅，學會如何在意念一轉間就啟動或中止特異能力。

第二，特異能力不能用在自己身上，也就是說他無法閱讀自己的記憶。這沒什麼關係，他對閱讀自己的記憶沒興趣；自己的記憶就是自己記得的物事，沒必要特地去讀。

這個限制可能是特異能力本來就有的缺點，也可能與第三個限制有關。

特異能力的第三個、也是最後一個限制，是這個能力，只能在別人失去意識時才有作用。以他的經驗來說，每回可以成功使用特異能力，都是在別人睡著的時候，他認為這可能是人在清醒時分會自動產生某種保護機制，所以，他也認為如果別人陷入昏迷，特異能力應該也能啟動，只是他沒有機會實驗。

這幾個限制，讓他覺得特異能力沒太大用處。

自己雖然是個超能力者，但無法飛天遁地、力扛千斤，也無法透視、隱形、瞬間移動或使用念力，一點都不刺激；閱讀記憶只能閱讀、不能修改，沒法子知道別人當下的思緒，不能操控別人的精神狀態，沒法子遠距離發動，只能讀讀別人已經成形的記憶，雖然有時可以知道一些別人的祕密，但也就僅是被動知情，根本沒法子主動做點什麼。

他沒打算成為拯救世界的超人——事實上，他認為耗費心力去做無償工作還常常得隱藏身分的超人行徑，壓根兒就是件蠢事。他對超能力使用的所有想像，都是可以利用超能力來滿足自己日益勃發的性幻想。

但閱讀記憶的能力在這方面發揮不了什麼作用。他當然可以找機會讀讀女同學更衣入浴之類的記憶，但這個特異能力還得在別人失去意識時才能使用，而以一個生活場域大多只在學校與住家之間交替的中學生而言，要在生活周遭遇上失去意識的人、同時有機會接觸這人的肌膚，其實並不容易。

在叔叔家住了大半年，他覺得特異能力真正帶給他的好處，只有兩個。

第一是有回叔叔感冒、沒去上班，他放學後看見叔叔在臥室沉睡時，趁機讀到的記憶。

他因此發現叔叔不信任銀行，大部分的積蓄都放在臥室的保險箱裡。

第二則是他在叔叔記憶裡搜尋保險箱密碼時，意外得知叔叔始終沒有結婚的真相——叔叔喜歡男人。

和父母親相比，叔叔的零用錢給得更大方，他搜尋保險箱密碼，原本也只是順手查查。不過他後來發現，偶爾抽走幾張保險箱裡的鈔票，叔叔並不會查覺，而拿這些偷來的錢去買名牌球鞋之類奢侈品，不但不需要再一點一滴地從零用錢中儉省，叔叔還會以為他知道如何管理零用錢而大加讚揚。

叔叔看來只把他當成因為家裡出了狀況、所以自己就接手照料的姪子，辦理領養手續只是圖個形式，不會端個家長架子對他說教，也沒要他改口稱叔叔為爸爸。不過得知叔叔是同性戀這事還是讓他有了戒心，在家會刻意和叔叔保持距離，只是他心裡明白，除了善盡親族長輩的責任之外，叔叔對他沒有任何多餘意圖。

他也明白，無論年齡是大是小，性別是男是女，他身邊的所有人，對他都沒有什麼興趣。

從小他就是個低調不起眼的孩子：長相平凡、課業成績中上程度，對運動不熱衷也不在行，缺乏任何外顯的專長或特色。他並不覺得這樣有什麼不好。

如此個性到了中學仍然沒變，只是中學男生，多少希望自己在同性當中是個人物、在異性眼中顯得突出。

尤其是他升上高一，對班花一見鍾情之後。

班花當然沒注意過他，但他在偷眼觀察一整個學期之後，還是做足了接受拒絕的心理準備，鼓起勇氣提出邀約。

出乎意外的是，他收到班花的回覆。

回覆內容十分直截了當：班花接到的類似邀約太多了，不可能全數答應，但也沒打算無情地全數回絕，所以決定挑選其中一個，共度下午茶時光；只要男生提出的下午茶地點讓班花滿意，就有可能獲得殊榮。

他直接說出市區最新最大的飯店名稱——那裡的下午茶以浪漫和昂貴聞名。

這個決定果然奏效。

赴約之前，他分幾回從叔叔的保險櫃裡偷鈔票，購置新行頭，同時也為下午茶之後的節目預做準備——要是下午茶令班花滿意，就有延長約會時間的可能，他不想屆時沒錢可用。

班花出現，不但化了妝，脫下外套後的穿著也有超越年齡的性感，他覺得心臟狂跳、口乾舌燥，褲襠鼓脹得非常難受。他想，穿得這麼誘人，顯見班花也對他有意思，下午茶結束後，他一定能爭取到兩人獨處的時間，也一定不會放過機會。

他試著聊天說笑，不過班花似乎用心品嚐精緻糕點，沒什麼回應；吃完甜點，班花看著窗外，偶爾淺啜紅茶，也沒怎麼理他。

欣賞了會兒班花的側臉和捲翹的睫毛，他大著膽子伸出右手，覆上班花擱在桌面的左手，突然心中一震。

班花抽走左手，順勢看看腕錶，站起身來，瞥了眼他的表情，微微一彎嘴角，拿了外套，什麼都沒說就走了。

他的表情看來呆滯，但內心十分興奮。

接觸班花手背時，他讀到班花的記憶，得知班花晚上另外有約，對象是校內有名的太保學長，答應他的邀約，只是利用他試試所費不貲的下午茶；他同時得知，班花和太保學長早就有過肉體關係。

他興奮的理由不是窺見班花的祕密，而是發現：特異能力其實可以在別人清醒時使用。

接下來的日子裡，他更頻繁地實驗特異能力，逐漸掌握在別人清醒時分閱讀記憶的祕訣——只要他的精神夠集中，就能突破別人清醒時分的保護機制。

知道愈多人的記憶，他就愈清楚自己從前低估了特異能力。

他想起成為叔叔養子時的領悟：如果能讓某人相信某件事，就能藉以替自己謀得好處。

知道別人的記憶，就能找出別人相信什麼事；利用別人相信的事，就能讓別人相信他。而一旦別人相信了他，他就能夠要別人提供他想從別人身上獲取的好處。

「無法閱讀自身記憶」和「一定得接觸別人肌膚」的限制都沒變，但原來「只能在別人失去意識時使用」才是特異能力最麻煩的限制。

現在這個限制解除了，他可以好好地從別人的記憶裡，選取讓自己爽快過活的福利。

閱讀的記憶愈多，他愈陶醉在窺知別人私密情事的愉悅當中；他不確定這是不是父親當年所謂「遇上喜歡的事」的感覺，因為他認為有另一件事帶來的快感更甚於此。

高一還沒結束，他就成功讓班花脫下衣服。

在班花體內爆發的瞬間，他覺得這才是他最喜歡的事。

【三】

主宰之歌

我猜他對你說出一切，那些我持續鎖在腦中的物事

——〈Master Song〉by Leonard Cohen

1

《廢物手記》每篇都標明日期，雖然廢物並未在手記裡提過自己的生日或年紀，不過從內容推算，三十年前廢物開始寫下第一篇手記時，可能是小學的最後一、兩年，或者剛從小學畢業。

在第一篇手記裡，廢物以一種孩子氣的鄭重筆調表示：寫手記的主要目的，是記錄自己閱讀、聽音樂和看電影的心得，順便可以練習使用文字。這個開宗明義的宣誓幾乎貫徹每本《廢物手記》，所以《廢物手記》占比最大的內容是閱聽心得，關於家人的不多，關於自己生活細節的更少。不過，從另一個角度看，廢物的閱聽數量龐大，他的閱聽心得，其實幾乎就等同於他的生活。

與家人有關的紀錄當中，廢物最常提及的，是他的外祖父。

廢物的外祖父原來住在國內南部，家有恆產，生活相當優渥，屬於不事生產也吃不垮的富紳階級。外祖父的父親、也就是廢物的外曾祖父，早早看出自家兒子有點古怪：性嗜讀書，但對仕宦毫無興趣；眼光精準，但對經商無精打采。家族裡還有別的子嗣可以承繼家業，外曾祖父也不想勉強兒子，撥了部分財產，設立專戶定期供款給兒子，囑他謹慎花用。

外祖父拿了錢，決定出國唸書，不為爭取學位，只想試試能否找到自己有興趣長久鑽研的領域。他先到日本、再去歐洲，跑了幾個國家，覺得世局混亂，決定落腳美國；為了久居方便，還透過關係成為正式公民。外祖父專挑冷門科目，研究當時並不流行的歷史古籍，包括舊時民間信仰與不同宗教源流；當時世界各國多有戰亂，他待在學院裡頭，幾乎無風無雨地度過那些年月，連家人都甚少聯繫。

直到一名女子意料之外地出現在他眼前。

女子是外祖父出國前家裡就已訂好親事的未婚妻，兩人多年未見，外祖父還認得未婚妻，未婚妻差點認不出外祖父——外祖父認得的原因是他本來記性就好，未婚妻不認得的原因倒不是記性欠佳，而是外祖父的樣貌太過邋遢，完全沒有當年在國內時的仕紳形象。

未婚妻雖然與外祖父所屬世家門當戶對，也是個受過教育的名門閨秀，但當時女性即便學過識字算術，熟諳外語的也不多，更遑論隻身出國。外祖父一方面訝異於未婚妻的勇氣，一方面意識到：自己遁入古籍當中的這段時期，老家可能已經遭逢重大變故。

外祖父沒有料錯。

未婚妻告訴他，由於戰爭之後政權交替並不順利，國內時局極度混亂，原來政商關係良好的仕紳階級及知識分子多被牽連。未婚妻的父親眼見情勢不對，想起女兒未來的夫婿住在美國，正好避禍，於是與尚未成為親家的外曾祖父商議，運用殘存的人脈將女兒送往國外。未婚妻轉述，臨行之前，兩家家長都叮囑她：找到人之後，別急著回來，雖然長輩不在、無人主婚，但應先成家生子、延續香火，待國內亂象平復再說。

外祖父檢查基金專戶，發現已然停止匯款一段時日，只是他生活簡單、用錢不多，一直沒有注意；而老家幾個月前寄達、講述危急情勢的家書及電報，都被他隨手擱置，任研究文獻資料層層疊壓。

看著外祖父急急拆閱那些過期書信，未婚妻才幽幽表示：因為外祖父失去音訊，兩家家長都不知他現況如何，所以她得有心理準備：倘若尋人未果，也不該回國，應當留在美國，自己設法生活。

第一次讀的時候，我就覺得廢物的外祖母飄洋過海、隻身赴美，肯定有精采經歷，值得可以寫成一本驚險、動人，同時反映戰爭亂局、政治角力、個人命運與女性勇氣的小說；現在重讀，仍然覺得如此。不過廢物的外祖母對那段時間的經歷幾乎隻字不提，廢物知道的內容，大多來自與他最親近的外祖父。

放下《廢物手記》，揉揉眼睛，發現手機螢幕亮著，想起我忘了解除靜音模式。

攫過手機，老闆的聲音傳來，「怎麼這麼久才接？算了，別解釋，快到辦公室。」

2

老闆辦公室裡有另一名女子。她看到我時微微一愣，我也一樣。

一般而言，我在老闆辦公室裡見過的就是公司同事或合作廠商，鮮少遇上與夜店業務無關的人物；老闆與黑白兩道的關係都很好，有時會在辦公室裡招待貴賓，廣義來說，這些在社會亮面與暗面的勢力看似與夜店的營運無涉，但實際上仍有或深或淺的相關。

所以我現在看到這名女子才會感到意外。

我前天晚上才在上人團體的聚會裡見過她，還聽到某個成員稱讚她的名字特別，她於是解釋，因為她的母親認定她有佛緣，所以用佛教典故中的「三德」為她命名，只是把「三」改成諧音的「珊」。

「我媽認為，叫『三德』的話，可能會有人想到人家說女子要有『三從四德』，就覺得我少了一德，以後嫁不出去；況且，『珊』字也比較適合女孩子嘛。」她當時溫婉地笑著，「再說，我可是什麼『德』都沒少哦。」

她是珊德師姐。

剛才老闆在手機裡的聲調聽起來與平常不同，加上先前黑先生令人不明究理但十分真誠的警告，所以我一時以為黑先生的擔憂已經瞬間成真，上人團體因為某些緣故做出對老闆不利的動作。

珊德師姐肯定與上人團體有密切關係——她在聚會時穿著鮮黃色Polo衫，顯示她是最高階的團體成員，而且雖未明說，但從她在聚會時站在講臺旁邊、不時輕聲對其他穿Polo衫成員下令指示的情況來看，珊德師姐應該不是團體成員，而是幹部。

上人團體的幹部出現在老闆辦公室，好像呼應了黑先生的警告；但現在珊德師姐沒穿鮮黃色Polo衫，也沒有一直掛在臉上的笑容，一臉煩惱，看起來不像是來撂話威脅的使者，反倒像是來找老闆訴苦的朋友。

「發什麼楞？」老闆的聲音把我拉回當下；我眨眨眼，搖搖頭，老闆看看我，又看看珊德師姐，「你們認識？」

「見過，」珊德師姐道，「他前天來參加聚會。」

「喔，對，他向我報告過。」

「報告？」珊德師姐微微皺眉。

「這事和妳沒關係，我也沒必要解釋；」老闆深吸口氣，菸頭的爆亮一下子往後燒了半支，「妳是來找我幫忙的，先談妳的事吧。」

珊德師姐沒有說話，點了點頭。

老闆把菸按進菸灰缸，抬頭看我，「我有事要你去辦。」

「和她有關？」我看著珊德師姐。

「有。她是我妹妹；」老闆從菸盒裡拿出另一支菸，「她的女兒依菲被綁架了。」

3

「現在雖然是暑假，但學校的暑期輔導課已經開始，過了這個暑假，依菲就要升小五了，暑期輔導一定要去，否則將來會缺乏競爭力。」珊德師姐解釋事發經過，「依菲每天四點放學後會先去安親班，我忙完再去接她。」

如果上人團體晚上有深夜聚會，珊德師姐就會派家裡負責打掃清潔等家務的外籍傭人去接依菲，不過昨天沒有深夜聚會，所以珊德師姐大概七點左右離開聚會場地，直接前往安親班。

但依菲不在那裡。

「安親班的老師說依菲今天沒出席。學校老師問過和依菲同班的孩子，孩子說依菲放學後就神神祕祕地和另一個要好的同學一起走了。」珊德師姐道，「那個同學我也認識，常常和依菲膩在一起，下課後也會陪依菲到安親班。」

「同學呢？」我問。珊德師姐皺起眉頭。

「他的意思是，」老闆知道我話太少，珊德師姐沒聽明白，「既然那個同學和依菲都到了安親班，為什麼安親班老師說依菲沒出席？既然沒出席，老師為什麼沒問那個同學？」

「喔。因為那個同學只是陪依菲到安親班門口而已，沒有進去；同學家就在附近，她的媽媽是個家庭主婦，會在家裡等她，不像我這麼忙。」珊德師姐露出不知是對自己有工作感到驕傲還是對自己無法在家享福感到惋惜的奇怪表情。

所以根本不確定依菲放學後是不是真的走進安親班？「問過嗎？」

「當然問過了。」這回珊德師姐聽懂了我的問題，「那個同學說，自己的確陪依菲走到安親班後才回家；我問她有沒有看見依菲走進安親班，她說沒注意。」

「安親班老師發現依菲沒來，」老闆問，「沒有馬上通知妳嗎？」

「有。」珊德師姐嘆了口氣，「但我在主持日間靜修，關機了。」

老闆搖搖頭，沒說什麼，只是用力射出一道煙箭。

「我把她送到收費那麼貴的安親班去，就是考量到安全問題嘛；」珊德師姐辯解，「可是安親班說，依菲沒有進門簽到，所以安親班不負任何責任。」

依菲到了安親班門口，但沒有簽到紀錄，看來依菲根本沒進安親班。

我問了安親班的地址，掏出手機查找網路地圖。

安親班距離依菲就讀的小學兩個街區，走路大概只要十分鐘，雖然位於一條僻靜的巷道當中，不過從校門口走過去，大多數時間應該都會停留在有人行道和騎樓的大馬路上；我碰觸螢幕，端詳安親班附近的現場照片，巷子不大，而且路邊停滿車輛，剩下的空間只夠讓一部車子通行。

既然安親班收費不低，那麼到安親班的學生家中的經濟狀況可能大多不錯，綁匪會不會從中隨機挑選肉票？我建立假設，然後推翻假設：依菲進門前一直和同學在一起，綁匪要挑選綁架對象的話，依菲到安親班後落單的同學，應該更容易成為目標。

如此說來，依菲是本來就被盯上的獵物。

雖然不知道放學時間這條巷子的交通狀況，但我判斷綁匪不大可能在安親班門口把依菲帶走。放學時間安親班附近應該會有不少學生，倘若綁匪能夠找到地方停車埋伏、看準依菲和同學道別但還沒走進安親班的時機下手，就算可以馬上制住依菲、不讓她叫喊掙扎，也很難想像現場沒有其他人發現異狀。除非……

「熟人？」我問。如果綁匪是依菲認識的人，就可以在不用驚動旁人、不需強力拉扯的情況下帶走依菲。

「不大可能。」珊德師姐搖搖頭，「我叮囑過依菲很多次，不管要去哪裡，都要先向媽媽報備；依菲很聽話也很聰明，不會隨便和別人離開。」

「就算依菲那時打了電話，妳也沒開手機。」老闆插話。

「但是我的手機沒有依菲的來電紀錄。」珊德師姐不高興地回嘴。

就算依菲真的每次都謹遵母訓事先報備，仍然可能是熟人所為。例如先騙依菲說可以上車後再打電話，待她上車後立刻控制她的行動，依菲就沒法子通知任何人。

無論是不是熟人所為，依菲都不見了。接下來幾個小時，珊德師姐在學校和安親班之間來來去去走了好幾回，詢問店家，也打電話問了所有可能知道依菲下落的人，沒有得到任何消息。

晚上九點多，珊德師姐的手機響了。

一個沒聽過的男子聲音，在電話彼端告訴珊德師姐，依菲在他們手上；珊德師姐要求聽聽依菲的聲音，男子沒有答應，珊德師姐央求男子不要傷害依菲，男子回答只要乖乖付錢，依菲就能活著回家。

「一點小錢，不用討價還價；」男子道，「三千萬。」

4

我在墨鏡後面眨了眨眼。

三千萬不是個小數目，尋常人家肯定籌不出來，就算珊德師姐家中經濟狀況不錯，一時之間也不見得拿得出這筆錢。

綁匪既然不是隨機選中依菲，提出這個贖款金額應當也不是漫天喊價。珊德師姐是上人團體的幹部，但她是專職在上人團體工作、還是另有正職？這兩者想像起來都不大可能馬上拿出三千萬，難道她是某個財團家族的成員？但倘若珊德師姐家裡有錢有勢，別說警方可能會特別重視，就算不依靠警力，應該還有很多管道可以協助處理，她為什麼要來找老闆？

「那個男的叫我不可以報警，還叫我打電話給學校和安親班，替依菲請假，不照辦的話就會殺了依菲；」珊德師姐說，「我那時手抖得好厲害，差點連手機都掉了。」

珊德師姐告訴綁匪，家裡沒有那麼多錢，希望綁匪降低贖款金額。

「我不是心疼這些錢哦，和依菲比起來，就算是五千萬八千萬我也會想辦法去張羅，」珊德師姐不知在向誰解釋，「我只是實話實說，因為家裡真的沒有那麼多現金。」

老闆哼了一聲。

在上人團體聚會的時候，成員們看起來都聽從珊德師姐的發言、遵循珊德師姐的指示；不過在那通電話裡，綁匪完全沒有理會珊德師姐的實話實說，表示只給珊德師姐三天準備，屆時會再打電話指定交款的方式和地點。

「她講完電話，決定來找我；」老闆道，「我聽完狀況，決定要找你。」

不准報警，三天內籌三千萬贖款，否則依菲小命不保，珊德師姐想找人商量，所以聯絡了老闆，這部分我懂；但我剛聽不出什麼與綁匪的線索，身上也沒有三千萬，老闆為什麼把我叫進辦公室？這部分我不懂。

仔細想想，我認識的人裡頭可以拿出三千萬的，大概也只有老闆。

難道珊德師姐是來借錢的？

「錢的事你還沒到之前我們就談過了；」老闆告訴我，「我沒這麼多現金，如果把定存和股票刮一刮可能湊得出一部分，但現在連依菲是不是在對方手上都還搞不清楚就乖乖交錢，我認為不妥。」

「這麼多年沒聯絡、一找上門就要借錢，我也覺得很難開口；」珊德師姐說，「不過這和我女兒能不能活著回家有關，我又沒別的人可以商量，只好厚著臉皮過來。」

「既然和妳女兒有關，妳就該和妳男人商量；」老闆斜睨著珊德師姐，「那傢伙對妳們母女倆最大的意義就是錢了吧？還是他不願意掏錢換女兒的命？」

「那個……我還沒告訴他，」珊德師姐難得地囁嚅起來，「他最近很忙……」

「忙到沒空理會女兒的死活？」老闆用力噴出剛剛吸進肺部的煙，「事業果然做得很大啊。」

「我們最近……有點不愉快；」珊德師姐的表情像剛吞了顆過期的臭蛋，「現在告訴他這件事，一定會被他罵。」

「所以妳怕被罵、不怕女兒回不來？」老闆沒有放鬆，「那妳乾脆回去找爸爸好了！最疼的女兒回去了，還要他幫忙救孫女，爸爸一定會爽快地答應啦。」

「明明知道『最疼的女兒』早就是過去式了，還提爸爸做什麼？」珊德師姐露出嫌惡的眼神，

「我和爸爸撕破臉後，已經十年沒聯絡了。」

「是啊，妳和爸爸撕破臉是那傢伙害的，但他現在也沒幫忙嘛；」老闆揚起眉毛，「後悔了吧？」

「現在是怎樣？」珊德師姐瞪著老闆，「我女兒出事了，正好翻舊帳幸災樂禍？」

老闆看看珊德師姐，搖搖頭，沒再說話。

我站在一旁尷尬地當鄉土劇觀眾，覺得老闆和珊德師姐長得一點都不像。

老闆的顧慮不無道理。倘若依菲已遭不測，或者手機裡自稱綁匪那人壓根兒是個騙子，那麼交了錢也換不回人。當初珊德師姐接到手機時，實在應該設法確認依菲的狀況才對。

等等，手機？我道，「對方沒打家裡電話？」

「啊？」珊德師姐愣了一下，「家裡是有電話，不過已經很少用了，再說，接到手機時我人還在外頭找依菲，就算那個男的打到家裡，我也不知道。」

「借我看看。」

珊德師姐把手機解鎖遞給我，我叫出通話紀錄，指著其中一列，「這通電話？」珊德師姐點點頭。

打勒贖電話，應該設法不留下任何可以追蹤的紀錄，一般來說，打家裡的市內電話是比較合理的選擇；但綁架依菲的歹徒不但打了珊德師姐的手機，而且沒有隱藏自己的號碼。

那組手機號碼，就留在珊德師姐的通話紀錄裡。

「回撥過嗎？」我問。
珊德師姐搖頭。
我按了回撥鍵。
手機裡傳來對方目前關機的訊息。
我記下號碼，把手機還給珊德師姐，「我查查。」
老闆道，「這就是我找你的原因。」

5

事關至親，老闆和珊德師姐都有點心慌意亂，所以老闆認為，找個與依菲沒有直接關聯的人來幫忙，比較能夠冷靜地處理問題。

掛名是特別助理的打雜小弟，也就是我，於是出現在辦公室裡。

「你先前幫我找過人，」老闆道，「或許會有些主意。」

老闆指的是一年前尋找舞孃那件事；當時我查了一下才發現，舞孃不是曠職，而是失蹤。

那起事件之後，我還幫另一個朋友找過人，所以對於尋人的確有點經驗，但現在的情況大不相同。

前兩回尋人，我獲得的資訊都很少，得花時間把僅有的一點資料像小石頭一樣朝各個方向拋擲，聽聽哪裡傳來回音，再朝那個方向摸索；但依菲的母親就在我眼前，關於女兒的資訊應當很充足，我或許可以提供一些建議，但再怎麼想，珊德師姐都比我有能力找到依菲。

依菲正要升國小五年級，所以應該是十歲或十一歲、即將開始或剛剛進入青春期的年紀。從放學到現在其實才幾個小時，雖然我很難想像這個年紀女孩的日常生活，不過有沒有可能只是翹掉安親班的課到哪兒去玩，結果忘了時間？或者是翹課後遇上什麼無法處理的狀況，所以不能或不敢通知母親？

我提出這個假設，珊德師姐斷然否定，「依菲和我感情很好，有什麼事都會告訴我，而且她很守規矩，不會翹課。」

每個父母大概都會這麼認為，不過現實可不是這麼回事。孩子是獨立個體，兩個獨立個體之間感情再怎麼好，也很難做到真正的「無話不談」；再說，假若依菲真的是個循規蹈矩的乖乖牌，偶爾使壞結果沒法子收拾的可能性就更大。

例如在文具店或飾品店裡一時鬼迷心竅順手牽羊，結果被店員逮到了，依菲怕被責罵、不肯說出家長聯絡方式、店員又覺得把小女生送到警局太過小題大作，只好先把她留在店裡，珊德師姐自然找不到人。

不對；我在心裡重新檢視自己的想法，覺得有幾點說不通。

一是時間拖太久了。假設依菲真在某家店裡闖了禍，店員也不大可能把她從傍晚留到深夜，從依菲的年紀，應該可以推測她是附近學校的學生，無法通知家長，到學校通知老師也成。再說，如果搬出「警察」兩字，大多數的孩子理應都會選擇讓家長出面處理；就算店員直接把依菲送到警局，也比讓她耗在店裡來得省事。

二是不管依菲遇上什麼狀況，打手機給珊德師姐的人都知道依菲沒有回家。所以這人可能知道依菲發生什麼事，而無論自己與這事有沒有關係都起了貪念，想藉機撈錢。

或者，這人真的綁架了依菲。

從方才老闆的話中可以推論，依菲家裡的確有能力拿出鉅額贖款，而打手機給珊德師姐的人也明白這個情況。

如此一來，這人就更有可能真是綁匪。

眼下應該進行的工作有兩件。

一是繼續找依菲。雖然珊德師姐說自己到處找遍了，不過或許和老闆談過之後，可以更冷靜地想想有沒有遺漏什麼。

二是找出那個打手機給珊德師姐的人究竟是誰。無論他是不是綁匪，都應該知道依菲的下落，或至少知道依菲出了什麼事。

此外，這個可能是綁匪的人提出明確的期限，所以或許已經做了準備，把依菲藏匿三天，甚至也減少自己外出的必要，倘若如此，在剩下的期限內找出綁匪相當困難，就算真找到了，我也不見得有能力救人；對方給了三天的期限，現在子夜剛過，算是第二天，倘若明天仍找不到依菲，那麼她遇險的可能性就會大增——看守肉票很麻煩，撕票相對簡單。目前還不知道綁匪打算怎麼取得贖款，這事還是讓警方追蹤或者在交付贖款前事先部署比較妥當。

我把想法告訴老闆。

「珊德回家想想，明天繼續找依菲；」老闆果斷地做了結論，先囑咐珊德師姐，再向我下指令，「我會和我認識的分局長聯絡，不過我們現在還不確定依菲是否真被綁架，也不知道打電話那人的底細，如果警方動作太大，不免打草驚蛇。所以你去查查看能不能找出這個人，也查查依菲沒進安親班，可能到什麼地方去。另外，我明天會去準備錢，不夠的部分，我再想辦法。」

「謝謝！」珊德師姐動了動身體，似乎想上前握住老闆的手，但又猶豫地停下動作，「呃，姊姊。」

「好，我終於聽到一聲『姊姊』。」老闆的微笑有點疲倦，「依菲是我姪女，我當然要幫忙。我會請分局長盡量低調處理。」

珊德師姐低下頭，老闆一揚手，把車鑰匙扔給我，「公司的車在地下停車場，送我妹回家休息，再回來找我。」

「姊，我……」珊德師姐剛開口，話頭就被老闆打斷，「睡不著也得睡。明天還有得忙。」

6

我向珊德師姐問了每天和依菲一起走到安親班的同學姓名、導師的姓名、依菲今天的穿著，也問她有沒有依菲的照片。

「前幾天帶她出門拍過幾張，在手機裡，」珊德師姐說，「我傳給你。」

照片裡的依菲有種奇妙的美。

在夜店工作，常會看到漂亮女子。到夜店消費的女客大多事先精心化過妝，在夜店服務的女侍按公司規定也得化妝。那些漂亮是包裝過的。

登臺表演的舞孃，會依照舞碼調整穿著及舞臺妝，但只要不在舞臺上，舞孃們的妝看起來就顯得太過誇張，所以她們多數選擇在表演結束後卸妝，再離開夜店，有時太累，妝卸了一半，可能就會在更衣室裡睡著。這時候的漂亮有時透著疲憊，有時透著憔悴，有時一些被舞臺妝覆蓋的心思，也會偷偷浮現出來。

安帛卸妝之後仍然很漂亮，我甚至覺得她不化妝時更漂亮。如果是剛結束表演，安帛看起來會有種盡力舞動之後的愉悅，如果是不上班的時候，安帛未施脂粉的臉龐會因為她溫和、體諒、求知的興趣及對許多物事的好奇而微微發光。

那是一種極具生命力的美。

只是最近幾次見到安帛，我覺得這種美好似乎逐漸消退。

依菲的美與安帛不同。頰邊有些還沒消退的嬰兒肥，眼神靈動，笑得很燦爛，還沒承受過現實的打磨、還沒見識過人心的暗裡，也還不明白世界當中有很多流動的惡意。

只有這個年紀的女孩能展現出這樣的美。

稍縱即逝，而且不確定在沾染任何黑暗之後，會蛻變出堅毅，還是會萎靡，甚或破滅。

「你看我不順眼，對吧？」坐在副駕駛座的珊德師姐突然開口。

我沒說話。

開車送珊德師姐回家路上，我們兩個都很沉默。我原以為參加上人團體聚會那種浪費生命的經驗有一次就夠了，所以沒想過會再見到珊德師姐，不過因為安帛是被她找進上人團體的，所以我的確不喜歡珊德師姐。上車前我突然想到：珊德師姐會不會為了依菲，待會兒就開始喃喃讚頌上人、祈求上人發揮力量讓依菲回家吧？不過珊德師姐應該心煩到連自己應當求助這個偉大的力量都忘了，相當安靜。

不管找了多少成員加入團體，珊德師姐對上人的能力或許沒有表面上看來那麼信賴——畢竟接到勒贖電話之後，她想到的不是自己口中可以倚靠的神奇威能，而是老闆。

但我沒料到珊德師姐會問這個問題。

「或許不至於到『不順眼』，但你肯定不大喜歡我。」珊德師姐自顧自地繼續，「我看人很準，第一次看到你的時候就知道了。」

我仍不想搭腔，不過倒是想起另一個可能：帶走依菲的，會不會是曾與珊德師姐結怨的人？

「有仇家嗎？」

「我嗎？沒有。」珊德師姐頓了一下，「倒是有人看依菲的爸爸不順眼，但那個人知道依菲是我的獨生女，不會做這種事。」

一個人再怎麼小心行事，都難免會在自己也不知情的時候惹怨，而且既然珊德師姐家中的經濟環境極好，她的丈夫就可能是某個社會名流或企業大亨，在商場職場廝殺，與人結怨的機率就更高。那些仇家或許不是黑道流氓，但要出錢買凶辦事絕對不是難事，現在想找依菲，理應不要放過任何可能。

我把想法簡要地告訴珊德師姐，珊德師姐的聲音裡多了點疑惑，「你看我不順眼，倒是挺關心我女兒的嘛？因為老闆交待，所以你就會盡力辦事？這事不容易處理，你領多少薪水？」

只是關心一個小女孩的安危而已——這麼單純的想法，珊德師姐無法理解嗎？

「明天去聚會吧。」我建議珊德師姐。就算知道沒有實質幫助，但參加自己信仰的團體聚會，心情應該還是會放鬆一點。

「聚會？」珊德師姐的回答聽得出輕蔑，「我知道你不相信上人那套東西，但你以為我真的相信？」

唔。或許珊德師姐對上人的信賴程度，比我想像的還低。

7

「你認為我們利用大家的信仰在騙錢，可能還勸過安帛不要繼續參加聚會，但是沒辦法說服她；」珊德師姐的聲音很有自信，「我要告訴你，我們不是詐騙集團，只是在經營一門生意，這門生意，叫作『信仰』。」

信仰是門生意？不，我道，「宗教才是。」

我沒有任何宗教信仰，但我尊敬所有宗教當中關於「信仰」的部分。

但要讓宗教能夠運作，或多或少都得扯上「生意」。謂之「生意」，並不帶有低貶諷刺的意味。

「信仰」是私己之事。信仰的標的或許是某些自然現象、某部文學作品、某種思想主義，也或許是某個性感偶像；要為這個標的付出多少心力、執行哪些儀式，全憑個人決定，要讓這個信仰影響多少生活層面、滲入哪些日常作息，也全由個人主張。信仰可以成為一個人思考行動的一切主宰，也可以只是生活中部分時段的情感依附。

「宗教」是另一回事。

信仰的標的是個人選擇，意義由個人闡述；但個人信仰因各種緣由發展成宗教，標的的選擇與意義就會轉為宗教成形時期的集體意識結合，以各種方式傳遞——在宗教當中，信仰的標的與意義已被形塑確認，加入某個宗教，就接受了該宗教的信仰標的與意義。是否信奉某個宗教理論上仍然可以由個人決定，但個人很可能因為社會結構、傳統習俗等等原因，在還沒有仔細思考前就成為教徒、認同信仰標的，直接順服「教義」。

宗教形成之後，專職負責宗教事務的人就會變多。對外，他們要籌辦宗教相關活動、維護集會場地、宣導教旨教義，以及設法對前來尋求宗教協助的信眾提供各種必要服務；對內，他們會發展出與信仰標的距離不同的位階，並依運作需求形成各種職務、依教義內容規範行事準則。

至此，宗教團體成為某種「組織」。

吃喝拉撒，生老病死，這類凡人都得應付的物事，獻身宗教的人也都免不了；宗教團體有時會設法在吃食住宿之類方面自給自足，但人類社會職業分工日益精細、生活樣態日益複雜後，宗教團體開始無力自行生產所有生活所需，必須透過各種方式與團體外的信徒或者非信徒交易。

這就有了「生意」。

做生意是讓宗教團體繼續運作的方式，販售的產品可能與信仰無關，例如日本與歐洲都有宗教組織長年以釀酒聞名；而與信仰有關的產品可能有形可能無形，例如點光明燈或悼念蠟燭、定期祭典或祈福儀式。宗教團體告訴信眾，透過這些信仰產品，可以領會或尊崇信仰標的。這些信仰產品的交易可能直接載明價目，也可能讓信眾隨喜捐獻，但有信仰做為基底，無論有沒有明確的價碼，這些產品的收益都遠高於成本。

組織成形之後，宗教團體內部也會開始出現權力階級，例如必須經過一定的修行年資或通過指定的經典研考，才能晉身更高階層，取得更多對內及對外的發言權力。也就是說，對於宗教內特定信仰標的的理解程度，不再是個人的體悟心證，而是由某套考核標準予以評定。

這麼一來，宗教團體的「組織」部分，其實與公司企業或政府機關相當類似。

而「組織」會出現的問題，也就隨之而來。

8

大多數組織進行的生意，會有兩層意義，一是推動組織的成立意旨，二是延續組織的運作。

組織由許多個人集合而成，對個人而言，加入組織也有兩層意義，一是認同組織的核心理念，二是可以藉由在組織工作所獲得的回饋，讓自己可以繼續生活。

但事實上，一個人就算不完全認同核心理念，一樣可以加入組織——只要組織需要這個人的能力，而這個人也可以從組織得到支持生活的報酬。有些人甚至會利用組織的名義，替自己謀取更高的利益；倘若這些人掌握了組織當中的高層力量，還可以直接扭曲組織的核心理念。

公司企業如此，政府機關如此，宗教團體也是如此。

人類歷史當中，出現過各種以宗教為名的惡行，從聚斂錢財、滿足私欲、干預政治到發動戰爭，形形色色，民智未開的過去有，資訊發達的現代也有，阿狗提過，我也讀過。位居宗教組織關鍵地位的人倘若本來就有心利用自身地位謀利，就可能透過組織將利己的舉動解釋為教義；認為自己信仰虔誠的人倘若對宗教領袖毫不懷疑地盲從，就可能因此做出這類歪曲行徑。

或者，所謂「信仰」，會完全轉變為執行者作惡的藉口——他們根本不在意這個宗教的核心理念。

「宗教的確是門生意，」珊德師姐道，「但是宗教裡最有賺頭的，就是銷售信仰。世界上的宗教太多了，與其重新創造一個，不如直接告訴大家怎麼買到信仰。」

我搖搖頭。

「你不認同？」珊德師姐道，「世界上大多數的人沒有信仰，活得很隨便，但他們在人生的某個時候，會覺得需要相信什麼東西，才能讓自己撐過那段時間，麻煩的是，他們根本沒仔細想過自己應該相信什麼東西，所以我們告訴他們，他們就高高興興地接受了。我們幫他們，他們付錢給我們，雙贏。」

「真正的信仰無法買賣。」我道。

「是啦是啦；」珊德師姐揮揮手，「我知道你說的是那種沒有依附在宗教裡頭、自己認定的廣義信仰對吧？這種信仰可能真的很純潔很無價，但是人常會認為自己要為信仰做點什麼，而這個什麼就常得花錢。」

我沒說話。

「況且，」隔了一會兒，珊德師姐再度開口，「就算沒為自己的信仰花錢，也一定付出了什麼。如果沒有拿到什麼實際的東西，怎麼會知道付出太多還是不夠？付出值不值得？說起來，我姊和我爸翻臉的原因，也算是種『信仰不同』吧。」

聽起來珊德師姐只是用各種說詞將「販售信仰」合理化，也是將自己在上人團體裡的工作合理化。會對我說這些，或許並不只是因為她認為她看人很準、知道我不會接受上人團體那套模式，還因為她必須在女兒下落不明的惶惑當中，找到某種自己熟悉的、可以確定的理念。

就像信仰。

9

「這事你打算怎麼進行？」老闆問我。

讓珊德師姐在她家門口下車後，我依囑把車開回夜店的地下停車場，上樓找老闆。老闆仍在辦公室裡抽菸，不過菸灰缸裡先前的菸蒂已經清掉了，重新以白淨閃亮的姿態躺在辦公桌上。

「手機號碼。」

「說得對。」老闆沉吟，「我認識可以做這種事的人，不過得要花點時間，不確定來不來得及？」

我知道老闆認識資訊掮客，不過酒保就是駭客。「我有門路。」

「哦？」老闆並沒有顯出太訝異的表情，「那好，盡快去辦。」老闆眨眨眼，「其實，安帛先前和同事們說去參加什麼心靈聚會的時候，我就應該要想到她講的可能是那個團體才對。」

類似團體大大小小，數量不少；或許老闆的確想到了這個可能，只是下意識不希望如此——我看得出來，老闆對上人團體有很直接的厭惡。

「至於珊德嘛……」老闆看看自己指尖的菸，「我想想該怎麼說。」

珊德師姐和老闆有同一個父親，不同母親，而且老闆的父親與這兩名替他生了女兒的女子，都沒有法律上認定的婚姻關係，也沒有在同一個屋簷下居住。

「我媽告訴我，爸爸的工作很重要，所以很忙，大多時間都不在家；」老闆輕鬆地彈著舌頭抖出煙霧，「我媽常常和一個阿姨聚餐，阿姨似乎也和爸爸很熟，每次兩個講起爸爸，語調都充滿崇拜。」

每次聚餐，母親都會帶老闆同行，阿姨則會帶著女兒出席，次數一多，老闆與阿姨的女兒也熟稔起來。

阿姨的女兒，就是珊德師姐。

年紀漸長，老闆漸漸明白，原來這個阿姨和自己的母親一樣，都是父親的情人。

「我不記得自己到底是什麼時候搞懂這件事的，大概是國小要升國中那幾年；但搞懂那件事之後，我發現自己突然聽明白了很多我媽和阿姨談話的內容；」老闆講得輕描淡寫，「我爸的情人不只我媽和阿姨，不過到底有多少個，她們兩個也不知道，所以我和珊德還有別的兄弟姊妹。」

父親同時與多名女性交往的狀況，並沒有讓老闆感到困惑。

「爸爸的狀況我小時候不大明白，長大後不大在意；」老闆從菸盒裡拿出另一支菸放進唇間，用前一支所剩不多的菸頭燃亮嘴上的菸，再把菸頭按進菸灰缸，「那時我開始進入青春期了，會想些感情的事，不過覺得只要大家別搞得不愉快，結不結婚沒那麼重要。爸爸收入很好，我和我媽過得也舒服，沒什麼問題。」

進入中學之後，母親開始鼓勵老闆多協助父親，原來覺得這樣可以增加彼此見面的機會，但卻反倒讓老闆與父親產生嫌隙。

「那時我還是不確定我有沒有其他兄弟姊妹，說不定連爸爸自己都搞不清楚；」老闆吸著菸，微微皺了皺眉，「不過我剛說過，我對他的男女關係沒什麼意見，我比較不能接受的，其實是他的生意和做生意的方法。」

雖然不喜歡父親的職業，也難以認同父親操作生意的手法，但老闆並未因此提出意見。

「畢竟是自己的爸爸，雖然不大能接受他的生意，但我還是盡量和他維持良好關係；」老闆拿下菸，露出苦笑，「只要他不要對我說教。爸爸的男女關係很亂，我不介意，但表現得道貌岸然，那就很虛偽了，我不喜歡；然後爸爸還拿衛道人士那些道理來對我說教，那就真的噁心了。」

倘若老闆的父親搬出某些道德教條訓誡老闆，那就表示老闆可能有某些父親眼中的道德瑕疵，只是老闆沒有主動解釋，我也沒有問。

「和我比起來，珊德就沒什麼問題，她完全能夠接受爸爸的生意手法和道德標準；」老闆道，「她喜歡待在爸爸身旁多問多學，爸爸也喜歡在操作生意時給她一些實務面的指點，所以我才會說，她是爸爸最疼的女兒。」

珊德師姐國中畢業後念的是職業學校，成績不錯；後來雖然沒有繼續讀大學，但商業頭腦很好，遇事精明，也有看人的眼光。

彼時老闆父親的事業規模已經擴大許多，集團之間資金往來頻繁複雜。「爸爸很看重珊德的才能，」老闆疑視空中某個不存在的點，「有一段時間，他還直接讓珊德管理部分集團的帳務。」

我在運動型墨鏡後頭悄悄瞇起眼睛。

珊德師姐在學校圖書館向安帛搭話的時候，提過自己和安帛念過同一個系，還問了一些系上老師的近況，但老闆說珊德師姐沒念大學。

當初珊德師姐的那番說詞並不是事實，而是想藉機與安帛拉近關係的謊話。

10

「珊德的表現愈好，在爸爸眼中，我就顯得愈頑劣；」老闆嘆出一團沉重的煙霧，「尤其是一件我很確定很堅持的事，爸爸無論如何都不能認同。後來我們為了這件事情鬧翻了，大吵一架、正式決裂。」

與父親決裂之後，老闆沒再見過父親，迄今超過十年。

「所以，珊德師姐……」我想起珊德師姐剛才就在這個辦公室裡，提到自己十年前也與父親撕破臉。

「不，珊德和爸爸翻臉，並不是因為我的關係。」老闆明白我的問題，搖了搖頭，「那時我大學已經畢業、珊德幫爸爸管帳也好一段時間了。我們的感情還是不錯，偶爾會見面吃飯，雖然珊德在幫爸爸做事，但她從沒勸我放棄自己的堅持、試著與爸爸言和。珊德那陣子同我提過，自己也有事瞞著爸爸，我知道爸爸不會贊成那件事，不過我也沒勸過珊德。」

老闆看看指尖微微發亮的菸頭，續道，「我並不是因為討厭爸爸所以不勸珊德，而是因為珊德對我說起那件事時表現出來的誠懇態度，讓我認為她真心相信自己的選擇。那種態度……怎麼說呢，就像信仰一樣，從我的角度看來沒什麼道理，從她的角度看來絲毫沒有懷疑。」

珊德師姐提到信仰，老闆也提到信仰；而從老闆的敘述裡聽起來，老闆的父親與兩人交惡的原因，就在於父親無法認同兩人各自堅信的物事——也就是說，三人親子關係的破裂，其實肇因於信仰不同。

送珊德師姐回家路上，珊德師姐並沒有說過自己與父親不合的原因，倒是在發表一席與販售信仰有關的論述之後，在下車前同我提及當年老闆與父親決裂的主因。

「哦？珊德講了這個？」老闆抬抬眉毛，「她說了什麼？」

「說彼此信仰不同。」

「信仰啊……」老闆想了想，「我沒用這個詞解釋過自己的選擇，不過她這麼一提，的確沒錯。」

看來信仰不但是賺錢的生意，也是粉碎人與人之間連結的炸藥，就算是像血緣這種生物性的連結，也抵擋不住信仰的力量。

「我們兩個前後和爸爸翻臉之後，彼此也很少聯絡了；少了共同抵抗的對象，我們之間的差異似乎就變得明顯起來，就算尊重也沒法子視而不見。話說回來，珊德現在是否仍然認為自己的決定沒錯？我不大確定。」

早先老闆和珊德師姐討論贖金問題時，曾經提及珊德師姐的丈夫，從那段對話裡，可以得知珊德師姐與父親關係破裂的原因來自她的丈夫。既然珊德師姐如今可能質疑自己當年的抉擇，那麼老闆對於自己的信仰，是否也曾動搖？

「沒有。」老闆否定我的提問，不過做了補充，「說實話，我也不是一直這麼堅定。那件事我是相信的，但我不確定堅持那個信念，我是不是就會像爸爸說的那樣無法在這個社會存活，或者一定會變得很墮落、浪費人生。」

讓老闆完全堅定信仰的，是某人說的一句話。

「那人在我很煩惱的時候，要我依循本性。」老闆捻熄菸，又點了一支，「那個人不是算命的，但他這麼講的時候，的確是我充滿煩惱的時候。妙的是，那時聽他這麼講，我好像就真的對自己的決定更確信了。我發現，按照爸爸的看法，我應該放棄那個信念，遵循他的規畫，才能好好過日子；爸爸的生意很成功，聽他的話我當然可以過得很愉快，但爸爸表裡不一的行為，其實揭露了一個諷刺的事實：就算一個人有某種社會標準認定的道德瑕疵，只要懂得掩飾，現實生活一樣可以過得很爽；而如果這個人占據了一個有權力的位置或買到足夠的權力，那麼其他人可能就會對那個道德瑕疵視而不見，甚至反過來美化它——這樣的話，我的確應該『依循本性』。」

珊德師姐說過，世界上大多數的人沒有信仰，但有時候會覺得自己需要相信什麼東西，所以上人說自己是他們應當信仰的標的，他們就全心接受了；但從老闆的經歷看來，就算人有自己的信仰，或許也需要一個完全無關的人幫忙推一把，讓信仰固著。

雖然我不認同「販售信仰」，但從這個角度看來，「販售信仰」的確是門好生意。

「所以沒過多久，爸爸又教訓我的時候，我就徹底和爸爸翻臉了。從那天起，我就沒再質疑過自己的堅持；要說我有什麼信仰的話，我信仰的就是自己。」老闆道，「本來該談珊德，後來倒說出太多關於我的事了。這些事你別對外說，我會另外問問道上有沒有人聽說綁架的事。」

「我去查手機號碼。」我道。

他的大學聯考成績普通，挨著邊摸上一所北部的私立大學，於是離開南部，隻身搬進學校附近的老公寓。

應付系所的課業沒什麼問題。他並不特別用功，對各個主修選修科目興趣也不大，念大學主要是想混個文憑，而這件事和他是否真的瞭解必要知識沒有關係，只要成績過得去，畢業證書就會到手。

平日隨便讀讀，有點印象，考前和成績好的同學們一起複習，順便利用同學們的記憶補充重點；用功的同學去找出題的老師請教時，他也會湊過去，不放過任何一個能夠閱讀老師記憶的機會。

閱讀別人記憶時，最快接觸到的一向是最近形成的記憶；而倘若知道自己要搜尋的是哪些記憶，那麼就能快速在由記憶絲線交錯形成的網絡中找到目標。他閱讀記憶的技巧已經非常熟練，不需要花太多時間；況且，他仍然保持低調個性，沒打算成為名列前矛、惹人注意的明星學生，閱讀到的記憶只要足夠讓考試成績過關即可，多讀這類記憶對他而言只是浪費時間，沒什麼必要。

大學位於城市的郊區，他有空就往市區跑，因為國內北部這城不但是政治及經濟的中心，也是各式新潮流行與藝文活動的重鎮，精品商城林立，持續舉辦大小展覽的文化空間也不少。他對時尚和藝術的興趣都不高，但在那些地方，遇上漂亮女孩的機率很高。

系所裡當然也有幾個他看得上眼的女同學，校內男同學間耳語流傳的各系美女，有幾個的確也長得不壞；不過他決定將狩獵目標瞄準校外，自有原因。

這個原因與高中時代那個班花有關。

班花彼時仍是太保學長的女友，他沒有特別想理由去接觸太保學長，不確定太保學長的個性，只從班花的記憶裡知道太保學長脾氣甚差，加上他並未打算和班花長久交往，所以也沒有慫恿班花離開太保學長。

他總能找得到班花生活當中的空檔，總能知道班花在哪種方式的撫觸之下會發出愉悅的呻吟，但班花總搞不懂為何自己每回都會答應他的邀約、偷偷找個無人打擾之處相互剝掉衣服——他很清楚班花的想法：他只是班花有需求時可以提供娛樂的對象。

因為如此，高二過了一半，他覺得膩了、逐漸不與班花聯絡的時候，班花並沒有多說什麼，也沒主動找過他。他以為此事已了，開始對學妹展開攻勢，但即將達陣之際，學妹拒絕了他；學妹沒有明說原因，只提及聽到一些關於他的流言蜚語，學妹雖未盡信，但仍決定把一切暫停。

他沒有逼迫，也沒有辯解；他喜歡利用特異能力安排一切、逐步達成目的，但不想勞心費力地把脫離軌道的計畫導正；他只是查了一下，發現傳言的來源就是班花。

反正學妹不是他的唯一目標，就算不在校內巡狩，外校也多的是讓他暗吞口水的獵物。

後來回想，他認為當時最大的問題是班花太容易讓他得手，他的準備其實不夠充分，就已經嚐到了甜頭。

有些女子的確只想找人玩玩；有些女子需要的是有人傾聽，情緒對了的話也不排斥肉體接觸；有些女子雖然只想玩玩，但不想讓其他女子也可以玩；有些女子雖然不排斥肉體接觸，但更渴望經營穩定的關係。

閱讀記憶的經驗慢慢累積，他也從中漸漸明白：每個人的性格、價值觀、思考方式和面對欲望的態度，都與記憶有一部分的關聯；閱讀的記憶愈多，他愈能夠快速準確地掌握對方的個性，按照女子的長相、身材、習慣和個性分類，再決定自己應該如何處理。

明瞭對方的性格和興趣，就知道如何投其所好、和對方拉近距離，也知道如何製造厭倦、讓對方主動遠離。狩獵的次數多了，不管被他分到哪個類目的女子，他都有自信可以隨意操控，無論是要對方自願寬衣解帶還是決定斷絕聯繫；不過高中班花的狀況讓他心生警惕，明白像學校那樣比較封閉的環境，就算自己對人性的掌控已經進步很多，但仍可能發生沒能控管的情形。

是故，獵場還是以校外最為穩妥。

他還沒遇過讓他想要全心全意付出的女子。在與許多不同女子裸程交纏之後，他認為自己也不想要找個讓自己永遠專一的女子。

永遠是太遙遠的事。

但鮮美的肉體不是。

大學畢業、服完兵役，他決定留在這城工作——其實大學還沒畢業，他就已經參加過某家公司的講習會。

公司的銷售產品主要以號稱無毒有機的日用品為主，包括用在人身上的沐浴乳洗面露、洗髮精潤髮油，以及用在浴廁廚房臥室客廳等家中各處的不同清潔劑，還有能夠保養皮膚、膝蓋、眼睛、心血管等等人體部位的健康食品。加入公司得先購買一定額度的公司商品、成為會員，毋須打卡上班，就算是學生或家庭主婦，也能利用閒暇時間自己找人推銷公司商品，只要透過自己銷售的業績達標，就能領到公司核發的獎金；而自己也能拉人加入公司，人數夠多，自己就能升等，享有更多的公司福利、拿到更多獎金。

念大學時參加講習會只是好奇跟著同學去看熱鬧，雖然聽起來工作不難、獎金也高，但當時他並不急著投入職場；況且，雖然公司代表在講習會上把加入公司後的人生說得既悠閒又燦爛，但講習結束、他與公司代表握手的時候，就已經得知公司代表那套說詞完全是騙人的。

公司的目標是以人拉人、讓人購買公司產品、成為會員，接著把會員帶到公司，以美好願景和豐厚收入為誘因，讓會員認為「我也可以是個經營者」，繼續對外拉人入會。每個人的人脈及說服能力都不同，最常見的狀況不是公司描述的「你只要找五個人，這五個人各自再找五個人……以此類推，你很快就會有數量龐大的銷售團隊」，而是為了保住自己的會員資格及等級，不斷地逼迫央求親朋好友購買商品，或者自掏腰包補足業績差額。

只有公司的高階幹部會穩賺不賠，享有他們口中的美好人生。

而且，公司的商品根本不是什麼無毒有機的好東西。

但退伍後開始求職時，他重新想到那場講習會，發覺那份工作很適合他。

因為那份工作不需要任何專業能力，主要的內容就是說服別人掏錢，而這事他靠特異能力就能輕鬆完成。

進公司的第一個禮拜，他就已經達成該月目標。那天晚上他走進夜店，反常地沒有積極尋找目標，而是點了生平第一杯單一純麥威士忌，慶祝自己接下來的人生將會一帆風順。

單一純麥威士忌的味道比他想像的怪，有點像化學藥品。但啜了幾口，他開始覺得這種特別的氣味很對他的脾胃，決定以後就喝這個牌子。

過了半年，他被找進高階主管的辦公室。

「我注意到你的表現。剛進公司時，你的業績很好，升等也快；」主管道，「但近兩個月雖然業績仍然不壞，但不算突出，只是達標的速度很快。也就是說，你每回都只用了幾天就找到足夠的下線，其他日子都在做什麼？」

他依舊低調，本來就不想成為風雲人物，所以登上收入足夠花用的等級，就沒打算再變成公司裡受人矚目的高層經理，「與其一直賺錢，我更在意生活品質。」

「收入更好，生活品質也會更好；」主管搖搖頭，「不過這個我沒意見。把你找來，是有更適合的任務交給你。」

主管表示，公司希望打進高收入的菁英分子市場，不過公司目前負責跑業務的基層員工，社經階級和這個目標市場距離太遠，也沒問到哪個員工有人脈可以連結到那些頂級豪宅裡去。「所以公司決定主動出擊，直接到這些人聚會的場所或者住家拜訪，」主管說，「這事交給你辦，底薪和業績獎金都有加成。」

執行這個任務之後，他才發現自己先前的眼界實在太窄，也才明白主管所謂「收入更好，生活品質也會更好」並非妄言。

高收入階級的居家布置與日常習慣，都是他沒預料到的舒適豪奢，想登堂入室得費點功夫，但能夠進門之後的說服程序常常簡單得不可思議——最精明的經營者大多不在家，而閒散在家的則大多只在乎自己的外貌和健康，不在乎花錢。

更棒的是，在家的多是身形臉蛋保養良好的女子，而她們不會拒絕偶爾來點刺激情事。

某日他從一戶宅邸離開之後，心想已經費事進了這個社區，不如再試試鄰近住戶。連著兩戶沒人在家，第三戶出來應門的，是一個黑色長髮，一身雪白的美麗女子。

聽他說明來意之後，女子露出些許抱歉表情，「住在這裡的人現在不在，我不是他的家人，不能做決定。」

那也無妨，不能賣東西，還是能夠和美女做點別的；「沒有問題，」他露出理解的笑容，「外頭很熱，我可以喝杯水再走嗎？」

女子走到廚房倒水，他盯著女子的翹臀長腿，愉快地開始幻想；女子遞水給他，他伸手接過，指尖覆上女子的手。

他在瞬間察覺：這名女子，其實是個男人。

男人一直認為自己生錯了性別，長年為此困擾，最近正在考慮是否要去動手術自我改造。

「這種天氣到處推銷，」男人在他對面落座，動作比他在其他宅邸裡遇見的女人更優雅，「很辛苦吧？」

「是啊，是啊。」他覺得這種人非常噁心，沒打算多說什麼。

「其實每個人都有自己的辛苦啊；」男人輕輕地嘆了口氣，「我也一樣。」

「不用煩惱；」他快快把水喝乾，「依循本性就好。」

【四】

太過分了

奇怪的是你明明就在那兒，卻什麼都沒注意到
——〈A Step too Far〉by Elton John

1

「找妳幫忙。」我坐上吧檯邊的高腳椅。

離開老闆辦公室，我發現手機在靜音模式的時候，除了老闆打來的電話之外，我還錯過了阿狗傳來的訊息。阿狗已經整理出上人團體的幹部照片，把雲端資料夾分享給我。

這也得轉給酒保，不過午夜到凌晨一點左右，酒館正忙，不方便和酒保商量，還是我慣常出現的時段比較適當。我回地下室讀《廢物手記》直到凌晨兩點，帶上換洗衣物，到已經打烊的健身房裡做重量訓練，結束後沖澡，然後走進酒館。

酒館裡頭籠罩著李奧納．柯恩的嗓音，我聽出那是他一九六七年的作品〈主宰之歌〉，收錄在他的第一張專輯《李奧納．柯恩之歌》當中。當時柯恩的聲線還沒有後來那麼低沉，但如同吟詠詩作的唱腔已經具備十足的戲劇張力。聽著柯恩唱道遠去的戀人因為遇上生命中的主宰而產生變化，我思忖歌詞內容唱的或許不是愛情，而是信仰。

看到我進門就開始鑿冰角準備波莫威士忌的酒保沒停下動作，俐落地把酒放到我面前，才道，「說吧。」

我唸出那串手機號碼，「查查是誰。」

酒保擦擦手，把一縷長髮掠到耳後，從吧檯下方撈出一部筆記型電腦，手指開始飛快地在鍵盤上彈跳。

「這個號碼是預付卡，」酒保抬頭對我說，「查不到使用人。」

唔。我點點頭。

「不意外？」酒保看著我。

的確。我又點點頭。

發現綁匪居然在珊德師姐的手機裡留下發話號碼時，雖然我抱著綁匪可能百密一疏的想法，不過也想過綁匪這麼做可能是有恃無恐。換個角度想，我先前認為依菲失蹤不一定是遭人綁架，打手機給珊德師姐的也不見得是綁匪——倘若是個知道依菲下落的人想要藉機揩油，那麼在打手機時的確可能忘記該隱藏自己的身分；但使用預付卡這事，與先前看來有計畫的綁架行動相互扣合，讓依菲被綁架的可能性繼續升高。

看來還是得從依菲的學校和走到安親班的路線開始查。這得等天亮了才能進行。

「其實今天本來我也想找你；」酒保對我說，「我查過先前說的那個心靈成長團體資金流向，不過團體名下的幾個帳戶看起來並沒有什麼問題。」

「有新資料。」我把阿狗整理照片的事告訴酒保。

「我會再查查。」酒保微微皺眉，「如果幹部的個人帳戶和團體帳戶攪和在一起，那可能找得到一些不大對勁的東西；不過團體的帳戶蠻乾淨的，表示管帳的人很仔細，那麼可能也會避開像幹部帳戶這麼明顯的目標。」

假若上人團體的金流真如阿狗推測那般有些問題，總會在銀行紀錄裡留下痕跡才是。

「理論上是這樣沒錯，」酒保解釋，「不過現在開戶很方便，真要動手腳，可以利用不知情的團體成員當人頭，那就很難查了。」

柯恩的歌聲暫歇，我開口，「再聽一次〈主宰之歌〉。」

「這張專輯我很久沒聽，已經幾乎忘記柯恩唱過這首曲子了；」酒保重新選曲，〈主宰之歌〉再度出現，「畢竟這不是他最出名的那些作品，精選輯不會收錄，演唱會上也很少表演這首歌。你熟？」

其實我也不熟。

我只是想到，歌詞裡主角的戀人相信了某個似乎無所不知的主宰，跟隨主宰遠去；歌詞裡的主宰，從某方面來說，形同綁架了那個戀人。

安帛不是我的戀人，但這歌讓我想到她。

那麼，依菲呢？我又想：倘若綁匪無法在街巷裡直接用蠻力擄人，他是怎麼帶走依菲的？

2

遇上綁架案，處理方式大概可以分成幾個部分。

一是從受害者的家庭狀況過濾可能的綁匪。倘若判斷綁架的經過並非隨機發生，那麼綁匪或許就對受害者的經濟能力或生活作息有某個程度的瞭解，進一步擬定綁架計畫。曾與受害者結仇的人犯案機率很高，如果受害者資產雄厚，那麼也會有人見財起意。

二是打聽道上消息。綁架行動常是集團犯案，綁匪招兵買馬時可能會有其他人聽過風聲，綁匪也可能在行動前後吹噓自己的豐功偉業。

三是追蹤勒贖電話。從第一通告知綁票的電話開始，到綁匪取得贖金為止，綁匪與受害者親友間理應會有多次電話往來，包括談判贖款金額，以及指示付款方式。

四是在確認付款地點時，事先在當地埋伏，趁綁匪拿取贖款時包圍逮捕。這個部分看起來最直截了當，不過因為此時肉票還沒獲釋，所以如果沒能將整個集團迅速全數擒獲，就可能危及肉票安全。

五是考慮到肉票安危問題，也可以在贖款上動手腳，待交付贖金、肉票也確定平安歸來之後，再進行追蹤，只是這麼做後續的變數非常多。

珊德師姐認為自己沒有仇家。她的丈夫可能有，但珊德師姐沒有多提。

在上人團體聚會時，珊德師姐並沒有炫富的打扮，團體成員或許不知道珊德師姐的家境優渥，不過也不能確定有沒有其他相熟的友人知道這事。

目前綁匪只打了一通電話，而且用了預付卡。雖然無法馬上查出綁匪是誰，但假使我先做些安排，或許可以在綁匪下回打手機時，利用三角定位之類的科技輔助找出發話位置。不過要做這事，可能會讓酒保的駭客身分曝光，最好應該讓警方來做。

事實上，查辦綁架案件需要龐大的人力物力，理應交給警方處理，無論是哪個部分，警方都有更充足的資源可以運作。

我查了網路資料，發現倘若有人可能失蹤，那麼並沒有相關法條規定必須等到二十四小時後才能報案，如果有警員以「失蹤不到二十四小時」為由拒絕受理，被查出來了就得接受處分；加上老闆認識這城幾個分局的高層，我也認識一個刑警，應該能增加一些偵辦助力。

只是綁匪叮囑珊德師姐不可報警，珊德師姐也不想這麼做，目前最好的辦法，是老闆提出的折衷方案。

我決定先到依菲就讀的小學和附近區域找線索，但思忖自己的長相可能會讓老師及商家心生疑慮，所以決定要找安帛同行，安帛從前也幫過類似的忙，應該不會拒絕。

起床後，我撥了安帛的手機號碼。沒有回應。

每隔一段時間我就重試一次，可是直到過了中午，安帛的手機仍然沒有開機。

原本以為安帛正在用功，所以關機避免打擾，但轉念想想，安帛也可能在上人團體裡頭。

接著我發現，其實是我自己想見安帛，所以把調查搬出來當藉口；真要去小學問事情，直接找珊德師姐就好了，她是依菲的母親，名正言順。

不成；珊德師姐到夜店找老闆前，就已經按照吩咐打了電話向導師替依菲請了病假，如果珊德師姐還到學校去詢問依菲的事，就會顯得十分古怪。

只好找老闆了。

「我可以去，」接到我的簡訊，老闆回撥手機給我，「不過，找金毛更合適。」

啊？

「你在簡訊裡不是說，因為顧慮到臉上那些疤會嚇到人，所以才要找人一起去嗎？」老闆續道，「昨天我妹提過，依菲的導師是女的，可能真的會覺得你看起來很恐怖，不過既然是女的，那就該找金毛嘛。」

覺得我長相駭人的可不只女性，不過老闆的說法聽來有理。只是依菲就讀的小學是城裡有名的貴族學校，我不大確定從小就承受學校師長誤解眼光、現在言語舉止都帶著江湖味的金毛，能不能對這個學校的老師發揮魅力？

「這沒什麼好擔心的，」老闆對我說，「告訴我時間地點，我叫金毛去和你碰面。」

3

「嘿，」坐在路邊摩托車上的金毛看見我，舉手招呼，下午的陽光把他紅棕帶金的髮色映得發亮。

金毛是夜店裡的圍事，上班時間大部分都和另一名圍事猩猩搭檔，負責夜店門口的身分查驗和接待泊車，兩人從個性到外型都天差地遠，不過默契十足，因為他們是中學時代就認識的好友。

猩猩和金毛的老家都在南部，金毛是眷村子弟，猩猩則在農家長大。約莫三十年前，猩猩的父母覺得務農收入欠佳，加上當時國內各式建案大量動土，是故棄農從工，卻也早早就因工地意外過世。

守著祖傳果園的祖母獨力帶大猩猩，所以猩猩十分孝順祖母；去年猩猩的祖母辭世，原因與果園的土地徵收有關，因此猩猩變得比較關注社會議題，遇上大型的抗議事件，他不但會主動和我討論，還會上街參加行動。

鼻梁高挺，眼神深邃，加上細心打理的髮型與顛倒眾生的笑容，金毛比檯面上絕大多數的男性偶像更有明星架勢，被他吸引的異性戀女性與同性戀男性數量驚人，以金毛為主角的豔遇經歷一則比一則誇張，幾乎已經成為都市傳奇——只是金毛曾經同我提過，那些傳聞超過半數都不是事實。金毛沒有固定的交往對象，因為他對感情經營不怎麼認真的個性，也因為他的脾氣實在太差。

猩猩的身高接近兩百公分，長相粗野、肌肉虯結，每回我看到他上班時穿著店裡規定的襯衫，總會覺得襯衫上每顆勾住釦眼邊緣的鈕釦都撐得十分辛苦，稍一不慎就會被他的呼吸繃出崗位——猩猩承認，這種事情的確時常發生，所以他買了一堆鈕釦和針線在住處備用，還仔細研究過怎樣的縫法能夠比較牢靠；這畫面想像起來有種不大真實的反差趣味，但猩猩的確性格溫和，耐心仔細。

金毛和猩猩學生時期分別混過不同幫派，根據金毛的說法，他和猩猩相識的原因，正是兩個小幫派間的某場大戰；猩猩對金毛口中的兩人那場不打不相識的戰役沒有多說什麼，倒是講過一個關於金毛的傳聞：小學五年級的時候，金毛就曾經摸上師母的床。

對於這個早熟的傳聞，金毛沒有承認，雖然可能是他傳奇事蹟當中最令人咋舌的一樁，但大約也屬於虛構傳聞當中最胡說八道的一樁。

與香豔傳奇無關的真相，是金毛因為頭髮天生帶著銅棕色調，小時候總被學校師長視為喜歡搞怪的頑劣少年，就算據實以告，也都被視為強辭狡辯，所以小學還沒畢業，他就乾脆認真地加入當年眷村常見的小幫派。

中學時代，地緣接近的兩個小幫派發生衝突，已經掙得地位的金毛被其中一方請去助陣，另一方找來的則是體格壯碩但個性溫和，而且面對同村人情不知怎麼推辭的猩猩。

猩猩後來同我說過，彼時那些小幫派大多自以為了不起但沒什麼作惡的能耐，比較有規模的很少，而且如果稍具勢力，就會被更強大的黑道集團吸收；那場架其實還沒真打，雙方就在叫囂時因故握手言和，猩猩和金毛沒有過招，倒是成了朋友。

4

金毛的父親是退伍軍人，一家人住在公家發配的眷村平房，根據先前和猩猩閒聊時約略獲得的印象，金毛的父母相處不算融洽。

「我小時候住的地方離金毛住的眷村不遠，不過我這邊的鄰居和他們往來不算密切；」猩猩當時說過，「我和金毛變成朋友之後，到過他家幾次，覺得他爸對他媽的確不大客氣，大呼小叫，有時還作勢動手。金毛比較會維護媽媽，有時甚至就在我面前和他爸爸直接對罵，搞得我很尷尬。」

金毛曾經告訴猩猩，有時父親不只斥喝母親，還會對母親拳腳相向。猩猩詢問兩人不睦的理由，金毛說他從前覺得是因為母親的教育程度低，所以父親看不起她，因為父親常會對金毛說：要好好讀書，別像你媽那樣，什麼都不懂，什麼都做不好。金毛開始混幫派、成天翹課之後，金毛的父親很不高興，但沒有直接責怪金毛，反倒怨怪金毛的母親不會管教孩子。

當年鄰里與眷村之間的小幫派常有爭執，不過真正的「大戰」在猩猩和金毛小時候就發生過了，到了中學，唯一一次比較大的衝突，就是這兩人初次見面那回，雖然金毛老是把那場架講得很像武俠小說裡的高手過招，但事實上兩方人馬還沒開打就停了——而且不是因為警察來了。

眷村和農村孩子組成的小幫派早先各自為政，但幾年之後，已經被地方的黑道勢力整併。小毛頭們還在講義氣地替友伴出頭爭地盤，搞不清楚他們眼中的老大上頭還有老大，附近鄉鎮其實都由一個中型幫會管理；那回吵嚷的程度比以往都大，才驚動了中型幫會的老大出面。

「我本來就不喜歡打架，那次是被鄰居拉去撐場面的，所以知道以後不用再打了、還交到朋友，覺得很高興。」猩猩那時告訴我，「不過年紀愈大、在組織裡看的事愈多，就會愈明白：能混上幹部的都得利字優先，我們當初那些講義氣的舉動，根本是不值錢的夢想而已。」

無論青少年之間有沒有爭執，眷村和農村的成年人交集都不多，雖然不至於不相往來，見面也都客客氣氣地打招呼，但就是隔了層什麼，不算熱絡。如果眷村太太是國內的居民，那就比較親近一些，如果是退伍軍人原來的家眷，那就比較疏遠一點。

「我長大一點之後，覺得這情況改善很多，可能是因為我們同輩的混在一起，變得比較熟；」猩猩告訴我，「不過金毛的媽媽很少在外面和別人聊天，而且不管是哪家的家長，提起她時，都叫她『番婆』；有時會說她個性太硬，先生應該多管教，有時會說她年紀和金毛的爸爸差很多，一定是去山地買來的。」

族群的相處早年有許多隔閡和傾軋，看來連想像中的淳樸農村都免不了如此；或者就是因為農村和眷村的生活形態都比較封閉，所以反而加強了族群彼此的排拒。

約莫十年前，金毛的母親過世。

猩猩沒看過金毛的爸爸打老婆，不過可能只是因為不想在外人面前動手。金毛母親去世的時候，金毛犯了事，又幫組織高層多扛了幾項罪名，正在坐牢；猩猩轉告這個噩耗時，金毛的第一個反應，就是認為母親被父親打死了。

金毛一方面怪罪父親，一方面責備自己——他認為父親把他坐牢的事歸罪於母親沒教好孩子，一定會更頻繁地毆打母親。

幾年之後，金毛的父親也過世了。

彼時猩猩已經脫離組織，到夜店工作，把金毛也找了過來；到這城生活之後，金毛從沒回過老家，連父親死了都一樣。

5

老闆說要派金毛和我到學校一帶調查時，我有點疑慮；金毛的長相當然比我順眼太多，但他易怒的性格和明顯的江湖氣並不是到學校拜訪老師的好選擇。

可是事實證明老闆沒有錯估金毛。

金毛穿著素面襯衫、直筒牛仔褲和球鞋，坐在路邊摩托車上同我舉手招呼時，除了那頭紅棕帶金、在午后陽光下發亮的頭髮之外，看不出任何平常在夜店門口抽菸譙髒話、對鬧事者不留情面的狠勁。

我們以安親班為起點，沿路詢問店家，把珊德師姐傳到我手機裡的依菲照片，展示在每個店主或店員眼前。

學校與安親班之間的距離不長，排列組合出來的可能路線不多。照說我們應該先去學校找那個和依菲一起走的同學，確認她們昨天是怎麼走到安親班的：不過我想到一個可能，假若依菲與同學告別、進入安親班之前臨時想起要去別處，打算在進安親班前過去一趟，那麼這個「別處」或許就是某個依菲平常會經過但昨天不一定有路過的地方，也就是說，可能是這幾條路線上的某個店家。

文具行、飾品行、小吃店和便利商店，甚至是小學生不大可能會光顧的手機行、占卜館、咖啡廳和美容院，我們都一一入內詢問；有的店家記得見過依菲，有的毫無印象，而且從店家的回覆看來，這兩個女孩並沒有在任何一家店裡多做停留。

我和金毛問了將近兩個小時，唯一的收獲是確認了依菲昨天從學校走到安親班的路線。快三點了。希望學校的老師和同學可以提供更多線索。

我把依菲導師的名字告訴學校門口警衛，和金毛站在警衛室外頭一小片陰影下等候。一名頂著大波浪捲髮、大翻領襯衫、雙層紗質長裙、壓紋楔型涼鞋，體型略有福態的女子，從教室向警衛室走來。警衛堆著笑迎上前去，接著一起朝我們走來。

「二位好，我是黃依菲的班級導師。」女子朝我們點點頭，「請到辦公室談。」

還沒走到辦公室，導師和金毛已經有說有笑地聊開了。

靠近點兒，我發現從說話的架勢、走路的體態、掩在大翻領下沒有遮好的頸部細紋和暗茶色捲髮根部冒出來的一點點銀白推測，導師雖是二、三十歲女性常見的穿著，但真實年齡可能剛過五十，甚至更高一點。

想來除了操煩教務之外，依菲的導師也花了不少時間仔細打理門面，認真保養外貌。這所國小是城裡有名的貴族學校，在這裡工作，大約沒法子不注重形象。

金毛告訴導師說自己是依菲的舅舅，長年住在美國，所以導師可能沒聽依菲的母親提過；導師帶笑地問「住美國哪裡？」金毛理所當然地回答「舊金山」。

我偷偷皺了皺眉。

金毛沒出過國，他的「舅舅」身分是我剛想出來的，但我只想到「長年住在美國」，可沒想到「住在美國的哪個城市」，金毛接得這麼順，雖然能夠拉近和導師的距離，可是如果老師問起一些細節該怎麼辦？

「真的啊？」導演眼睛一亮，「灣區很漂亮呢，我去過漁人碼頭搭船遊舊金山灣，回港後在碼頭上看夕陽。」

「漁人碼頭的確蠻舒服的，不過那是觀光景點；」金毛答得不假思索，「妳去的應該是三十九、四十一號碼頭那一帶吧？其實開車朝東走一段路，在靠近舊金山港的七號碼頭那裡有個長堤，遊客不多，在那裡看夕陽最舒服。」

「這樣啊；」導師點點頭，「我記住了，下回再到舊金山，就過去看看。」

「如果光臨舊金山，」金毛稍微挨近了點，「請務必找我當導遊。」

導師抿嘴笑了，看看我，又轉頭回去看金毛，「你是依菲的舅舅，那這位是？」

「我朋友。不過我們不是卡斯楚區來的哦，哈；」金毛指指自己的眼睛下緣，「別覺得他的疤很可怕，他不是壞人，那是車禍受的傷。」

「原來如此。」導師似乎這時才發覺自己一直沒有對我說過話，轉過頭向我道，「你好。」

我頷首回禮。

金毛喜歡拿我臉上的疤痕當亂編故事給女孩子聽的材料，內容大多和黑道恩怨有關，我向來懶得澄清糾正，沒想到他這回的胡編居然說中事實。

「到了。」導師拉開一扇門，沁涼的空氣流淌出來，「這裡是導師們的辦公室，裡頭有個小會客室，我們進去談。嘿！」一群穿著同款運動服的孩子相互追逐，衝過我們身後，導師提高音量，聲音裡出現了某種威嚴，「別在走廊上跑來跑去！」

我轉頭看看跑遠的孩子。

他們笑得很開心，不知道他們之中，有一個女孩從昨天傍晚就下落不明。

6

現在是下課時間，辦公室裡開著冷氣、關著門窗，仍隱約聽得到走廊上小學生們的喧鬧。辦公室不大，老師們的辦公桌倒是不小，緊挨著排列，每張桌子上都放了一部電話分機，整個空間有點像小公司的開放式辦公室。

和尋常公司不同的是，每張辦公桌上都或橫或豎地堆了不少書和大疊紙張，好幾張椅子上還放著直接把亮晃晃巨大商標鑲在正面的名牌包，皮面簇新、沒什麼刮痕，要嘛是平時使用細心，要嘛是購入時間不久。

大多數辦公桌旁都坐著老師，有的低頭寫聯絡簿，有的彼此閒聊。導師帶我們穿過辦公空間，直直走向用隔板構成的會客室。

「今天特地來打擾老師，是因為我這次回來，完全是臨時起意，沒有通知我姊，回家才發現依菲病了；」金毛搬出我想的藉口，「我匆匆忙忙，根本忘了準備給姪女的禮物，但姪女生病了，我總不好什麼表示都沒有。我不知道小女生現在喜歡什麼，所以想趁出來逛逛的機會，到學校打聽打聽。」

「這些孩子家境好，有時真的有點……」導師似乎想抱怨什麼，但忍住沒有繼續，「依菲的學科成績不錯，是個不惹麻煩的好孩子。所以……」

「老師一個人要照顧這麼多學生，一定很辛苦；」金毛露出體諒的神情，「我實在很難想像老師的工作量。」

「是啊；」導師輕嘆一聲，「教書快三十年了，還是覺得剛要進入青春期的孩子不好應付……」

「快三十年？」金毛打斷導師的話，「妳看起來才三十出頭啊！」

「別逗我開心了；」老師噗嗤笑了，「那些學生的媽媽們保養得才好呢，而且她們對教學意見又多……啊，我不是說依菲媽媽的意見很多哦。」

「沒關係；」金毛笑道，「我知道我姊的個性。」

「不是怕得罪你，」導師恢復笑容，「依菲媽媽和我的互動不多，就我和其他家長閒聊的印象，她也很少參與家長間的討論。」

珊德師姐雖然到處替上人團體招攬成員，但在依菲的學校裡似乎沒有那麼積極。

「依菲在學校裡應該有些比較要好的同學，我聽我姊提過，有個同學每天都和依菲一起放學；」金毛把話題拉回來，「如果方便的話，可以讓我們問問那個同學嗎？」

「我知道你說的是誰；」導師看看牆上的鐘，「快上課了，這堂是自習課，請跟我到教室去，我把她找出來。」

導師站起來，我們跟著起身，剛要邁步，導師回頭道，「對了，還有一件事。」

金毛停下腳步。

「你的髮色好自然，」導師認真地問，「在哪裡染的？」

上課鐘響了。

「舊金山？」站在教室門外等待時，我問。

「沒去過。」金毛聳聳肩，「不過前陣子有個客人聊了好大一篇生活感想，我還有印象，剛只是照背而已。」

「女客？」

「不，是個男的。」

「住卡斯楚區？」金毛的長相對男同志也很有吸引力。

「他應該就是個無趣的中年直男啦，」金毛笑了，「那一篇生活感想不是對我說的，是對他帶來的女人說的。那天他們離開店裡的時候有點醉，女人在門口纏著我講些五四三，完全沒理旁邊那個男人，所以那個男人才會講什麼舊金山生活，說要帶女人去看夕陽，還說只有住卡斯楚區的男同志看上我，有品味的女人才不會對我有興趣。」

「沒動手吧？」

「還在混的時候應該就開扁了，不過在店前面，他不惹事，我也不需要浪費力氣。這種想靠著打壓別人來自抬身價的貨色我見多啦。」金毛滿不在乎地說，「舊金山真的有一區住了很多同志？這城應該也要有這種地方才對。」

我沒和金毛聊過關於同志的看法，也一直以為金毛會對學校老師惡形惡狀，不過今天金毛完全令我刮目相看。我原來的想法只是因為金毛脾氣和背景而生的想當然爾，好像有道理，其實是不折不扣的偏見。

導師領著一個女孩走出來，「依菲媽媽提到的就是這個孩子。」

「妳好。」金毛蹲下身子，直視女孩的眼睛，「我們想請教妳一些關於依菲的事。」

「依菲還好嗎？」女孩開口，細聲細氣，「聽老師說她生病了。」

「沒事，只是著涼了。」金毛的語氣很溫柔，「謝謝妳的關心。」

「你們在這裡聊，別走開；」導師頓了頓，續道，「也別聊太久，孩子還得讀書。」

導師走回教室，關上門。

校園裡很靜。暑氣未散。

7

女孩長得清秀，不過如果和依菲站在一塊兒，八成會被視為樣貌普通；說話聲音不大，但談吐大方，沒有其他女性面對金毛時常有的扭捏神情。

或許金毛的魅力對這年紀的孩子還起不了什麼作用吧。

金毛先問了一些女孩與依菲平日相處的情況及依菲的喜好，女孩一一回答，我不確定大多數國小學生喜歡什麼，但聽起來貴族學校的孩子有興趣的物事並不特別：流行偶像、可愛的動漫角色、網路上的趣味短片，還有和她們年紀相仿但已經成為直播主的幾個小小名人；接著金毛問起平常她們會一起去的地方，然後問到昨天放學後走到安親班的路線。

「和平常差不多。」女孩答。

「可以告訴我明確的路徑嗎？」金毛問。

女孩比劃著方向，明確地指出我和金毛方才巡過的一條路徑；金毛看看我，轉頭問女孩，「那妳們昨天有到哪幾家店去逛逛嗎？」

「沒有。」女孩答得很快，瞥了一眼教室的門。

「別擔心，我們不會告訴老師。」金毛沒有漏看女孩的動作，「妳們昨天去了什麼特別的地方吧？」

「你不能說謊哦。」

「我不會騙妳。」

「那個，嗯；」女孩想了想，下定決心，「我們去算命。」

這是昨天放學途中依菲向女孩提議的。

女孩問依菲怎麼會突然想去算命，依菲說她看得出女孩最近有心事，女孩問依菲有沒有去過，依菲說沒有，但導師私底下告訴過她，表示那個占卜師很準，有煩惱的話導師可以帶她去算命。

「老師說要帶依菲去算命？」金毛覺得古怪。我也覺得。

「嗯。老師叫依菲不能講出去，因為家長可能會不高興；」女孩回答，「但我們是好朋友，她又覺得我有心事，所以才說可以陪我去看看。你們也不能講出去哦。」

「沒問題，我說過我們不會告訴老師。」金毛問，「占卜師真的很厲害嗎？」

「真的很厲害哦，」女孩的語氣興奮，「他先說我們的年紀小，很多未來還不確定，不能透露太多，以免影響我們；但是因為不能講太多，所以不收錢，免費幫我們算塔羅牌。」

小學生有什麼事心煩到想去算命？我偷偷皺眉，金毛繼續問道，「占卜師說了什麼？」

「我們什麼都沒說，占卜師就說出我們在學校和家裡的情況，然後讓我們翻了幾張牌，然後，嗯，」女孩低下頭，「他解決了我心煩的事。」

「究竟是什麼事呢？」金毛問得很誠懇。

「那個……」女孩抬頭瞄了我一眼，搖搖頭，掏出手帕拭汗。

「很熱吧？」金毛轉頭對我說，「幫忙去買個飲料吧。」

我拿著兩瓶冰涼的果汁回到教室時，剩下金毛和導師在門邊聊著，女孩已經不見了。

「這個請妳喝，另一瓶給剛才的同學；」金毛接過飲料，一起塞到導師手裡，「看我多不周到，回國忘了給姪女的禮物，來請教問題也沒先準備些什麼來。」

「你太客氣啦；」導師笑得很開心，「有幫上忙嗎？」

「有，幫了大忙。」金毛看看我，「我們該去買禮物了。」

「要走了嗎？」導師問，「快放學了，我知道不錯的餐廳……」

「和妳聊得很開心，有機會一定要多聊聊；」金毛露出招牌微笑，「不過依菲不大舒服，我想趕快買好禮物，去給她一個驚喜。」

「這樣啊；」導師點點頭，「你說的沒錯。依菲運氣真好，有個體貼的舅舅。」

「別誇我啦。」金毛笑道，「多聊一會兒，妳就會發現我有很多毛病哦。」

導師抿著笑，意味深長地看看金毛，「知道怎麼出去吧？」

「沒問題。」

我和金毛走出校門，金毛晃晃腦袋，抖抖肩膀，「再和導師聊下去，我就會不小心請她到店裡來玩了。」

導師偷偷帶學生去算命感覺有點古怪，比較起來晚上自己去夜店放鬆一下反倒正常一點。說不定不用受邀，哪天導師真會在夜店裡遇見金毛。

不過導師的私人生活與我無關。我和金毛剛才問過占卜館，占卜師並沒說兩個女孩昨天去過。

我們得再去一趟。

8

「你知道剛那孩子心煩的是什麼事嗎？」走出校門，金毛問我。

我搖搖頭。

「你不知道小五女生為什麼心煩？這其實很好猜啊，」金毛笑著搖頭，「就是感情問題嘛。」

「啊？」

「別以為那些孩子年紀還太小就不會有這種煩惱，」金毛道，「她們或許還沒法子準確判斷演技或唱功的好壞，但早早就知道自己喜歡哪個偶像明星了。就算不提那種遙不可及的偶像，這個年紀的女生有很多也已經建立自己的標準，知道自己喜歡身邊的哪些人了。」

「長相？」我問。

「女生沒有你這麼膚淺啦；」金毛回嘴，但應該是想起了那一長串被他外貌吸引的女子，自己搖了搖頭，「這些小女生又不是去夜店的客人、心裡有時本來就有找人玩玩的打算，年紀也還沒大到認為可以試著交往、不適合再分手的心態。她們喜歡一個人自有理由，不見得成熟、也很可能會再改變，不過不一定是長相。」

「對方拒絕？」既然女孩為了感情問題煩心，那麼就是告白之後得到的回答不如所願吧？

「還沒告白，所以沒有拒絕；」金毛看看我，「算了，我知道你讀很多書、懂很多事，不過看來腦袋轉不到這方面來，直接告訴你好了。」

那女孩喜歡的對象，是安親班一個教國文的年輕男老師。女孩雖然沒有上安親班，但陪依菲到安親班時見過男老師，也講過幾次話；女孩覺得男老師溫文爾雅，穩重和善，加上飽讀詩書、出口成章，和學校裡那些毛躁的小男生完全不在同一個級別上頭，於是暗暗傾心。

麻煩的是，除了陪依菲到安親班、偶爾會見到男老師之外，女孩找不到其他機會接近男老師，想要如沐春風地多聽男老師講話的渴望，一直無法如願。女孩曾以提高成績為由，央求母親也讓她到安親班上課，但母親並未答允——因為女孩的母親在結婚前也是國小老師，雖然不是國文專業，但認為小學程度的東西自己應付得來，吩咐女孩有問題在家裡問就好。

男老師已經成家，不過女孩認為自己的愛意相當單純，只是希望多與男老師親近；問題是與男老師聊過幾回之後，女孩發現男老師一直沒有注意到她的感情。女孩認為原因不是男老師把自己當成孩子，而是因為男老師的焦點一直在另一個女生身上。

「依菲？」我問。

「你懂啦。」金毛點點頭。

女孩曾經想把自己對男老師的愛慕告訴依菲，但一直沒有開口；雖然一直沒有開口，但認為依菲應該看得出來——女孩和依菲感情很好，自己每回和男老師說話時，依菲也都在場，所以覺得依菲一定知道她暗自喜歡男老師；可是依菲從沒詢問過女孩，是故女孩覺得依菲實在很過分。

「自己講？」想要依菲開口詢問，無非是希望與老師相處時間更長的依菲可以幫點什麼忙、拉近自己和老師之間的距離；女孩既然和依菲感情很好，又需要依菲協助，何不主動開口？

「這麼做就沒意思了。」金毛道，「被好友發現，然後好友自動說要幫忙，不但可以顯出好友的確關心自己、觀察仔細又非常體貼，自己也可以表現出適當的矜持——不但友情更上層樓，還能讓愛情出現進展，比自己開口請好友幫忙好多啦。」

依菲一直沒提出相關問題，過了一段時間，女孩也認為自己不應再等、得轉被動為主動，卻也在這個時候發現：男老師的眼裡，其實只有依菲。

我點頭表示理解。

身為好友的依菲不夠關心自己、自己戀慕的對象喜歡的是依菲；戀慕的對象已經成家是一回事，戀慕的對象喜歡另一個和自己同年的女生、而且還是自己的好友，這又是另一回事——這就是女孩煩心的事。

「占卜師怎麼說？」我問。

9

昨天女孩和依菲到占卜館後，占卜師先問了一些兩人的背景，接著分別說出兩人在學校的狀況以及一些在家中的生活情形。

我微微皺眉。

剛才女孩說她們「什麼都沒講」，占卜師就說出她們在學校及家庭的情況，但照金毛的轉述聽來，依菲她們其實已經向占卜師提供了某些基本資料。如果是個有經驗的騙子，那麼要從她們的說詞裡推論出一些生活日常，應該不難辦到；假若加上一些冷讀術的技巧，那麼模稜兩可的推論，聽起來就會如同親眼所見的事實。

依菲和女孩對占卜師的洞澈眼光十分嘆服，占卜師告訴她們，這種程度的占卜只算初階，他看得出兩個女孩都有煩惱，而要解決煩惱，就要用比較進階的占卜技術。

占卜師拿出塔羅牌，擺在鋪了桌布的小桌中央，要她們一面想著心裡要問的事，一面洗牌，覺得心情篤定了之後，就從最上頭抽出四張。

依菲先洗牌。

「等等，」我轉頭看金毛，「依菲？」

「對。女孩說她們兩個在一起的時候，不管做什麼，都是依菲先行動，她才跟上；」金毛問，「有什麼不對？」

當然不對。女孩本來一直認為依菲沒發現自己的心煩，自己想開口時，又查覺男老師很注意依菲，是故繼續忍住沒說。昨天依菲終於說自己看出女孩心煩，提議去占卜館，那麼需要占卜的並不是依菲，而是女孩。

但依菲卻自己搶先拿牌。

就算兩人當中依菲習慣處於領導地位，這舉動也不大對勁。

「先繼續。」

「喔。」

占卜師依序翻開依菲的四張牌，看了一會兒，還沒說話，依菲就表示今天其實是陪女孩來的，應該先幫女孩占卜。占卜師答應，收齊塔羅牌，讓女孩重新洗牌抽牌。

女孩抽了牌，占卜師說明：第一張顯示女孩想問的是前一陣子發生的事，女孩當時遇上了某個目標，可能是成績的標準、想要的東西、改善與家中成員的相處情況或者出現了喜歡的對象。

第二張牌顯示女孩目前的心境，雖然很想達成目標，但不知如何是好，原因是要達成目標的方法有點複雜，或者女孩試了幾個已知的方法但卻沒有效果。

女孩邊聽邊點頭，占卜師接著說，第三張牌顯示這個目標的狀況：目標沒有注意到女孩的努力，但仍然處於一個只要盡力爭取就能成功的狀態。

講到這裡，占卜師表示，第四張牌顯示的是女孩能否如願以償；這個答案比較私密，所以他會單獨告訴女孩，要女孩靠近點。女孩依言傾身向前，占卜師低聲告訴她：「妳會成功獲得妳想要的。」

女孩喜孜孜地坐正身子。占卜師看看兩人，笑著對依菲說，「今天既然有緣和兩位小姐聊聊，剛才我也看過妳的牌，所以也請妳把耳朵借我，讓我告訴妳未來的狀況。因為妳們兩個問的，是類似的問題。」

剛剛還在微笑的女孩，表情突然僵了。

暫且不管占卜師是否專精塔羅牌、是否具備真材實料，他的說明在我聽來，全都是冷讀術——沒有任何一句話具體地講出什麼，但女孩都能簡單地把自己的煩惱代入，認為占卜師準確地說中她的心事，甚至提供了沒來由的虛假期望。

占卜師對女孩說完悄悄話後所講的，其實也是冷讀術，所謂「類似的問題」其實根本沒有說清楚是什麼問題，但女孩想當然爾會認為「依菲要問的也是感情問題」；更麻煩的是，因為女孩先前發現，自己心儀的男老師，在意的對象其實是依菲，所以很可能會直接聯想，認為依菲也喜歡男老師。

再往牛角尖裡鑽得深一點，女孩可能會察覺：提議走進占卜館的是依菲、先伸手拿塔羅牌的也是依菲；而依菲先前對女孩的感情困擾不聞不問，也沒同女孩提過自己有感情問題的原因，正是依菲看出了女孩對男老師的感情、成了自己的情敵，不知如何處理，所以一直沒有主動詢問，最後決定請占卜師指點迷津。

女孩無法繼續微笑，因為她在占卜師說出那句話的剎那想通了這幾件事：依菲才是真正想問占卜師感情問題的人，而且依菲和男老師彼此欣賞，從頭到尾，女孩都只是配角。

「剛說你不懂女生的心事，現在倒是很清楚啊？」金毛聽了我的簡短分析，露出嘆服的表情，「那孩子沒講這麼多，不過我想的和你一樣。因為那女孩告訴我，她們離開占卜館後，她對依菲說了幾句話。」

10

女孩不知道占卜師對依菲說了什麼，走出占卜館時，心情相當忐忑。一方面占卜師已經給了她肯定的希望，另一方面她又發現依菲與男老師兩情相悅，自己似乎沒什麼勝算。

所以，重點是占卜師在依菲耳邊說的內容。假設占卜師告訴依菲說她的戀情無望，那麼女孩就是那個將會擄獲男老師注意力的人；只是，依菲的表情似乎不像是聽到什麼沮喪的答案，所以或許占卜師講的不是這個。假設占卜師說的不是這件事，那麼，嗯，就再看著辦。

總之得先問問才知道。

在安親班門邊，女孩對依菲說，我們是好朋友，彼此之間沒有什麼祕密，所以我把占卜師對我說的悄悄話告訴妳，妳也把他對妳說的告訴我吧。

依菲還沒答應，女孩就先說了。

女孩先說的動機不難理解：一是示威——告訴妳，占卜師說我才是成功獲得愛情的那個，妳不用妄想了；二是施壓——我們感情這麼好，我已經講了，妳當然也要講。

「依菲講了？」我問。

「聽了，」金毛搖搖頭，「但沒講。」

「沒追問？」

「本來想問，但也沒問。」

女孩原來想要問清楚，不過開口之前，瞥見男老師正在巷口停摩托車。女孩認為機不可失，叮囑依菲隔日一定要告訴她，然後就快快地道別，走向男老師。是故，女孩沒有確認依菲是否走進安親班——她只想早點接近自己傾慕的對象，沒注意身後好友的動靜。

「結果，」金毛道，「那孩子昨天和男老師根本沒聊幾句。」

女孩在摩托車旁截住男老師，問了幾個事先準備好的國文問題；男老師一面答覆問題，一面貌似不經意地問起怎麼沒看到依菲。女孩朝身後看看，告訴男老師，依菲應該已經走進安親班，男老師便說上課時間快到了，自己也得趕緊準備，打發女孩回家。

「就這樣，」金毛聳聳肩，「那孩子不大高興地回家了。」

女孩在安親班門口與依菲道別，但沒有親眼看見依菲走進安親班，綁匪會在安親班門口發現依菲落單，就快速地把她帶走嗎？這麼做風險很大，不大可能；這麼說，是女孩離開之後，依菲沒進安親班，反而自己到別的地方去了？

等等。女孩說占卜師解決了她心煩的事，但照這發展看來，她的感情問題根本沒解決。

「依菲今天沒到學校，那孩子一方面有點擔心，一方面又胡思亂想，總覺得男老師會藉機到依菲家裡去探望。」金毛說，「一直到最後一堂課被導師叫出教室，她才發現：占卜師真的解決了她的問題。」

啊？我望向金毛。

「我也覺得莫名其妙，」金毛抓抓頭，「但那孩子非常理所當然地看著我說，『因為你出現啦。』」

看來金毛的魅力遠大於我的想像。

「那孩子說，其實她知道自己沒有依菲那麼漂亮，所以發現男老師也注意依菲的時候，即使占卜師說她會如願以償，她還是不覺得自己有什麼機會；」金毛解釋，「你也看到了，我沒有像在店裡逗女生的時候講那些有的沒的，可是那孩子說，因為我問話的態度很誠懇，沒把她當孩子看，所以她才喜歡。」

金毛今天的確收起暴躁，十分溫柔，加上長相，也難怪小女生會心花怒放。但話說回來，女孩明明認為自己的戀情沒什麼機會，卻馬上可以替占卜師含糊的預言找到新解釋；是故倘若一個人熱切地想要相信某件事，就可能將所見所聞都依己之見做出解讀，就算有什麼顯而易見的不合理，這個人也會視而不見。

這不是占卜的力量。這是信仰的力量。

恐怖的是，占卜會利用這種力量。

「你的表情也太嚴肅了，」金毛拍拍我的肩膀，「那孩子的確說她自知沒有依菲漂亮，但對我一見鍾情那個部分是我加的啦。」

我在墨鏡後面瞇起眼睛，在心裡把方才對金毛的稱讚全都扔進垃圾桶。

「不過她的確提到：看到我，她才發現自己太死心眼了——戀愛對象除了男老師之外，還有很多可能嘛。話說回來，」金毛滿不在乎地繼續，「你相信占卜嗎？」

我搖頭。

金毛饒富興味地看看我，「完全不信？哦，我明白了，你相信科學，所以不相信超自然力量這些東西。」

金毛說得很簡單，但這題目其實有點複雜。我想了想，仍然搖頭。

「你不相信占卜，也不相信科學？」金毛抓抓頭，「書讀很多的人真難理解。」

「我相信，」我道，「科學的心態。」

「聽不懂。」

「晚點再說。」占卜館就在眼前。

「我覺得這傢伙一定有問題。」金毛扳扳手指關節，對我說，「你相信的東西好像很複雜，而我這人很簡單：我相信孩子不應該被大人欺負。」

他看著眼前的女同事，皺起眉頭。

女同事負責公司的財會作業，身材看來普通、樣貌明顯平庸，不是他會感興趣的類型，平時在公司的互動也不多，不過有陣子他因故常跑財會部門，漸漸與女同事熟稔起來，聊得居然頗為投契。一日公司慶功餐聚，他與女同事比鄰而坐，他的手指在桌下不經意挨著女同事裹著絲襪的大腿，忽然覺得豐腴滑潤、觸感極佳，停了會兒才猛地醒覺，急急把手挪開，偷眼注意女同事，發現女同事也正在看他；他正想找話解釋，女同事對他笑了笑，把手移到桌下，捏了捏他的手。

他的心中升起一種複雜奇妙的感覺。

與大學時期不在校內巡獵一樣，他也從未對公司裡的女性職員出手；他待在辦公室的時間不長，專責的任務與大多數同事不同，加上長相平凡個性低調，所以相熟的同事不多。況且，女同事的職務和他沒有任何競爭關係，所以他從來沒有閱讀過女同事的記憶。

但坐在一起的那個瞬間，他覺得女同事平凡五官上綻出的笑容很美。

他想起自己沒什麼算計、放鬆和女同事閒聊的那些時刻，心中漸漸湧起一種單純的愉悅。

收攏手指，他輕輕握住女同事的手，女同事笑得更深了些，轉過頭去與旁人說話，沒把手抽走。

他喝了口酒，覺得指尖抵住的女同事掌心又柔又暖；這樣很好，他想，沒有啟動特異能力。

與女同事交往伊始，他就囑咐女同事：不可以公開兩人的戀情，尤其是在公司裡頭。他告訴女同事的理由是公司裡人多口雜，難免閒言閒語；沒說出口的理由是他還沒決定要和女同事發展長久穩定的關係，愈不張揚，未來的麻煩愈少。

女同事的個性和他一樣低調，對此沒有什麼意見。

交往初期的感覺很新鮮。他在外頭跑業務時間晚了，女同事會幫他準備宵夜；他下班如果帶了路上順手買的甜點給女同事，就會再度看到女同事那個美好的笑。女同事租賃的住處是個單人套房，有時候他會留在女同事的套房過夜；雖然穿著套裝時看不大出來，但女同事脫掉衣服的身材還過得去。

他一直沒讀女同事的記憶，一方面因為女同事對他知無不言，有時他甚至覺得女同事的話實在太多了，另一方面因為他感到好奇——原來在不知道異性記憶的情況下交往，是這種感覺。

有時鎮日甜膩，有時小小拌嘴；前幾個月他十分享受這種對他而言相當新奇的狀態，不過，也就是前幾個月。

他早就知道自己有一天會開始覺得這種相處模式索然無味——事實上，進入第三個月時他還不覺得無聊，已經讓他感到十分訝異；況且，這三個月裡，他連慣常的巡獵活動都沒有進行。

過了幾週，他開始物色新目標；再過一週，他恢復了過往的生活模式，只是一週裡頭會挑一、兩天到女同事住處去。

女同事似乎沒有察覺他的行為改變，兩人的互動模式一如以往。他原來打算再等一陣子，想想應該如何處理兩個人的關係；但就在這段時間，女同事說了那句讓他皺眉的話。

那天週五，有部女同事先前就一直掛在嘴邊的電影上檔，他在業務行程結束後先去買了電影票，坐在電影院附近的速食店，等女同事下班前來會合。電影是部愛情悲劇，他覺得劇情挺不實際，女同事倒是感動得頻頻拭淚。看完電影，回到女同事住處，女同事一面嗔道男人都不懂愛情片的動人之處，一面任由他剝去衣物——是個相當尋常的夜晚。

隔天早上，他在女同事的床上醒來，想起週末沒排工作，正想再睡一會兒，發現身旁沒人，接著聽到門鎖轉動的聲音。

「醒啦？」女同事拎著裝早餐的購物袋在床邊俯身，他從女同事敞開的領口望見她內衣的滾邊，伸手拉住女同事的手臂，把女同事往床上拽。

「等等；」女同事把購物袋放在地上，一邊輕輕掙扎一邊順勢坐下，「今天陪我去算命吧，地方不遠。」

「算命？」他正要環向女同事腰部的手停在半空，「為什麼？」

「我想，我們很穩定了嘛；所以……」女同事先是有點扭捏，接著大方起來，「所以，我媽媽說應該去合個八字……」

「等等，」他打斷女同事的話，「妳媽知道我們的事？」

「交往這麼久了，沒必要瞞她呀；她還沒見過你，說要找機會來看看。」女同事點點頭，「我們部門的同事也說……」

所以女同事早就把兩人的關係告訴其他同事了。他沒仔細聽女同事還講了什麼，只是皺起眉頭。

不讀別人的記憶果然會出問題。

他不知道女同事什麼時候把兩人交往的事說了出去，也不知道女同事什麼時候居然生出打算和他結婚的念頭。

再者，女同事想藉由算命結果確認兩人該不該結婚的舉動，讓他想起當年尋求超自然力量協助的母親。

他原來還不確定應該如何處理與女同事的關係，現在看來，其實在自己開始覺得無聊的時候，就應該馬上決定才對。

說不定不只應該斬斷與女同事的牽扯，也應該離開公司。

要知道女同事把他們的事告訴多少人並不難，但他只能閱讀記憶，不能刪除記憶，況且如果那些人把事情告訴更多人，要一一追蹤根本沒完沒了。

而且，自從接了公司指派的特殊任務、見識過了豪宅裡的優渥生活後，就有個想法在他心裡孳生。

他對寬廣奢華、不請人來專職打掃就很難維持得像樣品屋一樣的住所沒什麼興趣，但對上流階級鑾不在乎的用錢態度非常嚮往。在公司裡不想太出鋒頭又想多賺點錢不大容易，組織畢竟有組織的規矩；但女同事的話，提供了一個他未曾想過的方向。

坊間多的是完全不張揚、隱身街市、只靠口耳相傳，但收費頗高的占卜館；他不確定那些占卜師是否都有真材實料，但他有特異能力，占卜師們辦得到的，他絕對都可以做得更好。

不依靠組織、低調，而且能更輕鬆而且更直接地獲利——這才是自己該做的工作。

該向女同事說再見了。不，是不會再見了。

他鬆開眉頭，拉住女同事的手，瞬間啟動特異能力。

分手過程比預計的麻煩了些，雖然還不至於太難應付，但足以讓他告誡自己：談戀愛太麻煩了，今後不要再做這種蠢事。

離職相對而言就簡單很多，雖然高階主管出面慰留，但他簽了切結書、保證並不打算跳槽到業內其他公司，又把客戶名單全交了出來，所以主管也沒太過堅持。

接下來他委實忙了一陣子，一方面打聽這城裡有名的占卜館，登門拜訪，觀察占卜師們的工作狀況與收費標準，同時也暗中閱讀占卜師們的記憶；另一方面，則到處物色適合開業的店面。

根據他閱讀的各個占卜師記憶，這些被吹捧得神奇無比的占卜師，在某個層面上說來，全是騙子。

有的占卜師知道自己根本就在鬼扯，但有的占卜師的確相當認真地依循自己學習的儀式替人解惑，問題是他們學的那套東西理論似是而非，而且沒有任何一個占卜師像他一樣，具有與眾不同的能力。

他在一個學區找到合適的店面。學區裡的學校是個貴族小學，接送學生的家長裡不乏長相標致、打扮時髦的年輕媽媽；而往東幾個街區就是這城夜店最集中的地段，晚上想出門玩玩十分方便。

看著正在施工的未來店面，他認為自己的新事業前景一片光明。

直到開業的第三個禮拜，他才發現錯估了一件事。

為人占卜相當簡單。大多數占卜師會用各種技巧搭配占卜儀式，問出必要的基本資料；而他根本不需要那些裝模作樣的程序，直接就能讀到必要資料。

開張前兩週，上門的顧客不多；他知道建立口碑需要時間，所以並不擔心。

只是他隱隱覺得，顧客離去時的表情不見得每個都心悅誠服，有幾個甚至透著怪異——前陣子在其他占卜館觀察時，他並沒有這樣的印象。

第三週有個漂亮少婦進門，他請少婦翻塔羅牌，在選牌時碰了少婦的手指，在翻牌時說出少婦的煩惱。

少婦眼中閃過一絲古怪神色。

他突然恍然大悟。

大多數占卜師說出來的內容都模稜兩可，再依著顧客的反應調整、漸漸深入；但他講出來的東西太準確了，顧客反而會下意識覺得有什麼不對勁。

他對少婦表示，自己也會看手相；捧著少婦攤開的手，他確定了這個猜想。

在少婦剛剛形成的記憶裡，猜測他一定事先用了某種方式調查過自己，不然不會講得如此精確；少婦認為這個猜測乍看不大可能，但要比相信他的確有超能力實際多了。

他知道自己的特異能力貨真價實，但並不希望被人發現，這不符合他想低調行事的個性，後續也可能會沾惹其他麻煩；占卜技術原來只是他使用異能時的偽裝，而他應該把戲做足，因為雖然他認為那些技術很假，卻可以讓顧客相信他的占卜能力很真。

補上幾句生命線、感情線之類的胡話，少婦的表情果然放鬆下來。

人們只相信自己想要相信的物事。

而那類物事常是假貨。

【五】

廢物

但我是個廢物，是個怪咖，我他媽的在這裡做啥？我不屬於這裡。

——〈Creep〉by Radiohead

1

聽見開門的聲音，端坐辦公桌後方不知正在筆記型電腦上頭看什麼的占卜師抬起頭來，認出我們，微微略出詫異的神色。

占卜師是個乾淨斯文的中年男人，半長的頭髮在腦後整齊地紮成馬尾，下頷蓄著看得出細心打理、修短的鬍子，看起來相當時尚；長袖襯衫的衣袖輕飄飄的，彷彿裡頭沒包裹什麼，顯見雙臂細瘦，加上襯衫下襬規矩塞進褲頭，也就遮不住微凸的腹部，看來缺乏運動。

說是占卜館，但這裡看起來其實比較像可以用來接待也可以用來工作的尋常辦公空間，只是牆面貼了許多塔羅牌海報；辦公桌上的筆記型電腦背蓋上方夾著一個正對門口的小型攝影鏡頭，背蓋中央貼著一張塔羅牌，編號十七的「星」，我聽說過用塔羅牌占卜的人會特地「養牌」，倒沒聽過這類人會把牌單獨貼在其他物件上——因為不管貼的是哪張牌，整副塔羅牌就會因此缺了一張，無法再用來占卜。辦公桌前另有一張鋪著桌巾的圓形小桌，桌邊放著椅子，看起來是占卜師為顧客擺牌算命、指點迷津的工作據點。占卜師闔上筆記型電影的螢幕，從辦公桌後走到小桌前，滿臉堆笑，「兩位先生去而復返，是想到什麼方才沒問的？還是想趁機排個塔羅，看看未來的方向？」

「廢話少說。」金毛哼了一聲，「你這傢伙剛為什麼沒說實話？心裡有鬼？」

「我不明白您所指何事？」占卜師仍然笑著。

「少在那裡裝斯文，你這個死變態！」金毛一拍桌子，瞬間回復江湖氣勢，「我們已經確定那個女生昨天來過這裡，你剛卻說沒見過，分明就有問題！」

「我這地方雖然不大，但還算有點薄名；」占卜師不為所動，「每天來去客人不少，我怎麼可能記得住？」

「你這裡會有多少國小女生來、怎麼會不記得？別在那裡放屁；」金毛道，「我們剛問過了，另外那個同學說她們的導師提過你，所以昨天兩人結伴來找你。」

占卜師看看金毛，收起笑容，聳了聳肩，「好吧，這點的確無可辯駁。二位方才問起的那個孩子，昨天的確曾與同學一起造訪。」

「那你剛還說沒有？」金毛瞪著占卜師，「一定是你幹了什麼見不得人的事吧！」

「您的問題，就是您的答案；」占卜師講得氣定神閒，「誠如方才這位提到的，國小女孩不常會在占卜館出現，如果我剛說了實話，聽起來也會像是假話。況且，二位急著找那孩子，八成是那孩子出了什麼狀況；我剛如果照實直說，難保二位不會像現在這樣，直接把事賴到我頭上。我既然不知道那個孩子惹上什麼事端，那又何苦自找麻煩？再說，成年人自己來找我指點迷津，不會有什麼問題，但多數家長只會希望老師解決孩子的煩惱，不會希望老師推薦孩子來找我吧？那位老師好意推薦我，我要是直接說了，不就反倒害老師被家長責怪？」

「所以兩個孩子昨天來過；」金毛稍微控制住情緒，「她們來做什麼？」

「客人蒞臨本店，能做什麼？」占卜師慢條斯理地說，「當然是生活上有點困擾，找我幫忙，藉塔羅牌一窺未來，想想對策。我看那兩個孩子年齡尚輕，各送了幾句話，分文未取。」

「然後呢？」
「她們道了謝，然後就走啦。」
「就這樣？」
「是。」
「不。」我開口，「那女孩又來了一次。」
金毛和占卜師一起轉過頭來。
「先生，」占卜師仍然掛著笑容，「您這麼肯定，可有什麼證據？」
占卜師的說詞和依菲的同學一樣。我認為依菲去而復返並沒有什麼證據，只是想到一種可能。
「別鬧了；」見我沒有反應，占卜師裝模作樣地嘆了口氣，「我沒必要騙你們，那兩個孩子只來了一次。你們也快走吧，不要妨礙我做生意。」
「有人證。」我道。
「誰？」
「她同學。」

2

占卜師露出狐疑的神色。

「沒錯，我們剛才在學校的時候那個同學全訴我們了；」金毛沒有顯露任何詫異神色，順暢地接住我的說詞，「那孩子折回來找你的時候，同學就跟在身後，親眼看見她走進這裡。剛才你一直不說實話，是不是對她做了什麼事？」

「好，好；」占卜師後退幾步，舉起雙手，「我沒做虧心事，照實說沒什麼關係。那兩個孩子離開後不久，你們要找的那個女孩的確又來了一趟。」

「我操，」金毛一腳踹開小圓桌旁的椅子，「她來做什麼？你對她做了什麼？」

「那女孩的來意很簡單——她有些不想在朋友面前說的煩惱，所以自己跑回來問我，聽我開導幾句，她就走了。」占卜師道，「那些女生雖然還是小孩子，但是心思細得很啊……喂！」

金毛掀翻擋在眼前的圓桌，向占卜師踏近一步，揪住占卜師的領口，「不說實話是吧？」

「兄弟，」占卜師的聲音裡聽不出面對暴力的恐懼，「我看得出來兩位也是在道上混的，所以勸你們別亂來。桌子椅子就算了，再搞下去，我就沒這麼好脾氣了。」

「怎樣？」金毛冷笑，「要動手？」

「我是文明人，不做那種事；」占卜師道，「不過我有靠山，那人，你們惹不起。」

金毛掄起拳頭，被我眼明手快地拉住；金毛回頭瞪我，我拍拍他的肩膀，搖了搖頭。

「那種人分明討打，」離開占卜館後，金毛向我抱怨，「幹嘛不讓我扁他？揍一頓他就會講實話了。」

占卜師提到自己有靠山，雖然不知真偽，但從他面對我和金毛的態度看來，的確可能有黑道背景，金毛貿然出手的話，或許會節外生枝，甚至給老闆添麻煩——老闆經營夜店，和黑白兩道都得維持良好關係。況且，現在既然發現占卜師有問題，占卜師又抬出自己的靠山，那麼這樁綁架行動說不定還與占卜師背後的黑道勢力有關；盡快交給老闆，無論是讓警方出面，還是找黑幫交涉，都比我們兩個蠻幹來得好。

再說，占卜師也可能沒有說謊。

在占卜館的時候，我瞥見占卜師放在桌上的名片，只印了地址、手機號碼，以及大大的「Star」，大概是占卜師工作時用的化名。直接詢問占卜師的本名，他不見得會講實話，但我在心裡記下了手機號碼，有手機號碼就有機會查出他的本名，知道本名就可能查查他的底細。

我和金毛到安親班，確認那個男老師昨天正常到班，沒有早退。依菲失蹤的那段時間，男老師正在教室裡講課。

依菲和同學到了安親班門口之後，自己返回占卜館。假若依菲真的只聽占卜師講了幾句就再度離開，那麼她就是離開占卜館後失蹤的，而且應該與男老師無關；假若她第二次到占卜館後發生的情況與占卜師說的不同，那麼占卜館就是她失蹤的地點，占卜師嫌疑很大。

金毛抓抓頭，問，「對了，你怎麼會知道依菲後來又回去占卜館？她同學沒講這件事啊。」

先前我已經知道占卜師用冷讀術騙人，要使用冷讀術，得要培養不錯的觀察力，才好隨機應變、依著對方的反應調整話術。假設占卜師因為某個緣故，想讓依菲獨自回到占卜館，透過對兩人的觀察，占卜師只要用一句話就可以達成目的。

「推理。」我道。

「啊？」

慣用冷讀術的占卜師一定可以從兩個女孩的互動狀況看出，兩個女孩雖是朋友，但也有微妙的競爭狀況，而且在兩人當中，依菲處於領導位置。解釋牌意的時候，占卜師故意只講一半，兩個女孩的反應則會讓他明白，這兩個女孩目前的確有類似甚或一致的競爭目標。

占卜師已經低聲告訴女孩，說她會如願以償，但女孩不知道占卜師對依菲說了什麼。基於競爭心態，甚至是想要示威，女孩很可能會把這句預言告訴依菲；或者，占卜師也可以在對依菲講悄悄話時給予暗示，要依菲主動問問女孩獲得的贈言內容。

接下來，占卜師只要告訴依菲：我有辦法幫妳，下回妳一個人來。

有了這句話，無論女孩有沒有說、依菲有沒有問，占卜師都可以確定：依菲會再次上門。

3

「說穿了很簡單嘛，」金毛皺皺眉，「我怎麼沒想到？」

金毛沒有注意：這個推理建立在「占卜師想要依菲獨自回到占卜館」這個假設上頭，而占卜師會這麼做，就表示他對依菲的確另有所圖。在占卜館的時候，我並不確定這件事，所以把這個推理結果當成事實說出來，是想要從占卜師的反應來確認假設。

而占卜師上當了。

這表示占卜師刻意要讓依菲單獨到占卜館去，無論占卜師是不是我們要找的綁匪，這個意圖都很不對勁。

占卜師承認依菲再度回到占卜館，但聽他開導幾句後就走了。如果這套說詞是真的，那我們對依菲的去向仍然一無所悉；如果是假的，就可以確定占卜師是我們要找的人。

但該怎麼證明？

幾個月前，我曾受託尋找一個對命理卜筮有興趣的失蹤女孩，因此接觸過幾處城裡著名的這類地點，但遇上的占卜之人都不怎麼實在。

那幾回經驗之後，我讀了幾本討論占星及命理的書，有解釋占卜原理的，也有駁斥占卜技法的。

解釋占卜原理的書相當有趣，簡而言之，這些書裡頭描述了某種自成一格的體系，加入傳說、星象、神話以及宗教元素，這些體系內的元素相互支持，補足理論，撐起整體架構。寫得差的讀得出有許多穿鑿附會，連神祕學的資料都不夠正確；寫得好的讀起來則讓占卜原理顯得相當扎實，極度具有說服力。

無論應用的是生日還是星象，這些占卜方式都應用了一些對自然的觀察紀錄。但這些觀察紀錄並非一成不變的真理。

生日依附著曆法，而曆法是種記錄自然現象規律、將其轉化成規則、可供日常依循的產物。曆法在不同文化與不同時代因不同緣由出現改變，有的時候是依照新發現或計算方式做出的修正，有的時候則是因為宗教或政治因素做出的調整。

星座是人類將看似相鄰的星球與想像力結合而成的產物。各個文明都有或多或少的星座傳說，不同文明的相關傳說並不相同，用以組成星座的星球也不一樣，不過各種文明當中倒是都找到了利用星座標定位置的實際功能。由於星座初始由人類肉眼可見的星球組成，是故這些星球皆是能夠自體發光的恆星，天文科技發展之後，會發現這些恆星分屬不同星系、彼此之間的距離相當遙遠，既不比鄰，也沒有直接關聯。

也就是說，生日與星座的基底都與人類透過觀察與記錄之後對自然的解讀有關，但並沒有透視未來、扭轉命運的功能；除了在不同文化當中有不同發展之外，政治、宗教以及科學發展的狀況，也都讓曆法計算方式產生過不只一次的重大改變。只是，曆法改變之後，依附曆法的占卜方式，並不一定有相對應的校正；而且倘若因此校正占卜方式，反而可能出現某種尷尬——例如因為科學發展，所以發現曆法計算有誤差、進行校準，可是占卜方式就是從那個有誤差的曆法計算發展出來的，如果曆法有問題，為什麼占卜結果會是正確的？

複雜一點的像塔羅牌、簡單一點的像咖啡渣，都是人類用來占卜的道具。但無論使用哪種道具、無論背後支持的占卜系統看起來是否完足，都有類似的基本問題。

常見的狀況，是占卜系統引用部分支持論點的資訊、避開無法自圓其說的材料。但這也表示占卜結果就像公家機關做出來誆騙民眾的數據一樣，帶著避重就輕的偏頗色調。

那些「命理老師」或許真心相信自己倚賴的占卜系統，或許只是把占卜系統當成招搖撞騙的掩飾，但無論如何，他們的話語當中，充滿與具體事實並無實際關聯的冷讀術。

冷讀術是一種談話技巧，作用大抵有二：一是用來證明自己懂的比別人多，能夠在別人還沒說出口的情況下便說中與對方相關的細節；以第一個作用獲得別人信任之後，就可以進一步發揮第二個作用，提供對方接下來的行事建議。

要達成第一個作用，需要仰賴觀察。對方的性別年齡、舉止動作、談吐用字或服裝款式，都是冷讀術使用者的觀察標的，假若輔以心理測驗、星座命盤等等，就會得到該對象更準確的資料，接著再依這些資料擬定話術。

不管要達成冷讀術的哪個作用，都需要經過練習的話術，話術內容必須乍聽精準實則含糊，讓對方在不知不覺當中自己做出判斷，同時認為冷讀術的使用者已經講出答案。

待到取得參與者的信任，接下來大抵都是交易：靈媒和命理老師提供建議、販售他們宣稱具有靈能的物件，或者進一步要求參與者執行某些由靈媒或命理老師主持的程序。

冷讀術、粗製濫造的廉價商品，或者類似宗教儀式但不見得符合教典規章的程序都要收費，換個角度看，這全是詐騙。輕微的就是讓參與者花了點小小的冤枉錢得到虛假希望，嚴重的可能會讓參與者蒙受巨額的金錢損失或者身體上的傷害。

4

這套技巧許多年來進行的方式有些改變，不過原理一直相同；現今某些魔術師也會用來當成表演的一部分，但與降靈或占卜不同的是，觀眾大多知道魔術表演是假的，只是不確定魔術師是怎麼做的，但靈媒或占卜之流，都會強調自己的確身賦異能。

例如在降靈會流行的年代，有些靈媒會在降靈過程中吐出某些東西。這些東西看起來多是沒有固定形體的白色物質，有「外質」、「靈質」或「幽物質」種種譯名，靈媒宣稱，這是由靈體透過靈媒能力形成的實體，不但有照片為證，還曾經通過嚴格的科學檢驗。

只是，這些「靈質」如果在檢驗技術快速進步之後再次分析，都會被發現它們其實是綿布、明膠、蛋白或肥皂之類東西混合假造而成，並非什麼來自幽冥的神祕物事。靈媒的異能，其實是將這些東西藏在自己胃部或陰部，在適當時機釋出體外的魔術技巧。

異能者的確存在——畢竟我閱讀記憶的能力就是個活生生的例子。先前見過的那幾個命理老師當中，也有部分堅稱自己體質異於常人，但他們使用冷讀術的手法十分明顯，就算他們真有深藏不露但卻一直掛在嘴邊的異能，也沒真如他們宣告的那樣用在占卜上頭。

曆法和星象有部分是以科學方法記錄整理的自然現象，放進占卜裡頭雖然也會被說成一套有規則的體系，但已經不能算是「科學」。也因如此，金毛才簡單直接地將「占卜」和「科學」視為對立。

這樣的說法簡化了「占卜」，也簡化了「科學」。長期觀察、累積紀錄、建立假設、擬定實驗，整理之後經過計算與分析找出規律，不可預料的某物於是有了規則可以依循，有時甚至可以控制。

這些是以科學方法找出來的科學結果。

但科學方法和科學結果都可能不盡完美。

科學方法受到許多限制，例如工業技術或道德判準：有的時候，要用科學方法進行研究，還需要運氣。

與人類記憶有關的研究資料當中，有個相當重要的人物，名叫亨利・莫雷森。

莫雷森大約十歲時開始出現癲癇症狀，發病情況日漸嚴重，藥物無法控制之後，負責診療的醫生威廉・史可維爾決定替他動手術；但開腦後史可維爾找不到莫雷森腦中引發癲癇的單一區塊，於是切除莫雷森大腦兩邊的顳葉內側、海馬迴，以及部分的鄰近皮質和杏仁核。

史可維爾並非胡亂下刀——根據先前來自其他病患的醫學報告，假若在這幾個部位施予電擊，病患便會在誘導下出現癲癇，而莫雷森在手術後，癲癇發件的次數也的確大幅下降。

手術看似成功，但莫雷森出現了意想不到的新症狀——記憶問題。

莫雷森接受手術時大約三十歲。從那時起，他僅能建立三十秒到一分鐘的短期記憶，無法繼續累積長期記憶；也就是說，莫雷森記憶裡的時間，永遠停留在接受手術前的那一刻，沒有繼續行走。

會出現這種狀況的原因，是史可維爾切除了莫雷森的海馬迴。

海馬迴與短期記憶、長期記憶及空間定位都有關係，但史可維爾當時並不知情。用切除部分腦葉的方式治療癲癇，雖然是比較激進的手段，但史可維爾的選擇並不算完全魯莽，他參考了當時的實驗報告，用彼時醫學能夠提供的支援進行開顱手術，以莫雷森後續復原的狀況而言，這手術甚至可以說是成功的。

在記憶受損的情況下，經過測驗，莫雷森的智商仍有一百一十二，是個聰明人；為了治療癲癇把腦子搞壞了，自然算不上幸運，史可維爾按照科學結果和科學方法進行手術，卻造成不可逆的糟糕結果，絕對也不是出自本願。

但是這兩個噩運為學術界帶來了莫雷森這個案例，而很幸運的，莫雷森個性和善，相當願意配合各種實驗，加上對莫雷森的研究開展之後，愈來愈多非侵入性設備能夠協助追蹤腦部活動，產出更多研究報告。

許多人認為「相信科學」，就是全盤相信科學方法或科學結果，但這並不是真正的「相信科學」。

科學方法既然受到許多限制，可能不見得正確，是故，依科學方法得到的科學結果，也可能會有瑕疵，如果再加上宗教或政治介入，出錯的機率更高。不抱持任何質疑地相信兩者，其實與盲目地認定紙牌和銅錢可以預測未來命運一樣危險。

是故，我才告訴金毛，我相信的是「科學的心態」。

5

科學的心態是持續懷疑探問，無論是「太陽為什麼會從東方升起」這種看得見的日常、「人為什麼會發燒」這種有時得面對的異常，還是前人已經做過研究的科學成果；提出假設、設計實驗，一一搞清楚箇中變因，再以不同實驗進行驗證，確認假設，或推翻重來。

金毛口中和「占卜」有關的「超自然力量」不見得完全不「科學」，但可能還沒有合適的量測儀器或方式，也可能是現今的科學理論存在某些疏漏或者還沒有足夠的發展，所以無法解釋那種力量造成的情況。不過，許多所謂的「超自然研究者」，並不是抱持科學心態尋找不同研究方式，而是以現存的方法加上自己的解釋構成理論，加上他們大多不把自行解釋的部分視為假設，反而視為已然經由現象驗證的定理，如此行為不符合科學心態，那個理論系統看起來再怎麼有模有樣，也只是偽科學。

事實上，不見得要提到神鬼妖異之類超自然之物，光是出現在日常生活裡的物事，現今科學還沒能提出完整結論的就有一大堆。

例如記憶。

大多數人想像大腦當中有個專門儲存記憶的區塊，科學家也大致如此相信；但現代醫學指出另一種可能：大腦並不像存放數位資料的電腦硬碟，當記憶被某物觸發或主動回想的時候，先前擁有實際經歷的神經元被再度活化，重現該次經驗，人類便記起了那段過程，也就成了記憶。

倘若這才是實際情況，那麼記憶就不是被封存在腦內的東西，而是每回都重新製造的物件。

如此一來，我從夢線讀到的記憶，是怎麼回事呢？

又例如意識。

大多數人認為自己具有自我意識，能夠認知自己與他者不同，可以決定自己的行動。但目前科學家仍無法標定大腦的哪個部位能夠產生意識，假設有某個裝置能夠複製整顆大腦內藏的一切、也有完全相同的運作功能，那麼當這個裝置完整複製了某人的大腦，是否也同時複製了某人的意識？

或者我會想像：拉出夢線的能力在他者失去意識時比較容易啟動，那是意識脫離現實的時候；假若我沿著某人的夢線一路追尋，直到所有夢線糾結的核心，那裡會不會就是意識的所在？

金毛看來已經忘了剛才要我解釋不相信占卜的原因、什麼是「科學心態」等等提問，或者他只是隨口問問，沒打算真要聽長篇大論。

說起來真的有耐性、有興致，聽我把想法完整講清楚的，只有安帛。

從前的安帛。

我搖搖頭，把安帛的身影暫時推進顱腔深處，在腦中整理了一遍目前的進度和相關想法，發訊息給老闆，同時詢問珊德師姐和警方調查的情況。過了會兒，手機響起。

「一個小時前我和珊德通過電話，她還是沒找到依菲；」老闆在手機另一頭道，「那個自稱綁架依菲的人一直還沒和珊德聯絡，但我認為依菲肯定在他手裡。」

雖然老闆已經通知警方，但目前還不知道綁匪的底細，警察也就不能大張旗鼓地查緝，以免綁匪聽到風聲，決定中止勒贖計畫——因為如果中止計畫，綁匪大多不會釋放肉票，而會乾脆撕票。

倘若依菲在離開占卜館後失蹤，那麼我們對綁匪身分仍然一無所知，但倘若依菲就是在占卜館失蹤的，那麼占卜師可能就是綁架集團的成員之一，甚至可能就是打手機給珊德師姐的人。

「你們查到的線索很重要；」老闆道，「現在四點了，我會請警方去查查那個占卜師，也問問有沒有人知道他的靠山是何方神聖。然後，我再和珊德討論接下來該做什麼。」

6

「剛才的推理很厲害呀；」我把老闆的指示告訴金毛，金毛點點頭，掏菸燃火，快速地吸了兩口，「不知道如果我小時候繼續認真讀書，想事情的方式會不會變得和你一樣？」

唔？

「別看我是混過的，」金毛咬著菸，「我小學的時候本來很用功，前幾年的成績都很好。」

我看看金毛。

「一直好到小學五年級。」金毛又吸了一口菸，吐出煙霧時道，「那年出了一件事。然後我就決定：幹他的學校，老子不念了。」

我沒聽金毛談過小學時代的事，猩猩也沒特別提過——雖然他們是多年好友，不過中學才認識，小學時還沒聽過彼此的名號。

說起來，關於金毛小學的事蹟，猩猩唯一提過的，就是金毛曾經上過師母的床。

那件事也發生在他小學五年級的時候。金毛現在講的是這件事？

但是，雖然這個傳聞很多人知道，金毛卻從沒承認過。

「我知道你想到什麼。那事很多人傳過，猩猩告訴你的時候，我就在他旁邊。我那時說那個傳說是屁話，不過，我的確上過師母的床，只是和大家以為的狀況不一樣。啊，」金毛拿下嘴邊的菸，屈指一彈，準確地把菸蒂射進路邊水溝蓋的孔洞，「剛沒揍那個傢伙，我現在好想找人打架。」

我和金毛走回他停摩托車的地方，金毛從座位旁解下安全帽，看來仍餘氣未消，「手真的好癢，我去找猩猩好了。」

我皺眉瞪他。

「不是真的要和猩猩打架啦，我去找他打電動；」金毛問，「要不要一起來？」

我搖頭。

「好。」

金毛跨上摩托車，想了想，回頭對我說，「你覺得依菲沒事吧？」

假若依菲失蹤，那麼我們已經錯過了第一個二十四小時，危險程度大增。但目前依菲遭人綁架的機率很高，綁匪也訂了讓家屬籌措贖款的期限，理論上依菲暫時安全。

我點頭。

「希望是這樣。」金毛戴上安全帽，「有什麼新進展，記得通知我。」

金毛離開後，我掏出手機，把占卜師的手機號碼傳給酒保，請她查查。

過了會兒，酒保打電話來，說占卜師的本名叫「羅世達」，從現有資料看來沒有案底，但無法確認是不是黑幫成員。

「你不要以為黑道分子每個都在警局留有紀錄，現在沒這種事了；」酒保的聲音透過手機傳來，「很多在混的自己有別的職業，如果真的要查，就得從他的日常交友狀況、出入地點、消費習慣或者金錢往來之類著手，要花很多時間，而且不見得全都可以透過網路找到。」

不過，「羅世達」這個名字的確在警方紀錄裡出現過。

酒保告訴我，幾年前，羅世達因傷住院，雖然他說是自己在家裡失足從樓梯上滾下去的，但醫院方面認為他的傷勢分明是遭到暴力攻擊，所以按規定通報。只是警方到場之後，羅世達仍然堅持原有說詞，警方紀錄也就到此為止。

這個發現聽起來沒什麼用。我謝過酒保，掛了電話，坐在路旁的摩托車座墊上發楞。

我應該還能做點什麼。

但這個什麼到底是什麼？

7

兩名穿著短袖白襯衫黑色西裝褲的西方青年騎腳踏車從街道那頭出現；曾有類似打扮的西方青年在我等紅燈時找我攀談，我知道他們是到這城傳教的摩門傳教士。起身招手，傳教士們停下腳踏車，聽了我的詢問，一起表示他們昨天也行進此處，但沒注意過兩個女孩——放學時間，在這一帶行走的學生不少，況且小學生也不是他們的傳教目標。

我謝過傳教士，坐回摩托車座墊，看著他們踩腳踏車穿出另一頭街口；街口有個小廟，不是獨棟建築，就在住家一樓，鐵捲門上方掛著廟名牌匾，接近人行道的地方擺著香爐。

傳教士提到這一帶放學時間有不少行人，綁匪直接強擄依菲的機率大減，用計拐騙的機率大增。如果可以證明依菲重回占卜館後就沒有離開，那麼就能確定占卜師與依菲失蹤有關。

小廟供的不知道是什麼神祇。國內的民間信仰雖然大致上都屬於道教系統，但除了名號響亮的大神之外，也有許多地域更窄、甚至出自單一家族的神明。這座小廟裡的神明有否看見什麼？倘若我也去拜拜，會不會獲得什麼啟示？

咦？

我站起身來，走到小廟前頭，然後轉身跑到另一邊街口，抬頭確認。

這條街的兩邊路口電線桿上，都裝了監視器。

先發訊息給老闆。過了會兒，老闆打手機告訴我，警方私下調了監視器的錄影紀錄，確認依菲曾經過這條街巷，但在錄影畫面裡，依菲的舉止相當自然，沒有遭到襲擊，也沒看到有可疑人物尾隨。

不過，警方並不知道占卜師的事。

我發了另一個訊息給酒保。送出訊息，抬起頭來，我看見彼端街口小廟，想起《廢物手記》裡也提到與宗教信仰有關的事。

廢物的外祖父母嘗試與雙方老家聯繫，但都沒有回音。外祖父熟悉歷史，加上快速翻讀了當時各國的戰時及戰後相關報導，發現戰後國內政權交替時期，時局相當混亂，無法確知雙方家族的狀況；但從無法與家族取得聯繫的情形推測，外祖父不敢心存僥倖。

倘若雙方家族已然因為某些緣故崩解分裂、以致聯繫斷絕，那麼自己趕回去也沒法子幫上什麼忙；倘若家族遇上的情況更糟，那麼為了保存血脈，就更不該讓自己與妻子置身險境。

商議之後，兩人決定依囑暫留美國。

事實證明，這個乍看之下無奈消極的選擇，其實是極佳的決定。

外祖父粗略計算專戶餘款，加上兩家家長事先為外祖母匯到美國銀行的款子，認為支持兩人幾年的生活沒有問題；自己只要花點時間，考到學位文憑，取得正式教職，就可以獲得穩定收入。外祖母贊成這個計畫，但也告訴外祖父：兩家家長送她出國之前，外曾祖父自覺對這個未過門的媳婦有所虧欠，另外交給她一批珠寶首飾；外祖母打算變賣首飾，自己做點生意。

出身不事生產的仕紳階級，外祖父一向認為金錢的作用就是用來維持生活、讓人做自己喜歡做的事；對於外祖母的想法，他沒有異議，只叮嚀她別因此太過勞累，另外每天空出一段時間教外祖母英語，帶她認識環境。

取得文憑和教職花的時間都不長，但初階教職的收入不算高，需要投入的精力不算少，而且外祖父發現，想要謀得高階穩妥的終身教職，不但需要更長的時間，也得與當地學者有意無意的排外心態抗衡——合作研究？沒問題；要搶飯碗？那就另當別論。

所幸兩人家庭生活相當平順；廢物的外祖母出資協助一些移民家庭開雜貨店或小餐館，隔幾年生了女兒，家庭開銷雖然增加，但收支狀況一直穩定。

又過幾年，時局稍安，外祖父離家已超過二十年，女兒也快十歲了，想回老家探望的想法開始日漸熾烈。但一來是旅費及回到國內之後的生活費必須考慮，二來是教職未穩，請長假相當不妥，不但會增加未來回校任職的變數，還可能進一步阻斷這個固定的收入來源。

外祖母看出丈夫的心思，告訴他不用擔心錢的問題；這個時候，外祖父才發覺，妻子幾年前所謂的「自己做點生意」，並不只是拿錢給移民家庭開小店而已。

8

戰爭之後，美國成了世界上的最大債權國，經濟快速復甦，移民大量湧入。廢物的外祖母除了出資協助移民家庭經商，也以低廉的價格購置土地，然後轉租。

時局漸穩，外祖母的投資跟著日漸增加，早先隻身渡海的運氣及勇氣，成了外祖母大膽投資的主要力量；外祖父打算返鄉的時候，發現自己幾年來已經成為附近區域最大的地產及房產擁有者，驚訝得說不出話來。

「你外婆告訴我，」廢物在《廢物手記》裡寫下外祖父說過的話，「回家之後，如果家人平安，那麼他們會知道，我們在美國並不是寒酸地逃難，而是替家族另立了基業。」

當然，外祖父和外祖母都知道，音訊斷絕這麼些年，家族狀況可能極不樂觀；但他們沒料到的是，待到多年之後，他們持美國國籍回到國內，不但聯絡不到舊日的家族成員，連有關的資料都找不到。往昔的家族榮景彷彿不曾存在於這個國家，有的祖厝被拆了，有的房產裡住著完全不認識的人。

「政治很可怕，」外祖父告訴廢物，「不要沾惹。」

《廢物手記》中提及，回國之後，廢物的外祖父以國外學者的身分要求調閱相關紀錄，發現有的資料殘缺不全，有的說法似是而非。

探詢一陣，外祖父十分灰心。研究歷史、查找史料時自然也不會次次順利，但外祖父這回遇上的不只是資料亡佚，而是原始資料就沒有完整登錄，以及相關機構負責人員的態度有時明顯推託、有時直接拒絕的巨大障壁。外祖父認為，自己與妻子的家族肯定被捲入政局交替之際的某種風波，如此一來，在這個時點繼續執拗追究，可能會替自己和家人惹來無法抵抗的禍端。

他必須考慮的，除了自己與妻子的安危，還有和他們一起回國的稚齡女兒。

國內經濟環境不比美國，但畢竟是故鄉；家族可能曾被捲入某種政治風暴，但外祖父母都以美國國籍入境，不要刻意打探，似乎也不至於再惹上什麼麻煩。外祖母提及，美國的物業雖是極好的經濟來源，不過只要找個信得過的中間人打理，自家人不用回到異鄉生活也沒什麼問題。

外祖父明白，外祖母的意思是想在國內定居；雖然教職的事懸在一半有點可惜，但外祖父對於自己因膚色問題在升遷過程中被有意無意地排擠，並非毫無感覺，加上在國內也開始接觸一些古籍，引發了研究興趣，是故也開始考量久居的可能。

約莫在這個時候，他們發現女兒有點不大對勁。

《廢物手記》裡對於母親發病的早期症狀沒有太多描述，想來外祖父講得也不多。

外祖父母在廢物大學時期相繼去世，有感於自己無法妥善照料母親，廢物將母親送往專門的療養機構；當時廢物與醫生談過，醫生明確地告訴廢物，從母親眼窩的傷疤及生活反應判斷，母親肯定接受過「腦白質切除術」。雖是神經外科手術的一種，但腦白質切除術的進行方式相當粗糙，以電擊代替麻醉，直接從眼球上緣的間隙打進長錐，扭動留在外部的錐柄，搗毀前額葉皮質的連結神經。

二十世紀初期這種手術在美國曾經十分盛行，因為當時醫學界認為它可以有效遏止患者因為精神疾病產生的躁動及攻擊行為。廢物的母親接受過腦白質切除術，可見先前發生過這類精神症狀。

發病後的兩、三年，廢物的外祖父母帶著女兒四處求醫，甚至加入宗教團體、尋求民俗療法，但女兒的病情未見好轉。有些坊間相師指出祖墳風水遭人破壞，也有些市井術士認為外祖父蒐藏的古籍附著陰氣、影響女兒；外祖父雖然斥為無稽，但這些說法有部分的確觸及外祖父母無法尋得家族消失真相的痛處，外祖父母還因此罕見地起了幾次口角。

無論如何，留在國內對女兒的病情無益。外祖父母打消長期定居的念頭，帶著女兒返回美國，尋求更先進的醫療協助。

幾週之後，外祖母驚恐地察覺女兒懷孕了。

回到美國隔年，廢物出生，外祖父正式拿到高階教職，一家人在美國落地生根。外祖父很喜歡廢物，廢物接受的是美國教育，在家中仍與外祖父母用母語交談，外祖父也親自教廢物故國文字；廢物喜歡與外祖父相處，日常用不到母語，所以特地利用寫手記的機會練習。

不過，我認為廢物的外祖父對這個孫子的感情應該很複雜：孫子的父親不知是誰，也不確定是否會和女兒一樣出現精神症狀；說不定在發現女兒懷孕的時候，外祖父母還討論過是否乾脆不要讓孫子來到這個世界。

所幸廢物一直沒有出現任何異常，雖然等於沒有父母照顧，但仍在外祖父母提供的優渥環境中順利成長，學業成績不錯，沒有什麼壞習慣，除了和外祖父一樣熱愛閱讀之外，對於漫畫、電影及流行音樂也幾乎來者不拒地大量接收，同時保持運動習慣——他認為維持身體一定程度的健康運作，是能夠繼續放肆累積閱聽經驗的基礎。

外祖父母在他的大學時期相繼過世，廢物處理了遺產，明白自己這輩子毋須為了生存而工作，所以除了接受一些尋找稀有資料的委託之外，沒有找過任何正職。搜尋資料、上健身房、探望母親，其他時間廢物就待在塞滿書籍以及與時俱進影視商品的家裡，生活如同隱士。

約莫也是這個時候，廢物開始在手記裡自稱「廢物」。

9

我明白「廢物」這個代稱是種自我解嘲，因為廢物認為自己不事生產、也沒有創作，只是為了滿足自己的資訊欲望大量消耗各式文化產品；不過，廢物的生活方式或許正是許多人心目中對人生的美好想像：做自己喜歡做的事，不用擔心日常溫飽。

廢物在其他人眼中看來可能有點古怪、算得上我行我素但人畜無害的生活樣態，一方面來自外祖父的榜樣，二方面來自他衣食無虞的環境。

我想起金毛。

金毛和廢物的家庭環境都有些缺憾，但金毛沒有像廢物那樣身處闊綽環境的運氣。影響人生的因素很多。金錢或許總是決定性最高的因素之一。

湯姆．威茲那首沒有正式發表的〈低價夢想〉，最後一行歌詞是個問句：「可以用些低價夢想加滿油箱嗎？」

做夢不用錢。但要完成夢想，或多或少，都得花錢。活在現實世界，就算在油箱裡注滿夢想，引擎也不可能開始運轉，當真啟程逐夢；就算夢想不在他方、而在求得內心平靜，還會以為必須透過將鈔票奉獻給上人之類角色，才能圓夢。

換個角度看，廢物雖然活得隨心所願，但可能也有他的不滿。廢物正式把這個代稱加到自己頭上的那篇手記裡，提到這個代稱來自搖滾樂團「電臺司令」的第一首單曲，那首單曲的曲名，就叫〈廢物〉。

〈廢物〉一曲最有名的段落，在它平緩開場、唱完主歌、即將進入副歌的剎那，吉他初次轟出一聲巨響——那聲巨響是個和弦，可是初聽不像和弦，而像個音量沒調好又誤刷琴弦的爆裂雜訊，但待副歌開始，卻又完美地溶進旋律，似乎本來就待在那裡。

這首歌的歌詞裡有個遇見美好女子的男子，他認為女子宛如天使，讓他自慚形穢，最後喃喃唱道，「但我是個廢物，是個怪咖，我他媽的在這裡做啥？我不屬於這裡。」

我認為選擇這個歌名當成代稱，除了因為廢物嘲弄自己不事生產之外，也因為廢物隱隱察覺：自己與世界格格不入。

廢物不主動關心多數事物，不積極參與社交活動，他有豐富的閱聽經驗，彷彿對世界有很多認識，但其實並不真正身處其中。他或許是個觀察者，但也是一個局外人。

但在人生當中，那個打破常軌的吉他轟響畢竟會出現。

而且總是促不及防。

大約四年前，廢物的母親在安養機構中過世。廢物雖然沒有太大的難過，但在接到通知的那一刻，他才真正體認到：自己已經是一個與任何人都沒有直接關聯的孤獨個體。

處理完母親的後事之後，廢物決定出國。

說是「出國」，但其實也算是「回國」——廢物在美國出生長大，有幾回陪伴外祖父母到異國旅遊的經驗，但從未回到母國。廢物認為外祖父母下意識不願回到這個當初迫使他們留在異國的國家，不過現在他沒有必要顧慮任何人的想法，也不需再定期探視母親，正是啟程的最佳時機。

想要實際感受一下母國的生活環境，或許找找外祖父母未能確認的過往，此外，廢物也想碰碰運氣、尋找自己的生父。

沒有渴望認祖歸宗的非婚生子情結，對生父也沒有什麼想像出來的親情羈絆，廢物只是單純地想要知道生父是誰，至於生父是死是活、要不要父子相認，對廢物而言，不大重要。

生父的身分，如同廢物大量吞食的資訊，他只是單純想要知道而已。

但廢物並不明白，自己人生的旋律，剛剛刷下轟響的和弦。

外祖父沒對廢物說過是否曾經尋找那個讓女兒懷孕的男子，廢物思忖，外祖父可能不想在他面前提及此事，但無論外祖父是否曾用任何方式尋人，應該都沒有得到肯定的結果，因為廢物當面詢問過外祖父，而外祖父坦言並不知廢物的生父是誰。

廢物認為外祖父不會哄騙自己，況且兩國距離遙遠、彼時通訊也不發達，加上這不是什麼想要委託給外人處理的光采事件，所以無論外祖父有沒有找過，總之都沒找到。

但廢物也認為：外祖父當年找不到，自己不見得就找不到。

因此之故，回國之後，《廢物手記》的內容出現明顯變化。

閱聽心得的占比仍然很大，不過另外加入了許多廢物查訪生父身分過程的紀錄，包括他擬定調查方向的想法、條列探訪團體、與查訪對象談話的內容，以及他根據訪談結果做出的推測。

我讀到廢物打算回國尋找生父時，想到幾個可能的做法，而廢物偵查的方向，則與我想到的幾乎一樣。

10

廢物回到國內、開始查訪生父身分時，主要的方向是母親發病之後，外祖父母接觸過的醫療機構、坊間術士和宗教團體。有些醫療機構提供了就診紀錄，廢物也設法找到當時的醫師，不過沒問出什麼結果；有些外祖父提過的坊間術士早就找不到了，廢物盡力找到的幾個都已經是行將就木的老者，不但手上沒有留下資料，有的則根本想不起四十幾年前究竟見過哪些客人。

倒是宗教團體大多還在，其中幾個已經成為國內數一數二的巨大教團。廢物發現，外祖父母曾經捐獻不少錢給宗教團體，也因此獲得一些特別待遇，有的團體替他們辦了祈福會，有的領導人物單獨接見他們。

外祖父母捐款的團體當中，包括當時信眾愈來愈多的宗師教團。廢物甚至找到了一個宗師教團的信徒，表示願意提供一些內部資料。可是這人後來失去音訊，再過不久，《廢物手記》就中斷了。

就《廢物手記》的內容看來，廢物認為生父極有可能就在這個宗教團體當中。

算起來廢物的母親是在發病之後、回到美國之前的那段時間懷孕的，當時她只是個年紀只比依菲稍長一點的孩子，想到這裡，很難不替依菲的處境憂慮。

我想在附近等酒保傳來街口監視器的錄影資料，但不該在這條街上停留太久；占卜館就在這裡，如果占卜師瞧見我，就會心生警戒。方才和金毛逐戶詢問時，這排建物的另一面有家賣便宜咖啡的小店，到那兒等好了；我穿過兩棟建築中間的狹小防火巷，聽見細細的嗚咽。

停下腳步，仔細找找，發現有隻小貓被卡在排水管旁的一堆廢紙箱之間。

「牠年紀很小，大概兩個月左右，還沒植入晶片；」獸醫對我說，「撿到的？」

我點點頭。

幸好從防火巷穿出來，就看見一家獸醫院。獸醫院裡貼了不少孩子和寵物的合照，想來獸醫師選擇在這裡執業的原因，就是看準這個學校的孩子，有不少都養了寵物。

「既然是撿到的，那你要領養牠嗎？」獸醫問，「不領養的話，我這裡也可以貼個公告，幫牠找主人。附近小學的小朋友都蠻喜歡動物的。」

我有什麼資格成為另一個生命的「主人」呢？火車出軌已經是三年前的事了，而我還頂著一個沒有過去的身分生活，還不確定知道自己是誰的話該怎麼辦。

但看看小貓，想到依菲，又覺得我不能放著不管。

我請獸醫先幫我照顧小貓，讓我考慮幾天。

走出獸醫院，手機響起。

酒保傳來網址，我要的監視器紀錄已經存在雲端。

監視畫面並不清楚，範圍只在街口一帶，沒涵蓋占卜館門口。不過依菲和同學一起經過第一個街口時，我沒花什麼力氣就認出這兩個邊走邊聊的孩子；記下時間，去看第二個街口的影像，發現將近十分鐘後，兩個女孩一起離開。

走完這條街不用那麼久。中間的時間，兩個女孩第一次走進占卜館。

過了五分鐘，依菲單獨出現在第二個街口的監視器畫面裡，反向走進街道。我知道她正朝占卜館前進。

快轉接下來大約一個半小時的影像，無論是哪個街口的監視器，依菲的身影都沒再出現。

占卜師的確與依菲失蹤有關。

現在該怎麼辦？占卜師坦承見過依菲兩次，而我有依菲第二次進入占卜館就沒再離開的證據，我可以用這個和占卜師攤牌嗎？

冷靜想想，恐怕不行。

錄影紀錄顯示的是依菲沒再經過兩個街口，只要占卜師一口咬定依菲重返後再度離去、他不知道依菲走出占卜館後到哪裡去了，那麼錄影紀錄就毫無指控力道。倘若回頭找占卜師但沒法子要他馬上吐實，他後續就有機會去把依菲處理掉，不管是自己動手，還是聯絡他口中的黑道勢力。把目前的資料交給老闆處理呢？現在已經五點半了，我不願意繼續空等，但這似乎是比較好的做法。

剛解除螢幕鎖，手機就響了。

「你在哪裡？」金毛的聲音急急傳來，「猩猩說他可能認識那個算命的！」

他醒來的時候，一時沒搞懂眼前的情況。

前一天他在占卜館裡，剛送走一個客人，接到一通電話。

線路彼端是個他不認識的男人聲音，自稱律師，語調客氣冷靜，「很遺憾地通知您，令尊過世了。」

他愣了一下，才明白律師口中的「令尊」指的是叔叔。

小學快畢業時住進叔叔家裡，只是想在自己還沒有經濟能力時找個依靠，加上他知道叔叔的性傾向，所以一直刻意和叔叔保持距離，沒有太過親近。留在這城工作了幾年，他和叔叔平日鮮少聯絡，前幾年還會回南部過節，後來都只用電話拜年，連見面都省了。

叔叔沒有結婚、沒有子嗣，律師說叔叔的遺囑裡，把財產全都留給他，問他什麼時候有空可以辦理相關手續；他記起叔叔一向注意健康，詢問死因，律師頓了一下，回答說是自殺。

律師繼續說明現場狀況，上吊，留有遺書，沒有他殺嫌疑；他沒有仔細聽，覺得心底深處，愧咎正在一點一點地嚙咬。

他討厭同性戀，男同志很噁心，女同志不正常；他討厭變性人，男想變女很噁心，女想變男不正常。他認為性別是天生的，男人的生殖器可以放進女人身上任何放得進去的部位，就是不該放進另一個男人的身體裡。

但是除了喜歡男人之外，叔叔完全是個循規蹈矩的好人，沒有其他缺點，對他也相當照顧──他罕見地想；如果叔叔喜歡的男人，和叔叔有相同的性傾向，那麼這兩個男人在一起，礙著誰了呢？

那天晚上他到夜店喝酒的時候，難得地沒有注意來來往往的姣好女體。

倒不是他的目光完全沒有在那些女性身上梭巡，而是擠出低胸上衣領口飽脹的乳球以及超短熱褲完全遮掩不住的臀線等等美景，雖然一一經由瞳孔映上網膜傳進視神經，卻都沒在他的大腦留下什麼印象。

因為他的腦子裡塞滿紛亂思緒。

叔叔留下的遺產比他預料的多很多──叔叔臥房的保險箱，已經快被塞滿了吧？裝修店面花掉一些積蓄，在學區租店面，每個月的支出也增加不少；但他已經掌握了使用占卜技術的時機，生意也上了軌道，現在加上叔叔的遺產，表示花用可以更無顧忌。

但占據他腦中的思緒，有更大比例是各種問題：自己是否對叔叔太無情？自己是否應該用特異能力幫忙叔叔？假若自己幫叔叔找到穩定的對象，叔叔是否就不會自殺？但叔叔到底為什麼自殺？

他坐在吧檯，喝得半醉；女子開口說要請他喝一杯時，他才注意到身旁不知什麼時候多了一個人。

女子穿著火辣，妝豔唇紅，四肢細瘦，胸部倒是很大，八成是做皮肉生意的；他向來不與這類女子接觸，嫌髒，不過今晚心緒紊亂，他懶得拒絕。

又喝半杯，他覺得逐漸放鬆，眼前的一切混成一團有錢人喜歡掛在牆上根本看不出是什麼的抽象油畫。女子把他拉離吧檯時，他的腳步虛浮；女子把他塞進計程車時，他的眼睛半闔。不知過了多久，有人摑了他一巴掌，力道不大，聲音很響。

他驚醒過來，環顧四周，愣了。

身下這床和周遭擺設，顯示這裡是個旅館房間；自己坐在床上，只穿著內褲，女子站在門邊，衣裙一件也沒少。

房裡還站著幾個男人，一個穿著俗麗的花襯衫，一個穿著印有某個大概是漫畫裡超級英雄角色的T恤，兩個穿著大片刺繡的鬆垮牛仔褲，只有一個看起來像一般上班族，金邊眼鏡、素面襯衫、黑色長褲底下是名牌皮鞋；女子全身貼著金邊眼鏡男人，金邊眼鏡男人右手挾著菸，左手隨意擱在女子高翹的臀上。

「你想睡我老婆？」金邊眼鏡男人慢條斯理地開口，像是對頑劣學生提問的老師——老師知道問題的答案，也知道頑劣學生回答不出問題的答案，提問的目的不是想聽到回答，而是想看到頑劣學生不知所措。

金邊眼鏡男人口中的「老婆」應該是請他喝酒那名俗豔女子。他從沒見過女子，也認為女子應該不在他的狩獵名單上，因為假設女子是他的狩獵對象，他就會先閱讀女子的記憶，也就應該在女子的記憶裡見過金邊眼鏡男人。而既然女子不在名單上，金邊眼鏡男人提出的問題，他就應該回敬一個否定答案。不過就算是沒有特異能力的一般人，面對這種問題應當都不會承認吧？問這不是廢話嗎？這些念頭剛從他紛雜的思緒中掙出來，離他最近的那名花襯衫男子已經箭步近身，一拳摜進他毫無防備的腹部軟肉，「大哥問話，不會回答喔？」
這拳和方才的巴掌不同，一點兒也不響，但疼痛異常；他悶哼一聲，抱著肚子彎下腰，覺得身體一陣熱，全身毛孔不約而同地擠出一層汗珠，一張嘴，朝地毯吐了出來。
幾個男人皺起眉，女子摀著鼻子，只有金邊眼鏡男人不為所動，「不好意思，我問得不大對，我重新問一次：你一直想睡我老婆？」
他抬起頭，花襯衫男子右拳一揮，打歪了他的臉。
唇角破了，有顆牙鬆了；他覺得嘴裡嚐到金屬滋味，同時聞到汗液散出來的臭氣。
「怎麼了？不敢說話？先前不是很愛和我哈啦嗎？」女子身體黏著金邊眼鏡男人，轉頭罵他，「上回叫你滾到一邊去，你還嘻皮笑臉，今天還敢來灌我酒，我就只好不客氣了！」
「妳看清楚，」金邊眼鏡男人拍拍女子的臀肉，「不要認錯了。」
女子瞅他一眼，把頭埋回金邊眼鏡男人的胸膛，「對。」
「我根本……」他話還沒說完，花襯衫男子又揍他一拳。
麻煩了。眼前的狀況似乎不是單純的「仙人跳」——就他所知，「仙人跳」是女方色誘男方、進了房間後再由女方安排好的幫手闖進來威脅男方，逼迫男方賠錢了事；但從女子與金邊眼鏡男人的對話聽來，女子似乎曾經被某名男子糾纏，事後被金邊眼鏡男人得知，而女子以為他就是上回的男子，所以主動把他灌醉，交給金邊眼鏡男人發落。
金邊眼鏡男人雖然看起來像上班族，但身旁帶著小弟，顯見真正身分是個幫派分子，說不定還是個角頭大哥。

他從小到大沒打過架，不知道面對這類暴力場面應該如何處理。以體能而言，他不可能從這群男人當中逃走，也不可能打得過任何一個；他擅長的是閱讀對方的記憶然後在談話時利用箇中資訊來達到自己的目的，但現在他連該說什麼都不確定。

先告訴他們認錯人了吧；但每回他想開口，花襯衫男子的拳頭就會招呼過來。頰邊的汗流進嘴裡，嚐起來像是恐懼。

他第一次明白自己多麼膽怯。

花襯衫男子又舉起拳頭，他情急揚臂，「別打、別打，我給錢。」

「想睡了我老婆，然後付錢？」金邊眼鏡男人輕笑一聲，「你以為我是三七仔？」糟，說錯話了。他緊閉雙眼預備再承受一記拳頭，卻聽到金邊眼鏡男人說，「去看看他有多少。」

一個人從他長褲口袋裡翻出皮夾，「一萬二，三張卡。」

「你們拿去用；」金邊眼鏡男人漫不經心地揮揮手，對他說，「才這樣？給小弟當零用錢都不夠。」

「我還有。」

「還有？」金邊眼鏡男人笑了，「把你身上能賣的割一割，看還能湊多少。」

花襯衫男子掏出彈簧刀，他的聲音發顫，「我真的還有，三千萬！」

律師把叔叔的遺產數字告訴他之後，他算了一下，加上自己原來的積蓄，大約是這個金額。

「大哥，別聽他鬼扯；」花襯衫男子揪住他的頭髮，把他的頭顱拉高。頭皮吃痛，他伸手攫住花襯衫男子的前臂，腦中突然一陣清亮，大喊出聲，「你才鬼扯！上禮拜和那個女人開房間的是你！上上個禮拜也是你！你們搞在一起兩個月了，敢做不敢當啊？」

「操你媽的在說什麼？」花襯衫男子揮刀，他急急掙脫，連忙舉起另一隻手擋臉，刀尖劃開手臂。

他顧不得傷口的血花噴濺，繼續大喊，「我什麼都知道！時間、地點，連你們愛用哪些招式都一清二楚！」

「等等。」金邊眼鏡男人放開女子，對女子道，「妳，和他們出去等我。」花襯衫男子還要說話，T恤男子搖了搖頭；花襯衫男子訕訕地收起刀，和其他人一起走出去。T恤男子留在最後，金邊眼鏡男人低聲道，「把他們兩個看好。」

面對金邊眼鏡男人，他說出方才讀到的花襯衫男子記憶。

女子與花襯衫男子勾搭在一起已經兩個月了，一開始掩飾得不錯，但上週金邊眼鏡男人問了幾句，話中聽來對她的行蹤起了疑心。女子暗暗覺得不妙，知道金邊眼鏡男人這麼問，八成已經派人跟蹤過她，花襯衫男子是金邊眼鏡男人的手下，和她見面並不奇怪，但常和她見面的話可就不大對勁；兩人商量之後認為，要解除金邊眼鏡男人的疑心，最好是趕快找個替死鬼轉移焦點——她到夜店之類地方找個衰毛，下藥弄昏後帶到旅館，把金邊眼鏡男人找來，指稱這人最近一直糾纏，她本來不想請金邊眼鏡男人出手，所以一直隱忍沒說，但這人舉止愈來愈過分，所以她決定請金邊眼鏡男人出面處理。

替死鬼一定會想喊冤，但只要一張嘴，花襯衫男子就揮拳開打，幾下之後，替死鬼就會乖乖認罪；花襯衫男子知道金邊眼鏡男人向來寵溺女子，女子說自己遭人糾纏，只是先前沒提，金邊眼鏡男人不會怪罪女子，但肯定會嚴懲對方；這麼一來，不但解除了金邊眼鏡男人對女子的懷疑，還可以順便從替死鬼身上撈點好處。

金邊眼鏡男人靜靜聽著，看不出來是否相信；他害怕自己的說詞沒有說服力，所以把花襯衫男子與女子幽會的時間地點都講了出來，強調金邊眼鏡男人可以回頭查證。

「我的事不用你管；」金邊眼鏡男人瞇著眼睛，「不過我很好奇；如果你只是被倒楣選上，怎麼會知道這些？」

他不敢隱瞞，乖乖承認自己有特異能力。

「超能力？」金邊眼鏡男人笑了笑，「你指望我相信這個？」

「我，呃……」他伸出手，「不然你試試看。」

金邊眼鏡男人看看他的手，「不是現在。拿條毛巾把手包一下，穿上衣服。」

他突然明白，「你早就知道他們的事了？」

金邊眼鏡男人這回的笑多了點贊許意味。

「所以我沒事了？」他可憐兮兮地問。

「我可沒這麼說。」

嘿，小女孩

嘿，小女孩，我想帶妳回家；來嘛來嘛來嘛，我要妳為我獨有。

——〈Hey Little Girl〉by Elvis Presley

【六】

1

金毛載著猩猩衝到路邊咖啡小店時，我坐在小店外頭占用人行道的桌邊等他們。金毛大剌剌地直接拉開椅子坐下，猩猩守規矩地先向店家點了兩杯冰美式。

猩猩說金毛下午去找他時，看起來心情不大好，和猩猩用電腦遊戲對打頻頻落敗，好幾回都在本來該贏的情況下被猩猩逆轉狠揍，心情變得更差。猩猩開玩笑地告訴金毛，根據這禮拜週刊上的星座分析，金毛本週運勢欠佳，所以贏不了是很正常的。

「你知道我本來就會買週刊，所以一直有看星座專欄的習慣；」猩猩說，「結果金毛聽我提起這個，就說那可能也是『冷讀術』。」

猩猩那時問金毛「冷讀術」是什麼，金毛說不清楚，要他見到我時再問，然後講到老闆下午派他和我去辦事，結果遇到一個自稱是占卜師的騙子，還自稱背後有靠山，聽起來像在道上混的。

「他這麼一提，我倒是想起，從前組織裡也有一個很愛吹噓自己會算命的傢伙，叫羅世達，紫微斗數啦、星座塔羅牌什麼都說得有模有樣；」猩猩說，「道上兄弟迷信的很多，所以一開始他還挺受歡迎的，只是時日一久，大家就發現這傢伙雖然很能講，但算得其實很不準。」

猩猩的確認識占卜師。

金毛說他不記得組織裡有這麼一個人，猩猩說羅世達加入的時候金毛正在獄中服刑，而且羅世達在組織裡沒待太久，金毛出獄前就已經離開了。

「先是聽說他被揍得很慘，然後上頭表示這人已經不在組織裡了，也別再和他往來；」猩猩道，「這個一聽就知道他惹到不該惹的人了，只是後來我們才知道，他對一個幹部的女兒有意思。」

因為想和幹部的女兒交往，所以被毒打一頓然後逐出組織？

猩猩看看我的表情，壓低聲音，「那可不是干涉自由戀愛哦，因為幹部的女兒只有八歲。」所以羅世達有戀童癖。聽說黑道分子大多憎惡戀童者，羅世達對幹部的女兒下手，遭到這樣的懲戒或許算是很輕微的。

「大家猜測羅世達應該什麼都還沒真做就被抓到了，也聽說他根本就舉不起來啦；」猩猩道，「真相如何不確定，不過這樣想很合理，如果他真的把人家怎麼了，可不是被打到進醫院就可以解決的。」

酒保提過，羅世達在警方留下的唯一紀錄，是曾因傷到醫院就診；雖然堅稱是自己不小心受傷，但院方認為可疑，仍然通報警局。想來讓羅世達必須住院的，就是這件事。

我說我剛也透過關係查了羅世達，並且找到監視器紀錄；金毛急切地說，「我就知道是這個混蛋！既然有證據，那還等什麼？現在就去叫他把人交出來！」

但這個證據不夠確實，不足以逼迫羅世達就範，羅世達仍有方法可以辯解說他對依菲的行蹤並不知情。

「如果他還狡辯，我就打到他說實話為止！」金毛咬牙切齒。

端來兩杯冰美式的小店店員眼神疑惑地把飲料放到桌上。

「小聲點……」店員轉身離開，猩猩壓低音量，「我覺得這樣搞不大妥當。」

「哪裡不妥當？」金毛問。

「你剛也聽到了，證據不大夠……」猩猩道，「羅世達那張嘴很會扯，我們不見得說得過他。」

「所以我說用打的啊！」金毛皺眉。

「但羅世達在道上混過……」猩猩舉起手指，「先前他被揍進醫院之後，我就沒再聽過他的消息，也不確定現在有沒有哪家收他。我們最好先搞清楚他是不是真的有很硬的背景。」

「沒有哪個老大會收他啦！」金毛搖頭，「他對小女生亂來耶！」

「我對老大們沒這麼有信心。」猩猩道，「我先聯絡幾個從前一起混的，打聽看看有誰知道羅世達的近況。」

「還有一事。」我開口。

2

羅世達會對未成年女孩產生性渴望，所以可能會誘騙和騷擾女孩，那麼，用話術讓依菲重新回到占卜館，可能就是為了滿足他的欲望。

但如果是這樣，羅世達沒有必要綁架依菲。

我讀過一些國外駭人聽聞的兒童綁架案例，其中的確有成年男子綁架未成年女孩，長年監禁性侵，還讓被綁架者懷孕生子的狀況。但那幾宗案例裡的成年男子和大多數的戀童癖不同，他們並不是對許多未成年的孩子有性渴望，而是對特定女童產生嚴重扭曲的戀慕心態；綁架、囚禁女童之後，他們會以暴力或哄騙手段與女童發生性關係，就算女童進入青春期、第二性徵發育完全之後，這樣的關係也不會停止。

在這些人眼中，被自己綁架性侵的女童，不完全只是洩欲對象，還是某種共同生活的「伴侶」——雖然結為伴侶的日常生活，並不見容於世俗規範。

況且，珊德師姐還接到勒贖電話。

假若羅世達和國外那些綁匪一樣，對依菲抱持著異常的愛戀、把依菲視為一起生活的伴侶，那麼在綁架之後，就沒必要打勒贖電話。

肉票是個活生生的人，必須吃喝拉撒，有眼有耳也有嘴巴；想拿肉票換贖款，綁匪就要照顧肉票的生理需求、限制行動自由，不想被警方後續循線查獲，綁匪就要小心不讓肉票記住綁架集團成員的長相聲音，也不能讓肉票聽到相關計畫。

這些工作無聊繁瑣，所以綁架集團可能會下藥讓肉票沉睡，保持安靜，也可能會乾脆撕票棄屍，以絕後患。

就算肉票在綁匪拿到贖金之後如約獲釋，或者警方成功早一步擒獲綁匪、救出肉票，肉票在遭到綁架、囚禁期間都已承受了極大的精神或肉體暴力。

何況依菲只是個十歲女孩。

初次聽聞依菲沒有回家的情況時，我想過許多可能，而讓珊德師姐確定依菲遭到綁架的，是那通勒贖電話。

倘若沒有勒贖電話，珊德師姐雖然也會想到女兒被人綁架，但仍會抱持女兒因某種緣由失蹤的想法，尋找依菲的方向會更難聚焦、更無頭緒。如果那通電話是羅世達打的，他就是在自找麻煩。

這想起來沒什麼道理。

假設羅世達為了自己的欲望，誘騙依菲重回占卜館，打算騷擾或性侵，那麼他應該做的是得逞之後，利用話術誆騙依菲，例如將自己的行為解釋成施法儀式，並警告依菲如果外人得知就會失去效果或帶來噩運，或者乾脆用藥物迷昏依菲之後下手。而欲望滿足之後釋放依菲，要比打電話勒贖來得合理。

極端一點，假設羅世達在動手時出了狀況，殺了依菲，那麼悄悄把屍體處理掉，也比勒贖來得省事。

一打電話，就變成擄人勒贖，無論最後能否拿到贖款，都向受害者家屬宣告有個綁匪存在，成為查緝的目標。

所以，羅世達的綁架行動，或許不是為了性欲，而是另有目的——可能真是為了錢，酒保雖沒提及羅世達有沒有財務問題，但不能排除這個可能；也有可能遵從他口中的背後組織命令，那麼沒弄清楚這個背後的勢力就行動，變數太大。

「你想得太複雜了；」聽完我大致解釋後，猩猩道，「說不定羅世達爽完了還想要錢，所以就這麼幹了。」

這當然也有可能。不過照顧肉票是件麻煩事，領取贖款的過程也容易被逮。我拿起眼前的杯子，簡短解釋說這個可能性不大。

「說不定像你說的，羅世達已經不小心把人弄死；」猩猩又道，「那就乾脆騙一筆錢然後跑路。」

「操！」金毛一拍桌子，「你們說夠了沒有？」

兩杯完全沒喝的冰美式被金毛震翻一杯，猩猩眼明手快地在杯子滾出桌緣時撈住，我在桌上抽了一疊紙巾對付肆流的咖啡。

「現在有個小女生在變態手上，結果你們還在這裡討論什麼？」金毛站起身來，「你們不去，我自己去！後面真的惹出什麼麻煩來，我一個人扛！」

「等等。」

猩猩抓住金毛的胳臂，轉頭看我。

我點點頭。

雖然綁匪提出的期限還沒到，但依菲失蹤愈久就愈危險。我那些瞻前顧後的想法並非沒有道理，但我也對於只能空耗很不耐煩。讓金毛一個人去對占卜師使用些暴力手段，或許可以有些進展，不過如果我和猩猩也跟去，就可以盡量控制金毛，避免事態發展得不可收拾。

金毛用打算大鬧一場的架勢走在前頭，我和猩猩跟在後面。繞進占卜館所在的街道，我看見沿途商家的招牌燈已經亮起，忽然覺得不大對勁。

占卜館的招牌燈是暗的。

走到門前，占卜館大門深鎖。

3

猩猩的指尖剛撳下電鈴按鈕，金毛已經直接砰呯敲門，力道十足。

但不管是電鈴聲還是敲門聲，占卜館裡都沒人回應。

「別敲了。」我制止金毛。

「老子要敲到他出來開門為止！」金毛又朝門捶了一拳。照他的力道，就算門裡有死人也該被吵醒了。

猩猩放開電鈴，拉住金毛，「搞不好羅世達去吃飯了，你把手捶斷了要怎麼揍他？」

「搞不好去吃飯？搞不好他正在裡頭對那個女生亂來。」金毛放下拳頭，恨恨地說。

我搖搖頭。羅世達把依菲藏在占卜館的機率不大，因為他直到剛才都還光明正大地開門營業，二樓以上應該還有別的商號或住家。就算他把依菲囚禁在占卜館的其他房間，或者用藥讓依菲昏迷，都難保不出現什麼令人起疑的意外狀況。倘若綁架案與羅世達背後的組織有關，那麼把依菲囚在別處、由其他人看管，比較合理。

「你能開？」我指著門鎖問金毛。

金毛熟悉一些開鎖技巧，不過他也承認自己不夠專業，只能對付一些簡單鎖具。金毛仔細看看門鎖，「沒問題，不過這種把手鎖猩猩出點力就掰斷了嘛。」

猩猩看看門把，點點頭。

「不成。」我道，「別讓人起疑。」

「那我回家拿工具，等我二十分鐘。」金毛轉身就跑。

我轉向猩猩，「問問道上朋友。」

「好；你要問有沒有人知道羅世達的狀況？」猩猩掏出手機。

「還有住處。」

「瞭解。」

「留在門口。」我道，「看到他，通知我。」

如果羅世達只是暫時關了占卜館去吃晚飯，回來時看到原來就認識的猩猩，比較不會生出戒心；如果羅世達在金毛開鎖之前都還沒回來，那我們就直接進占卜館找找有沒有線索。如果我們在羅世達不知情的狀況下進了占卜館，就不該留下任何會引他注意的痕跡，以免未來橫生枝節，讓金毛開鎖雖然得花點時間，但比讓猩猩直接破壞門鎖來得好。

要猩猩打電話，一方面是打聽目前羅世達是否真有靠山，確認這事，比較容易擬定對策；另一方面，也可以問問有沒有人知道羅世達是否另有住處——招牌燈沒亮，羅世達可能回家了，依菲可能也在那裡。

把猩猩留在門口講電話，我問了幾個鄰近店家，得知占卜館今天開開關關好幾次，不過每回都在門上掛著「暫時離開，預約請打手機」的牌子。

但現在門上並沒掛這東西。

另外，我也請酒保從她已經查過的羅世達資料裡，找出羅世達的住址。除了戶籍住址之外，和羅世達有關的各種帳單當中，寄送的住址還有兩處，一個是占卜館，另一個可能就是他的住處。

金毛的摩托車在街邊停下，我左右看看，沒見到羅世達。

「剛問過一輪，沒人知道羅世達現在歸哪一家管，他的確和幾家聯絡過，不過大家知道他的聲名，沒人要他。」我回到占卜館門口，猩猩對我說，「不過也沒人知道他住在哪裡。」

所以羅世達說背後有靠山，只是虛張聲勢。

我點點頭，金毛已經動手開鎖。

開鎖時間比預期的短很多。「這鎖大概很舊了，蠻沒力的。」金毛有點意外。

這一帶緊臨學區、距這城中心不遠，所以雖然建物都有一定年紀，但房價仍居高不下。羅世達應該只花錢租下店面，沒多花錢做其他裝修。

放學時間已經過了，附近店家看來都正忙著替剛下班的顧客提供各種服務，沒人有空注意這裡。

「把風。」我告訴猩猩，跟著金毛閃進占卜館，關上門。

外頭天色還沒全暗，但占卜館朝外那面掛著的厚簾已經拉上，室內一片漆黑，看來沒有人在。我要金毛先別動，掏出手機從不同角度拍了幾張占卜館的照片，才囑咐金毛到後面的房間瞧瞧，盡量別把東西弄亂。

我藉著手機的手電筒功能翻找辦公桌抽屜，日常收支單據、幾本談塔羅牌占卜的書，沒什麼特別的。我本來以為可以找到顧客名冊或預約簿，但沒發現類似東西，接著明白：羅世達如果有類似紀錄，應該會用更方便的網路記事本。

羅世達的筆記型電腦就擺在桌上。

我按下電源鍵，開機畫面出現，要我輸入密碼。

「後面房間裡沒有什麼東西。」金毛走回來，「廚房，看起來沒開過伙，冰箱裡只有幾包微波食品和啤酒；廁所很平常，有個臥房，床邊有幾個大型登機箱，裡頭塞著被子，床板上沒有枕頭床墊，倒是堆了幾個箱子，裡頭是一些項鍊手環之類的飾品，包裝上頭印著那些東西有什麼礦石所以有什麼功效，大概是要賣給客人的。現在怎麼辦？」

我拍下筆記型電腦的接線和擺放的位置，然後把電源線和網路線拔掉，拿起筆記型電腦，「先撤。」

4

照金毛描述的狀況來看，占卜館只是做生意的地方，羅世達另有住處。從我們發現占卜館關了大門到入內搜了一圈，已經過了四、五十分鐘，我推測羅世達應該不是暫時離開去吃飯，而是回家了，今晚可能不會再來。

這樣的話，我就有機會請酒保查查筆記型電腦裡頭的東西。

快七點了，金毛和猩猩應該要到夜店當班，但接下來的行動需要他們協助。

我和猩猩站在金毛的摩托車旁，金毛重新鎖好門，走了過來。

「找人代班。」我對猩猩道，猩猩點頭。

「你要我們幫忙對吧？」金毛問，「要做什麼？」

「留在這裡。」拿了羅世達的筆記型電腦分明是入室行竊，我希望能在他沒發現的情況下把電腦放回原位。我向金毛和猩猩解釋，雖然我認為羅世達今晚不會回到占卜館，但目前還不能排除這個可能，假如羅世達待會兒又出現了，就會發覺筆記型電腦不翼而飛；所以如果他們瞧見羅世達，就要先通知我，然後想辦法讓他進不了占卜館。

「不讓他進門？怎麼做？」猩猩問。

我聳聳肩。我也不知道。「隨機應變。」

「簡單啦，」金毛哼哼地笑了，「看到他來，我就上去堵他，譙他幾句說要扁他，暫時把他嚇跑就好了。」

呃，照先前金毛在羅世達面前撂狠話的經驗來看，羅世達大概會回嘴惹怒金毛，金毛就會真的動手——入室行竊和傷害罪哪個比較嚴重？我不確定。

「別擔心，我會看情況；」猩猩看出我的擔憂，「你咧？」

「找人查查。」我揚揚手中的筆記型電腦。

我邊走邊打手機。

以往請酒保執行駭客任務，都是直接到酒館找她，但現在酒館還沒開門營業。

「你居然直接打電話，不是傳簡訊？」酒保接了手機，聲音聽起來有點喘，「真難得。」

「找妳幫忙。」

「我就知道難得打電話來不會只想找我聊天，」酒保問，「有什麼事，說吧。」

「見面再談。」

「等我半小時，」酒保道，「我得過去等酒商送貨，順便準備開店。」

我在心裡估量時間，「不，我去妳家。」從這裡攔計程車到酒保住處只要十分鐘，這事最好速戰速決。

「這麼急？」酒保有點訝異，「好，過來吧。等你過來，我這裡差不多也忙完了。」

「謝謝。」我掛上手機，跑向街口招計程車。

坐進車裡的時候，我想起有一回酒保忙著收拾酒館、準備打烊的時候，託我先幫她把女友送回住處。

接著我想起剛才在電話裡，酒保帶著喘息的說話聲，以及她最後那句話。

我是不是不識趣地打擾了什麼好事？

走進酒保住處不是第一次，在這裡看酒保穿成這樣倒是第一次。

先前幾次到訪酒保住處，大多是因為她有事找我幫忙，包括在她忙著收店時送她醉倒在酒館裡的女友回來；那些時候，酒保不是穿著常見的T恤和牛仔褲，就是穿著上班時的固定服裝：白色長袖襯衫、黑色背心，以及襯出腰線的黑色西裝長褲。

不過今天酒保開門時，下半身穿著與長腿曲線貼合的韻律褲，上半身穿著細肩帶緊身瑜珈胸衣，一面用毛巾擦著汗說「時間剛好」一面讓我進門；我看見客廳地板上鋪著瑜珈墊，旁邊放著兩個啞鈴，明白原來剛才酒保在運動。

幸好和我想的不同，否則實在有點尷尬。

「看什麼？」酒保在雙人沙發上坐下，抬抬下巴指著旁邊的單人無扶手沙發，「坐吧。我在家運動有那麼希奇嗎？你以為我的身材是怎麼來的？」

沒時間閒聊。我把筆記型電腦放在茶几上，朝她推去。

「要做什麼？」酒保掀開筆記型電腦的上蓋，「破解開機密碼？還是找什麼特定檔案？」

「先解密碼。」

「好。」酒保站起身來，走進鄰室，一會兒之後拿了個小小的隨身碟回來，接上筆記型電腦的USB插槽。

5

酒保曾經幫我做過類似的工作，地點在酒館，那時她臨時弄了一片開機光碟片來執行任務，這回似乎連燒錄光碟片都不需要了。

雖然到過這裡幾回，但每次我都只在客廳停留，連那次送酒保喝醉的女友回來，我也只把人放在客廳沙發上；客廳旁有個開放式的小廚房，我知道再過去那扇門後頭是酒保的臥室、衛浴設備應該就在臥室裡，不過不知道她剛走進的那個隔間裡有什麼。

應該是架設電腦網路的工作室吧？

雖然我知道酒保的另一個身分，但平常很少想到，對我來說，她就是個在夜店附近經營酒館，會替我準備波莫、一起聽老搖滾老藍調或看老電影的朋友；直到現在，我才意識到這是一個駭客工作的地方，但一點也不像電影裡那種電腦怪才滿是各種儀器的混亂居所。

酒保的客廳看起來很平常：唱片櫃、音響組合、薄型電視，牆上掛著圓形時鐘，只有鐘旁的海蒂．拉瑪海報算是有點暗示——這個出生在奧地利的女星，也是無線區域網路和行動電話關鍵技術的發明人之一。

轉念想想，酒保這樣的布置其實很合理——駭客不是逢人便說的身分，酒保身旁的女友來來去去，把工作設備集中在一個不會沒事帶女友參觀的房間裡，比較省事。

況且，酒保的父親老八應該也會到這裡；老八是個刑警，並不知道女兒是個駭客。

「好了。」酒保的指尖在觸控板上滑來滑去，微微皺眉，然後把筆記型電腦轉向我，「你先看看。」

占卜師的筆記型電腦裡沒什麼特別的檔案，一些塔羅牌介紹文件、網路上流傳的爆笑圖片、下載後連檔名都沒改的流行歌曲和盜版電影，還有影音剪輯軟體，不過沒看到什麼他自己後製的影片或照片。我打開瀏覽器，查了一下他常去的網站書籤，也看不出什麼讓人懷疑的東西。

有個檔案夾裡存著一系列照片，我點開幾張縮圖，認出那是從占卜館辦公桌正對大門拍攝的；這是從筆記型電腦背蓋上夾著的攝影鏡頭拍的，每個畫面裡都有一或兩個人，眼睛沒看鏡頭，但都朝著同樣的方向。看了幾張照片，我明白照片是這些人坐在辦公桌前被拍下來的，他們眼睛注視的對象，應該是坐在對面的羅世達。

照片檔案用日期時間命名，另外標注了人名和編號；我推測這些照片是上門的顧客，人名就是顧客的名字，加上編號就是羅世達管理顧客名冊的方式。

今天的檔案裡沒有我和金毛，我們上門時羅世達沒機會操作筆記型電腦，我和金毛也不算是顧客；但昨天的檔案裡沒找到依菲和她的同學，羅世達可能為求謹慎，在我們登門查訪後把照片刪了。倒是時間更早之前的照片裡，有幾張引起我的注意，因為從縮圖看來，入鏡的幾個顧客身高和年紀相差頗大。點開那幾張照片，有的看來是年輕父母到占卜館時一起帶著孩子，可是其中有一張，是依菲的導師帶著另一個我不認識的女孩。

導師到過占卜館，這事我已經知道，但看來導師除了表示可以帶依菲去占卜之外，也帶其他孩子到過占卜館。

我記住導師的編號，搜尋資料夾，發現更多類似的照片。

「看到什麼不對勁的東西嗎？」酒保查覺我神色有異，把筆記型電腦轉回去，「我剛才發現，這臺電腦檔案不多，但剩下的容量太少，表示裡頭一定還藏著什麼。要幫你找出來嗎？」

我點點頭。我沒注意到這件事。就像先前一直沒注意到酒保的工作室。

「從電腦的使用狀況可以看出很多東西；」酒保邊舞動手指邊說，「像這部電腦，一看就知道是個算命師用來工作的，那麼可能有時候必須查點資料讓顧客看看，你知道，大家都很信搜尋引擎找出來的資料。不過工作空檔不免也會想用電腦做點調劑，而那些調劑可能不方便讓顧客瞥見，所以就會花點功夫把它們藏起來。換個角度說，這人特地這麼做，就表示電腦裡的確有些不想讓別人看見的——等等，裡頭沒有什麼恐怖的東西吧？」

我曾經請酒保幫我駭入警方的資料庫找偵查紀錄，那時她提過自己不想看到刑案現場的照片。

「沒有。」我對能找到的隱藏檔案內容有些預期，那應該不是酒保先前提過的刑案照片。不過我猜測那些檔案有另一種恐怖。

酒保點點頭，開始飛快地敲打鍵盤；幾秒鐘後，她倏地停下動作，顯出凝重的神情，轉頭看我，同時把筆記型電腦推了過來。

6

螢幕上布滿照片檔案，入鏡人物有的短髮，有的長髮，有的笑容疑惑，有的眼神迷茫，有的半裸，有的全裸，有的蹺著身子，有的撅著臀部。

全是女孩。全都明顯未成年。

既然知道羅世達有戀童癖，所以對於可能在這部筆記型電腦裡發現什麼，我的心裡自然有些準備；但看到彷彿因為數量太多而從螢幕裡流淌溢出的裸體女童照片，還是有種脫離日常的感覺。

好像某種本來就知道存在於現實的異象，在一轉頭時忽然直接面對，接著發現這異象本來也不算什麼異常，但在看的這方先加入混雜欲望的偏光濾鏡之後，被看的那方也會開始出現某種奇妙的變形。

例如在一個女孩的眼睛裡看見激烈地過早衰老，例如在一個女孩的動作裡看見熟練地妝扮虛無。

這麼多女孩，都是羅世達的受害者？我的指尖在觸控板上滑動，膚色縮圖組成的瀑布開始由下而上逆流，彷若螢幕外頭停著一部碟形飛行器，充滿惡意的外星人按鈕射出牽引光束將一整批地球小女孩吸進外星實驗室，而在這批小女孩的最後，我將會看到一個我根本沒有當面見過但現在卻十分在乎的面孔。

不對。

我深吸口氣。

這些照片有些拍攝手法粗糙，感覺像是低階數位相機或舊款手機隨便亂按快門的成品，但也有些從打光和構圖就嗅聞得到「專業」二字的味道；照片場景有的是臥房，有的是客廳，有的是教室，有的看不出特定用途，照片裡的女孩有的黑髮，有的棕髮，但數量更多的是紅髮或金髮——我點選其中幾張，從縮圖放大之後的照片，可以看出女孩們與亞洲人不同的五官輪廓。

這些照片不是羅世達拍的。可能是他從販售兒童色情圖片的非法網站下載或購買的。

「有別的嗎？」我抬頭問酒保。

「多得很。」酒保拉走筆記型電腦，按了幾個鍵後又推回來，「隱藏資料夾和檔案全在這裡，你自己看吧。」

另一個資料夾裡全是影片檔案，我點選其中一個，高頻率的尖利叫喊從筆記型電腦螢幕前的喇叭突刺出來。酒保挪動身子快速湊近，按了個鍵關掉聲音，瞥了一眼螢幕，眉頭緊皺地坐回原位。

剛才大略瀏覽的照片當中有時入鏡的女孩不只一個，但沒出現男人——可能是因為匆匆掠過縮圖，所以我沒注意到，不過一個挺著生殖器的裸體男人出現在影片裡，就很難沒注意到了；雖然畫面焦點仍是稚齡女孩，但身體大部分處於鏡外的男人，感覺是個無法抵抗的巨大存在，而從靜態照片變成動態影片，那種從日常脫軌的異常感更加明顯。

影片中的女孩是個西方人。同一個資料夾裡的其他影片也一樣。

羅世達用大字的英文字母替隱藏資料夾命名，看起來像是羅馬數字，但不是連續數字、也無法從數字確認裡頭的檔案內容。我檢查幾個資料夾，發現羅世達將檔案分別收置在不同資料夾中，每個資料夾中的檔案自成一類，這種方式與大多數人使用電腦的習慣差不多，只是我看不出羅馬數字的資料夾編號是什麼意思。

最早看到那個資料夾裡的照片檔案的確只拍女童，第二個資料夾裡的影片檔案充斥著不同款式的學生制服；有個資料夾裡全是小女生辛苦張口舔舐的畫面，有的資料夾裡反覆上演師長體罰壞女孩的戲碼——雖然聲音已經關了，但女孩扭曲的表情讓人心驚。

不過，到目前為止，我看到的全是現成的照片和影片，不管羅世達是非法下載還是付費購買，這些東西都不是他製作的。而且，這些檔案與依菲的下落沒有關係。

還有大約十個資料夾沒檢查。

皺眉盯著螢幕，我忽然有了個想法。

游標隨著我的指尖滑過幾個資料夾，停在名為「VIII」的資料夾上頭。

我點點觸控板。

檔案彈出，整齊地列在螢幕上。

我深吸口氣，重重長長地吐息。

7

名為「VIII」的資料夾裡全是女孩的照片，照片裡的女孩全是亞洲臉孔。每個女孩的第一張照片都穿著衣服，最後一張都全裸入鏡；大多數女孩穿著便服，有一個穿著運動服——這個款式的運動服，我稍早才看其他孩子穿過。

而且，這些孩子裡頭，有幾個曾和依菲的導師一起在羅世達的顧客照片中出現。

照片裡只有女孩，沒有其他人入鏡，背景有的看起來是客廳，角落擺著紫晶石洞，牆上掛著書法捲軸，大多數看起來是臥房，同一套被單和枕頭，還有幾張背景是個貼著很多海報的辦公室——這個滿是海報的辦公室，我稍早才造訪過兩回。

這個資料夾裡，是羅世達自己拍的照片。

瀏覽資料夾名稱時，我發現如果把英文大寫字母視為羅馬數字，那麼資料夾的編號最大只到二十一；大阿爾克那塔羅牌的編號是零到二十一，牌面上的編號也多以羅馬數字表示，所以資料夾編號可能對應到相同編號的塔羅牌。

想到這個假設作用不大，因為我無法確定羅世達連結「未成年少女情色影像」與「塔羅牌牌義」的思考脈絡，光看資料夾編號仍然無法聯想到內容。只有名為「XVI」的資料夾讓我生出一個約略的連結想像，所以我沒什麼把握地選擇打開「VIII」、也就是羅馬數字「八」的資料夾。

「XVI」是羅馬數字的「十六」，對應的大阿爾克那是「塔」，牌面圖像主要是遭到雷擊起火的高塔，以及塔身崩塌時從半空墜落的人，正位牌義簡而言之是無論做什麼都會遇上變故的諸事不宜，逆位牌義則大概是意外發生前的預感或防範。但不管正位逆位，塔羅牌義都與資料夾內容無關：這個資料夾裡的照片全是男性生殖器的特寫及張口吐舌的女孩，占卜師把這些檔案放進這個資料夾裡的原因，極可能只是從「塔」的形狀得到某種暗示。

這是相當膚淺偏頗的聯想。

我仍然不確定其他資料夾的規則，但既然剛看過的資料夾全是從別處蒐集的檔案，倘若有個資料夾裡存放著羅世達自己拍攝的照片或影片，他應該會選擇一個可以凸顯力量的塔羅牌編號。

編號八的大阿爾克那正是名為「力量」的塔羅牌，牌面圖像主要是一名美麗的女子和一頭看起來被女子馴服的雄獅。正位牌義大抵會解釋成女子用溫柔及堅韌來馴化雄獅，暗示以柔克剛，或者用溫婉柔軟的力量來處理外在的暴烈或內在的獸性，逆位牌義指的可能是缺乏力量，也可能是濫用力量。

用正位牌義檢視這個資料夾內容的話，分明充滿諷刺，因為柔弱的女孩根本沒能抵擋羅世達的獸欲暴行；用逆位牌義檢視也不通，因為我認為羅世達應該不會認為自己在濫用暴力，反倒可能會以自己有力量控制女孩而沾沾自喜。

「皇帝」、「戰車」等等塔羅牌的牌義都與力量有關，但選「力量」是最直接的宣告；雖然「力量」的牌義並不推崇暴力，但利用塔羅牌占卜為業的羅世達，壓根兒沒理會塔羅牌的意義。

我算了算，資料夾裡出現了約莫十個不同的女孩，與其他資料夾裡的女孩數量相比當然少了許多，但這些女孩可能就生活在這個城裡，而且如果導師帶來的都是自己的學生，那麼這些女孩裡就有好幾個是依菲的同校同學。

依菲的照片出現了。

和其他女孩相較，依菲的照片數量更多，背景全是同一個臥房，而每張照片裡，依菲看起來都沉沉睡著。

猩猩說沒打聽到羅世達現在屬於哪個幫派，假若綁架依菲是他單獨犯案，沒有其他同夥，那麼臥房可能就在羅世達的住處；其他女孩的照片裡，有好幾張也是在那個臥房拍的，那個臥房就在羅世達住處的可能性大增。以此推斷，羅世達應該就把依菲藏在家裡。從照片看不出羅世達除了拍攝女孩的裸照之外，有沒有其他侵害舉動，但我相信這些女孩後來應該都回家了，只是她們的父母親不知道孩子出過事。羅世達為什麼決定綁架依菲？既然已經綁架勒贖，他為什麼還開門營業？

手機一直沒響。這表示羅世達沒回占卜館。該到他家拜訪一下了。

8

先發訊息給老闆。

我在訊息裡告訴老闆幾件事：一，找到可能的綁匪，我要直接去確認；二，我需要金毛和猩猩幫忙，他們已經另外找人代班；三、老闆應該正在和珊德師姐討論後續，無論決定如何，都等我確認了再說。

按下發送鍵、指尖剛離開螢幕，手機就響了。

「前兩件事都沒問題，」老闆的聲音傳來，「珊德在我這裡，有點狀況。」

「啊？」

「總之等你確認了再說。」

「好。」

放下手機，我轉頭問酒保，「還有空嗎？」

酒保瞥了眼牆上的鐘，「應該有，得看你要做什麼。」

我概略告訴酒保自己正在找一個被綁架的女孩，而這部筆記型電腦的所有者可能與這事有關；話還沒說完，酒保已經將筆記型電腦拉了過去，「所以你要我找出這個變態的資料？沒問題，這事比點貨開店重要。」

「刪掉這女孩的照片。全部，不管存在哪裡。」

「沒問題。」

「還有別的。」

我把計畫告訴酒保，酒保點點頭，開始工作。

襯著酒保敲擊鍵盤的聲音，我點按手機螢幕發訊息給金毛。

占卜館所處的那個街區由幾幢相鄰的連棟建物組成，連棟建物一樓全是店面，但二樓以上的招牌不多，城裡的這類建物通常是住家和辦公室雜混共處，地下室有停車空間，想來占卜館那棟建物也是如此。

既然位於學區之中，那個街區的房租肯定不便宜。羅世達在學區租店面，除了商業考量之外，可能也為了能夠接近未成年女孩；但從照片看來，他明目張膽在店裡騷擾女孩的次數不多，為了謹慎，另外租屋讓自己放心行事是必要的。羅世達幹這類勾當不只一次，應該已經發展出一套安全的流程，可以在不被發現的情況下把女孩送到自己住處；我想起占卜館後方臥房裡塞著薄被的大型登機箱，只要加上藥物和地下停車場，羅世達就能達到目的。

我不清楚羅世達的占卜收入，但在這城裡一個人要負擔兩處房租，應該頗為吃力——這會是羅世達決定綁架依菲的原因嗎？他可以從「就讀貴族小學」這事推測依菲家境優渥，但在依菲之前，那所小學也有其他女孩變成羅世達的目標，為什麼她們沒被綁架？

酒保起身走進工作室，拿了部行動硬碟回來繼續工作；金毛傳了訊息給我，我回傳的時候酒保把筆記型電腦推過來，「我從這傢伙在色情網站的交易紀錄和信用卡資料確認了居住地址，和我先前查到的一樣，你要我放的木馬程式也裝好了。」

我看看螢幕，點點頭。

「你打算怎麼做？」酒保問。

「先放電腦，」我道，「找幫手。」

「要去哪放電腦？」

我說了占卜館位置，酒保按鍵重新開啟方才被她關掉的喇叭，闔上筆記型電腦，「不用叫計程車了，你等我一下，我沖個澡換衣服載你過去。」

趁著酒保沖澡的時候，我發了訊息給猩猩。

門鈴響起。

看看浴室，沖澡的水聲仍然繼續；看看大門，門鈴又響了一次。

我走到浴室門口敲兩下門，水聲消失。「有人按門鈴。」

「你幫我看看，」酒保隔著門說，「可能是我女友回來拿耳環。」

我怎麼知道妳現在的女友長什麼樣子？我搖搖頭走向大門，看看窺孔，發現門外的人不是細腰豐胸的辣妹，而是一個斑白頭髮理得很短的男人。我想了想，打開門；男人見到我，神情一愣，「你怎麼在這裡？」

「誰啊？」酒保的聲音在身後響起。我轉過頭，男人跨進門，一起目睹酒保圍著大浴巾走出浴室的旖旎風光；酒保看見男人，睜大眼睛，「老爸，你來做什麼？」

「快把衣服穿上！」男人沒有回答問題，眼光從酒保身上移回我臉上，「你們在幹嘛？」

呃。我一瞥茶几，「修電腦。」

9

「我爸不會以為我們在交往吧？」酒保一面開車，一面叨唸。

「不會。」我一面讀猩猩傳來的訊息，一面回答。

「這麼肯定？」酒保嘆氣，「當警察的疑心病很重啊！」

出現在酒保門口的白髮男人是酒保的父親，傳奇刑警老八。約莫三個月前，我們因為一連串案件而相識——他是負責偵辦的刑警，我是明明沒做錯什麼卻成為唯一嫌犯的衰毛。案件解決、我的嫌疑也洗清之後，我才知道他是酒保的父親。

老八今天下午到附近辦完事，發現分明已經是酒保該在店裡準備開店的時間，她的車卻還停在路邊，心想女兒是不是身體不舒服沒有出門，所以關心地按門鈴想要問問需不需要幫忙，結果遇上我。

我帶著一部從別人店裡偷來的筆記型電腦，找酒保破解密碼、搜出隱藏檔案，還另外動了手腳，這種事當然不能對警察實話實說。

「而且『修電腦』是什麼爛理由啊？」酒保抱怨，「我們又不是大學裡的學長學妹；再說修電腦該是學長的工作才對吧！」

身為同志，酒保這句發言真是充滿刻板的性別印象。酒保當然沒讓老八知道自己的駭客身分，也沒讓老八得知自己的性傾向，不過根據我和老八在案件解決後的那次對話，我發現老八知道的比酒保以為的多。

或許我們都不夠瞭解身旁的人。

只是這是他們父女的事，我沒必要多嘴。

剛才酒保工作時，我發訊息請猩猩打電話去確認羅世達是否在家——猩猩和羅世達是舊識，找猩猩打電話，羅世達才不會有戒心。

猩猩回覆的訊息指出羅世達已經回家，如我所料。猩猩在訊息裡道，他依我指示打電話給羅世達，說自己有事想請羅世達占卜、指點迷津時，羅世達說他要休息了，明天早上也有事，所以叫猩猩明天下午再到占卜館找他。

明天下午就是綁匪預計要再聯絡的時間。假設羅世達就是綁架依菲的人，明天下午仍打算開店營業，表示他可能根本不會照約定再打電話給珊德師姐，屆時接手調查的警方也就無法繼續追蹤。

所以我不能拖到那時再行動。現在是晚上八點左右，說要休息太早了點；況且就算羅世達真的需要休息，我也不想讓他如願以償。

酒保在大街旁讓我下車，我拿著筆記型電腦繞進占卜館所在的街巷——如果金毛和猩猩看見我搭酒保的車過來，很可能會聯想到酒保就是幫我查到電腦資料的駭客。

我把筆記型電腦交給金毛，金毛搖頭接過，「我還是搞不懂為什麼要這麼做。」

剛才發訊息給金毛時，我向他說明在筆記型電腦裡找到的東西，同時要他重新打開占卜館門鎖，把羅世達的電腦放回原位，接上電源線和網路線；我還將自己先前在占卜館裡拍的照片全都傳給金毛，告訴他仔細檢查、依樣擺放，不要讓羅世達查覺有什麼不對勁。

「你這笨蛋，」猩猩對金毛說，「電腦是我們偷來的，我們要怎麼告訴警察？」可見金毛也向猩猩抱怨過了。

「我們把電腦放回去，」金毛道，「他不就沒事了？」

「別留證據。」我對金毛說，「他逃不了。」

「你有什麼打算？」猩猩問。

「我們去找他。」我道。

「什麼？」金毛大叫，「應該讓我去吧！」

「他認識我，比較不會有戒心啦！」猩猩的心思比較密。

「操，」金毛低低抱怨，「老子真的很想揍死那個變態。」

我的任務是尋找依菲，去羅世達的住處，為的也是這個目的。至於羅世達對未成年女孩下手的事，應該交給警方處理。

但我能夠體會金毛的感覺。

10

無論平日乖巧或頑劣，孩子面對心懷惡意的成人，大約都沒有什麼能力反抗；就算是個聰明的孩子，仍然很難在經驗或更現實的體力上與成人匹敵——這兩者都需要熟成的時間，而「已經活過比孩子更長的時間」這點，是成人擁有絕對優勢的硬道理。

況且，每個成人，都曾經是個孩子。

是故，孩子遭遇成人暴力對待的狀況，總會讓人特別在意；因為我們都能夠理解孩子們的無力，或者，我們會記起自己也曾經那樣無力。

就算我根本沒有童年回憶也一樣。

我不知道金毛小時候經歷過什麼，但肯定不是什麼愉快的往事；金毛沒有多提，或許我下回可以問問猩猩。金毛混幫派的原因，與他的髮色有關——那頭天生紅棕帶金的髮色，從前常讓在意學生儀表的師長認定他生性叛逆、喜歡搞怪，久而久之，他乾脆就真的變成符合師長負面期望的模樣。

但現在想想，髮色天生這事不難證明，就算金毛並不像他自己說的那麼愛讀書、本來就不是老師眼中聽話的好學生，也很難想像單是髮色問題，會一路把金毛推進黑道。

關鍵應該還是金毛不願談及細節的那件事吧。

羅世達住的街區離學區有一段距離，街鄰看起來都是屋齡四十年以上的老公寓。抵達老公寓之前，猩猩問我，「我想，你剛從羅世達筆電裡頭找到的證據，讓你認為羅世達和老闆要你找的小女生有關。筆電裡有那個小女生的照片？」

我點點頭，「還有其他女孩。」

「雖然我剛告訴金毛，筆電是偷來的，沒法子交給警察當證據抓人；」猩猩皺眉，「但金毛說的也沒錯，如果有羅世達對小女生亂來的證據，我們就不該放過他。」

「不會放過。我有計畫。」我對猩猩說。

「如果人不在他手上呢？」

「確認再說。」

「那我待會兒要做什麼？」猩猩問。

「讓他開門。」

我直接去找羅世達的話，他肯定會有戒心——他下午見過我，知道我在找依菲，不但已經表明和我沒什麼好談的，也會懷疑我用什麼方法查到他的住址。無論依菲是不是在羅世達手上，都得進門才能知道；這時間許多鄰居應該都在家，硬闖不是辦法。

倘若能在不驚動鄰居的情況下進入羅世達的住處，接下來的事就簡單多了。

雖然可能得對羅世達使用一些暴力，但我不介意。

老公寓一樓沒有管理員也沒有對講機，雖然有個鐵門，但根本沒鎖。

我和猩猩直接走上三樓。

樓梯間沒有開燈，微微滲著路燈的慘白，左右各有一戶，我就著微光指指門牌，猩猩在羅世達住處門口站定。

羅世達住處的門縫下方透出日光燈的光線，表示客廳的燈開著。門邊有電鈴，猩猩按了幾下，沒聽到屋裡有電鈴的聲音，也沒人來開門，不知道是電鈴壞了，還是羅世達不打算應門。

猩猩看了我一眼，我點點頭。猩猩放棄電鈴，直接砰呯拍門板。

屋裡還是沒動靜。猩猩改掌為拳，開始捶門。

老公寓的門板看起來不怎麼牢靠，感覺再挨幾下就會被猩猩巨大的拳頭砸裂。我剛想請猩猩控制力道，隔壁的門後傳來嬰兒的哭聲，有個女人罵道：「外面吵什麼？」

猩猩沒理會，又捶了兩拳。門縫下方的光影有了變化，羅世達的聲音從門後低低傳來，「誰？」

「羅哥，」猩猩放下手，「我啦，猩猩。」

「猩猩？」羅世達沒有開門，聲音被門板擋著，聽起來有點悶，「我不是叫你明天再去店裡找我？」

「我有急事啊。」猩猩說，「今天晚上一定要得到答案。」

「你怎麼會有我家地址？」羅世達問。

「羅哥不是和從前的兄弟們聯絡過嗎？」猩猩道。

「我不記得我說過……」

「羅哥貴人多忘事啊；」猩猩打斷羅世達的話，「不像那些兄弟，還記得羅哥那個時候搞了……」

「幹；」門被推開一點，羅世達壓低的聲音清晰傳來，「小聲點，我現在可是善良市民。」

猩猩握著門把看起來絲毫沒出力氣地往外一拉，門板全無抵抗地順從敞開，光明乍現，羅世達被門順勢踉蹌地帶出來。

「幹，猩猩你在搞……」羅世達險險站定，看到我，臉色一變。

「小聲點，」猩猩在厚唇前豎起食指，放低音量，「我們進去再談吧。」

羅世達剛要搖頭，猩猩已然邁步，直接把他推了回去。

我跟著進屋，關門。

金邊眼鏡男人等他裹好傷口、穿好衣褲，然後打開房門。

等在外頭的四名男子走回房間，花襯衫男子惡狠狠地瞪著他；他站在床邊，不知該走出去還是留下來。

女子走向金邊眼鏡男人，伸手勾住金邊眼鏡男人的左臂，「沒事了？」

金邊眼鏡男人右手支起女子下巴，點點頭，「我沒事了。」接著反手一甩，一記耳光將女子搧翻。

女子跌在地毯上，就在他方才的那灘嘔吐物旁邊；女子抬頭望向金邊眼鏡男人，眼神驚恐，「你不要聽這個人亂講……」

「和這人沒關係；」金邊眼鏡男人淡淡地道，「妳以為我和妳一樣沒腦？」

女子轉頭看著花襯衫男子，花襯衫男子握起拳頭，T恤男子睨了一眼，花襯衫男子垮下肩膀。

他很想忘掉接下來自己看到的場景。事後回憶，他知道那時金邊眼鏡男人沒說他可以離開，所以他不敢走出房間，也知道那時金邊眼鏡男子不會讓他離開，因為要他目睹一切，才會明白金邊眼鏡男人可以使出哪些手段。

準確點說，除了那記耳光，金邊眼鏡男人從頭到尾沒再動過手，只是拉開椅子，遠遠坐著。

但他明白，房間裡的每聲慘叫，都是金邊眼鏡男人的意志擊打出來的。

T恤男子拿出折疊刀時，他再度冒出冷汗。T恤上那個他不認識的超級英雄角色笑著，看起來很邪惡。

下一秒鐘，他又吐了。不只一回。

房裡沒人理會。

慘叫沒多久就轉成悶哼和呻吟；悶哼和呻吟沒多久就轉成寂靜。

房間裡充滿混著鐵鏽與甜膩的血腥氣味。

他渾身是汗，瑟縮在地板角落，無法完全屏住呼吸，而每次呼吸，那股氣味就讓他作嘔；想要閉眼轉頭，但一名牛仔褲男子只要發現他拒絕注視現場，就會抬腳踹他。

執刑結束。T恤男子拿起床頭櫃上的電話講了幾句，過了會兒，有人敲門。

他心中一驚，暗忖自己在凶案現場，被別人瞧見的話處境堪慮。T恤男子看看門板窺孔，打開門，一名穿著細條紋套裝的女子與兩名穿著米色Polo衫及灰色長褲、看起來像房務人員的男子走進房間，其中一名Polo衫男子摟著一小疊用塑膠袋包著的同款式衣褲，三個人對房中情況都沒什麼反應。

「大哥，臨時來不及去買，」套裝女子對金邊眼鏡男人道，「請用制服將就一下。」

「沒關係，是他們要穿；」金邊眼鏡男人點點頭，「這裡要麻煩妳了。」

「小事。」套裝女子微笑，彷彿已經習慣了。

T恤男子和兩名牛仔褲男子直接脫得精光，依序走進浴室沖掉身上血汙，然後打開塑膠袋穿上Polo衫與長褲。

金邊眼鏡男人站起身來，走到他身旁，用鞋尖輕輕踢他；他抬起頭，看見金邊眼鏡男人的襯衫長褲和皮鞋都乾乾淨淨，整個人神清氣爽，似乎連汗都沒流過。

「跟我走。」金邊眼鏡男人道。

他跟在金邊眼鏡男人身後，低頭走出房間，看見一部房務整理推車停在門外。沿著走廊步向電梯，他認出這是城裡一家有名的汽車旅館，自己還曾經和別的女人來過。

只是看過那個房間的景象之後，在他眼中，世界已和過往截然不同。

包括見到胖子這件事。

離開汽車旅館後，他被載到一棟大樓，留在一個沒有窗戶沒有家具沒有床的套房裡，獨自過了一夜；皮夾本來就已被取走，走進套房前，他又按照吩咐交出手機和手錶，坐在房間地板上，他連房門有沒有鎖都不敢去確認。

他以為自己會害怕得徹夜無眠，結果是一再重覆倦乏瞌睡然後悚然驚醒的戲碼。金邊眼鏡男人很明顯是極有勢力的黑道角頭，而他一向遠離暴力、與黑幫沒有瓜葛；他不知道金邊眼鏡男人為什麼要囚禁他，但他目睹了黑道執刑過程，無論金邊眼鏡男人留著他做什麼，他的命運大概都凶多吉少。

日光燈慘白地亮著。不知過了多久，金邊眼鏡男人走進套房，扔給他一個超商麵包和瓶裝礦泉水，吩咐了幾句話，他拿起麵包，點頭答應。金邊眼鏡男人等他吃完，叫進來幾名男女；這些人一一與他握過手，然後帶著莫名其妙的表情離開套房。待套房裡只剩他與金邊眼鏡男人，他開始說話，金邊眼鏡男人靜靜聽著，最後點點頭，「站起來，洗個臉。」

走出浴室，金邊眼鏡男人遞給他一個黑色布袋。

他依照金邊眼鏡男人的命令，拿出布袋裡的手套戴上，再用布袋罩住自己的頭部。金邊眼鏡男人按著他的肩膀指揮方向，他知道自己離開房間、搭了電梯、坐進汽車，下車後再度走進電梯，但完全不知道自己被帶到哪裡。

有人拉走他頭上的布袋，周遭剎時大亮。

在光亮當中，他看見胖子。

胖子是國內著名的宗教團體領導人物，該團體信眾數量龐大，從北到南每個城市都有教團的大小據點。他在電視新聞裡看過胖子幾回，有時是政府官員請他祝禱運勢，有時是企業高層參加他的祈福儀式，重要工程時他會出席動土典禮，天災急難時他會出面呼籲救助。

套著布袋時他猜測過自己的命運，但怎麼也沒想到會見著宗教領袖。胖子半睜著眼看看他，對金邊眼鏡男人道，「此人真有異能？」

金邊眼鏡男人回答，「是，我親自試過。」

「待我試試。」胖子摸摸壯觀的肚腩。

金邊眼鏡男人看看他，他脫下手套。

在套房裡吃麵包時，金邊眼鏡男人表示要確認他是否真如自己宣稱的具備特異能力，所以要他示範如何閱讀記憶。被叫進套房的男女是金邊眼鏡男人的幾個手下，他遵照金邊眼鏡男人的指示，一一與那些人握手，彼此之間沒有任何交談，等那些人離開套房，他才把讀到的記憶告訴金邊眼鏡男人。

金邊眼鏡男人事先已經告訴他要尋找哪個時點的記憶，所以他讀得很快；而手下那些時點的記憶肯定是金邊眼鏡男人也知情的內容，所以他敘述的時候，金邊眼鏡男人就能確認他有否說謊。

經由這個實驗，金邊眼鏡男人認為他的確擁有特異能力，他也明白，金邊眼鏡男人沒放走他的原因，是想要利用他的特異能力。

從金邊眼鏡男人與胖子的互動狀況可以得知：胖子雖然是宗教領袖，但也是黑幫裡頭的重要人物；金邊眼鏡男人已對胖子說過特異能力的事，而胖子想要眼見為憑。

世界的確與他原來認知的截然不同。

當天下午他回到住處，心裡十分忐忑。

經過一輪類似的實驗，胖子接受了他具有特異能力的事實。

「還有誰人知道此事？」胖子問金邊眼鏡男人。

「只有我們。」金邊眼鏡男人回答。

胖子滿意地點點頭，叫他戴上手套，對他發表了一席演說。

演說的內容與他的猜測相近：胖子表示，他看過組織裡執刑的現場，又已經得知胖子與組織有關，理論上組織應該結束他的性命；但胖子一向用人唯才，所以只要他保持沉默，就可以如常生活，不過倘若胖子需要他的力量，那麼他就應該來替胖子服務。

服務不是免費付出，事成之後他會拿到該有的酬勞；胖子雖未明說，但話語裡的另一層意思相當明白：假若他不願提供服務，或者對任何人透露相關物事，那麼他連自己的命都保不住。

除了乖乖應允，他想不出別的回答。假使他能夠閱讀胖子的記憶，他就可能找得到折衷或突破的方法，像對付過往那些女人一般地對付胖子；可是現在他非但沒有機會閱讀胖子的記憶，還同時想清楚了：倘若旁人知道他的特異能力，那麼他的話對旁人就會失去說服力。

過去他可以讓那些女人認為他細心體貼、觀察入微、能注意到她們最私己的需求、沒有明講的渴望，全是因為他先讀了她們的記憶；假設那些女人知道他事先讀了她們的記憶，就會明白他的言行舉止全是預先知道答案之後研擬的攻略對策，不可能還認定他是最瞭解她們的真命天子。

既然胖子知道他有這個能力，就算讀得到胖子的記憶、從中找到脫身的關鍵，也無法說服胖子按照他的說詞行事。

他重新戴上頭套，被放下車後，發現自己站在昨晚的夜店門口。驚魂未定地趕回住處，他愈想愈不對勁——自己一向清清白白，今後居然得替黑幫工作？他不想惹這種麻煩。

反正得回南部處理叔叔的後事，就趁機快溜吧。他匆匆收拾行李，搭上南向列車。

剛走出南部車站，他就看到幾名男子圍了過來。

後來回憶，他知道自己那時把情勢想得太簡單了——他錯估了胖子的勢力到底有多大，也忘了南部其實才是胖子最主要的根據地。

叔叔的殯殮及遺產事項處理完畢之後，他決定先留在南部。手頭有錢，不用找工作，況且他沒有忘記，在車站等他的那群男子提過，胖子需要他時，他得隨傳隨到。

胖子每回找他都是直接下令，沒有透過任何人傳話；而胖子交給他的任務其實都很簡單，大多數是胖子對某些人起了疑心，派他去確認那些人的記憶內容。他開始發現，胖子統率的宗教團體與黑幫組織一明一暗，彼此之間牽扯複雜，而他不屬於任何一方，算是胖子的直屬員工；他也發現，幾年前曾有一個幹部背叛胖子，胖子因此分外留意團體與組織各個重要幹部是否忠誠，他的出現，正好成為一大助力。

這些任務做來輕省，他也逐漸放鬆，胖子給的酬勞相當慷慨，他開始建立新的巡獵範圍、恢復過往生活方式。

替胖子工作其實沒什麼不好；有天晚上，他躺在賓館床上想著：說實話，這種生活比做直銷業務或開相館算命都爽快。以他的聰明才智，加上與眾不同的特異能力，本來就該掌握社會運作的真相、自在地過這種日子才對。

身旁的女體扭了一下。他拋開思緒，翻身趴了上去。

金錢

金錢，他們這麼說，是今日所有邪惡的根源

——〈Money〉by Pink Floyd

【七】

1

「幹，猩猩你他媽搞我？」雖然不想讓我們進入住處，但站在自家客廳，羅世達似乎恢復了鎮定，只是言語當中比起下午對我和金毛翻臉時，多了更多髒話。

或許羅世達想用流氓口氣嚇嚇我們；或許羅世達只是想藉著耍狠來掩飾自己的慌張。

「哪有啊，羅哥，我是真的有事要請教你。」猩猩站在客廳中央，左顧右盼，「羅哥你這裡的布置，呃，很有你的風格。」

電視櫃上頭除了電視機，還有個開運流水滾球盆，一隻咬著銅錢的假金蟾端坐其中，周圍泛著變幻的七彩燈光；一旁的牆上掛著星象圖，墨藍的底色上頭用白線畫出黃道十二宮的圖像；電視機對面有三人座的假皮沙發，牆上掛著幾幅書法捲軸，一幅是《心經》，一幅是《勸世文》；沙發的旁邊靠近門口的地方，一個紫晶石洞站在木質矮几上。

我站在羅世達那些照片中的客廳裡。

「有什麼事快問，」羅世達還在裝狠，「問完快滾。」

猩猩看看我，羅世達抿住嘴唇，肩膀一垮。就算他原來心存僥倖，以為猩猩有事相詢，我只是湊巧跟來的朋友，那現在也已經明白了。

「女孩在哪？」我道。

羅世達轉轉眼珠，「呃，我已經說過……」

我搖搖頭，羅世達語音一窒，又道，「我有靠……」

「靠什麼？」猩猩插話，「羅哥，我知道現在沒有哪一家收你，別唬爛了。」

「那個……」

我舉起手指，羅世達識相地閉上嘴，我道，「回答問題，否則動手。」

羅世達看看我，轉頭看看肌肉壯實、漲滿襯衫的猩猩，再回頭看看我，走了幾步，在沙發上重重落坐，「你為什麼要找那個女生？」

我皺起眉頭，羅世達舉起手，「好，好，我不問，反正也不關我的事。那個女生的爸爸，惹到不該惹的人了。」

這句話聽起來像是依菲的父親惹上了黑道，但羅世達接下來的說明，聽起來又像是相同商業領域裡兩個不同企業集團間的市占比例廝殺。

羅世達表示，依菲父親經營的集團持續擴充規模，讓原來的業界龍頭開始警覺：自己先前的獲利，可能會被這個成長中的集團瓜分。業界龍頭除了下令鞏固原有勢力範圍，也明確指示：給對方一點警告。

在經營策略攻防之外的「警告」，指的自然不是用出乎意料的行銷手法讓對手吃驚，而是用其他手段讓對手懼怕。

要讓警告有效，得找依菲父親在意的痛點擊打。

業界龍頭原來屬意的痛點不是依菲，而是依菲學成歸國的哥哥；「本來的計畫是要把那個小子請來坐坐，細節我不清楚，總之沒有成功。」羅世達道。

喀。我的腦中有個什麼滑進定位。像是形狀古怪、看起來毫不相干的幾個金屬零件，找到一個巧妙的角度後，開始相互嵌合成一個渾然一體、似乎無法拆開的益智玩具。

我送珊德師姐回家時，珊德師姐提過依菲是她的獨生女；可是羅世達說：依菲有個哥哥。這兩個訊息似乎彼此矛盾，但並不難解釋：只要依菲的父親除了和珊德師姐生下依菲之外，另外有個年紀比依菲大的兒子就成了——這個兒子可能來自從前的女友、前一段婚姻，或者過繼、收養之類程序，雖然不是珊德師姐生的，但的確算是依菲的哥哥。

業界龍頭原來打算藉由綁架依菲的哥哥來警告依菲的父親，但用意不是勒贖，而是將綁架當成展現實力的威脅，或者將依菲的哥哥當成人質，在談判時做為籌碼。

「何時？」我問。

「什麼？喔，你說找那個小子嗎？」羅世達答，「應該就是前幾天，因為我是那時候接到委託的。」

計畫受阻，目標於是轉到依菲身上。

「他們問我有沒有辦法逮住那個女生，開出了很好的條件。」羅世達聳聳肩，「收錢辦事，我已經把她交出去了。」

「為什麼找你？」

「因為小女生都愛算命，然後我的店就在學校附近；」羅世達講得理所當然，「我還沒想好要怎麼進行，那個女生就自己送上門來了。」

胡扯。

2

是不是有喜歡算命的小女生自己走進羅世達的占卜館，我不清楚；但就算依菲對占卜有興趣，也是被導師慫恿才去找羅世達的。

導師先前曾經帶其他女孩到過占卜館，那些女孩當中，有人被羅世達拍了裸照；導師這回本來也要自己把依菲帶去，這麼看來，導師是羅世達的共犯。雖然依菲沒和導師一起去，但是找同學一道前往，羅世達雖然費了點事，仍然成功讓依菲落單。

我不知道導師為什麼會和羅世達合作。從酒保查到的資料看來，羅世達沒有結婚，他對未成年少女有性癖好，所以導師也不會是他的情人；即便導師相當信任羅世達的占卜功力、認為他可以為學生提供一些導師和家長都無法提供的人生建議，帶學生去占卜館的次數仍然太多。導師一定知道羅世達在幹什麼勾當，卻選擇協助他滿足欲望。

羅世達不知道我看過他筆記型電腦裡的檔案，我也不打算讓他知道。目前我的任務是先找到依菲，至於怎麼處理羅世達，我另外有個計畫。

我不確定依菲的哥哥在哪裡居住、在哪裡遇襲；但最近的確有名年輕男子差點遭人綁架，地點在我幾乎每天都去的酒館門口，阻止那樁綁架行動的人，就是我。

年輕男子說他在國外念書，最近才回城，應該沒惹上哪方勢力，不確定自己為何遇上埋伏；而黑先生提過，上人團體這陣子頻繁派出高階幹部與他接觸，最近一次出馬與黑先生洽談的，是上人的兒子，與黑先生畢業於同一所外國名校。

我不知道這城最近幾天發生過幾樁綁架行動，但對象是剛從國外回來的年輕男子、綁架又因故沒有成功的案例，應該不會恰巧有第二樁。

而且，帶年輕男子去酒館的是阿興。

我不確定阿興的日常職業，不過我知道他是上人團體安排在新進成員中的暗樁；先前我推測年輕男子可能是阿興公司裡的上司或者上司之子，但倘若年輕男子就是上人的兒子，這個狀況也說得通。

當時在酒館我提議報警的時候，年輕男子表示不用，因為他的父親不會想把事情弄大，所以我認為年輕男子的父親應該身分敏感，可能是政商或黑幫高層；但如果年輕男子的父親就是上人，這個決定就更合情合理——上人要成員盡量把金錢或時間奉獻給團體，強調靜心修為、瞭解自己，他不會想讓社會大眾知道自己的兒子三更半夜跑去喝酒，還遇上意想不到的麻煩。

我和金毛去拜訪學校時，導師說過依菲的全名——依菲姓黃，這是上人的姓。

老闆提到依菲的父親時，從未稱他是珊德師姐的「丈夫」，只是我自然而然地這麼認為；假若珊德師姐與依菲的父親並沒有婚姻關係，那麼老闆就會對「丈夫」二字避而不提。

因為綁架年輕男子的行動沒有成功，於是目標轉向依菲，所以年輕男子是依菲的哥哥；而年輕男子是上人的兒子，所以依菲是上人的女兒。但珊德師姐說依菲是她的獨生女，而年輕男子比依菲年長許多，也就是說，珊德師姐與上人發生關係之前，上人可能已經結婚，或至少已與另一名女子生了兒子，年輕男子與依菲，是同父異母的兄妹。

從珊德師姐的談話裡，可以得知她大多時間花在處理團體相關業務上頭——除了協助深夜聚會之外，安親班發現依菲缺席時曾經打電話給珊德師姐，但她那時正在主持日間靜修，所以關了手機。是故，珊德師姐沒有其他的日間工作，但綁匪知道她家境優渥，如果珊德師姐的經濟來源就是上人團體的收入，那麼她的確可以全心處理團體事務，因為協助自己的男人打理事業，就是她的工作。

除了姓氏與年輕男子的狀況外，我還想起另一個連結。這個連結，讓我更加確定，依菲與上人的確是父女。

3

羅世達說詞裡關於業界龍頭想請上人之子去「坐坐」的部分是真的，因為酒館外頭的那三個人頭戴全罩式安全帽，附近還有輛側門大開的廂型車等著接應，我那天凌晨撞見的，是個策劃好的綁架行動；可是羅世達目前不屬於任何組織——就算猩猩沒打聽出來，羅世達剛才的反應也已經證實了這件事，那麼「業界龍頭委託綁架依菲」這事聽起來就不對勁。

「誰是業界龍頭？」我問，但心裡已經推導出一個結論。

「說出來嚇死你啊；」羅世達想撂狠話，但語氣沒什麼說服力，「為你著想，不告訴你比較好。」

看來羅世達不敢先把業界龍頭的名號亮出來示威。就羅世達方才的說法，業界龍頭是上人惹不起的人，勢力肯定比上人團體更大，這樣的話，有必要找一個外人綁架依菲嗎？

綁架不是小偷小盜，業界龍頭對付上人之子的行動事先做了伏擊計畫，用的是肯定組織裡派出去的自己人，況且這個行動理應不是為了贖金，而是警告，也可以進一步把上人之子當成人質，做為與上人團體談判時的籌碼；但綁架依菲的行動卻另外找了羅世達，就算羅世達的占卜館占了地利，就算羅世達真的比較懂得哄騙女孩，就組織而言，這麼做都會增加風險。

更何況，還有那通勒贖電話。

「電話你打的？」我問。

「啊？喔，所以原來是那女生的媽媽找你幫忙？」羅世達聳聳肩，「我想都已經辦妥了，就順便撈一點。」

要三千萬贖款算「順便撈一點」嗎？「怎麼拿？」

「還沒想到，你們沒來之前我正在想辦法。」

「但你叫猩猩明天找你。」

「喔，我後來覺得太麻煩了，反正交出女孩有筆進帳，另外那個就算了。」

羅世達的說詞充滿問題。

站在羅世達住處的客廳，是我今天第三次見到羅世達，前兩次見面，他都沒說真話，第一次說沒見過依菲，第二次否認依菲重新到過占卜館；現在他說他已經把依菲交出去了，我沒理由相信他。

「查查房間。」我對猩猩說。

「你想做什麼？」羅世達緊張地站起來。

我擋在他身前，沒有移動。

這城的房價和租金都不算低廉，羅世達住處是舊公寓，租金或許不會太誇張，但占卜館位於學區，租金會是個沉重支出。如果羅世達的占卜事業收入普通，加上沒有幫派後援，他就會想找個有力的靠山，業界龍頭於是成為一個很好的選擇。

我詢問珊德師姐「上人有沒有仇家」時，珊德師姐的確提到某人，但她認為那人不會對依菲下手。從羅世達的說詞推測，那人應該就是業界龍頭。

我對「珊德師姐認為依菲在這場競爭中沒有危險」的原因已有推論，但暫且不管我的推論，假設珊德師姐的評估正確，那麼羅世達這番半真半假的陳述背後，真相極有可能是：業界龍頭想要經由綁架上人之子來威脅上人，而羅世達聽說了這件事，也因某種緣由得知上人還有個女兒，於是自作主張綁架依菲，企圖藉此進入業界龍頭的羽翼之下。

但這個進貢獻禮的計畫，業界龍頭還不知道，所以羅世達不敢說出業界龍頭的名號，因為計畫的進行被我插手搞亂了，假若後續驚動警方，業界龍頭不但可以全盤否認，還可能因此找羅世達的麻煩。

這也表示，依菲還沒送到業界龍頭手上。

我和金毛已經找過，依菲不在占卜館；而且羅世達預計要把依菲獻給業界龍頭，不會冒險把依菲單獨留在占卜館，應該要就近看管。

羅世達沒理會占卜館的營業時間提早回家，所以依菲就在這裡。

猩猩開門關門的聲音從我身後傳來。

羅世達動動身體，我舉拳擺出備戰姿態，他的動作僵住了。

「別亂來比較好啊，羅哥。」猩猩道，「這是良心建議，惹到他比惹到我還慘。」

羅世達瞪著我，過了會兒，別過臉去「哼」了一聲，重重地坐回沙發。

「這門鎖住了。」我聽到猩猩轉動門把，然後道，「抱歉啦。」

金屬門鎖的喀噠與合板木料的啪嗞聲響同時爆開，我知道猩猩直接扭壞了門把的喇叭鎖。猩猩的腳步聲朝我移動，厚實的手掌拍拍我的肩膀。我轉過頭，猩猩抬抬下巴指向那扇被他破壞的門。

我沒理會羅世達，轉身走去。

門後是個臥室，一旁的桌上有部電腦，鍵盤旁邊擺著數位相機、兩個麵包一瓶礦泉水和幾支注射針筒，桌邊則是我在羅世達照片裡看過的那張床。

依菲閉著眼睛，躺在床上，衣物堆在床角。

「幹，」羅世達低低咒罵，「我會被你們害死。」

4

羅世達每隔一陣子就會找找從前的道上兄弟，問問有沒有機會讓他重新加入幫派，他對利用占卜行騙的技巧相當熟悉，但認為自己的詐騙手法在組織當中能夠獲得重用；經營占卜館能讓羅世達容易接近學區裡的小學女孩，他不打算放棄，雖然知道自己先前的名聲欠佳，不過他覺得只要不對自己人的孩子下手，黑幫分子並沒有那麼正氣凜然，絕對可以再找到落腳之處。

希望能夠重回黑幫的主要原因有二，一是羅世達始終認定依附權力對自己有利，愈是熟悉各種占卜技術，他愈明白那些技術的價值在唬人掙錢，不在全心信賴，就算真的有某種可以左右命運的神奇力量，也絕對不是那些技巧能夠預測或修改的。真的需要安全感，就要背後有靠山。

另一個原因很實際：他需要錢。

雖然羅世達認為自己很有說服上門顧客的才華，但占卜館的生意一直只算過得去，雖然設法在占卜時順便賣些開運改運的飾品，但銷路不佳。住處和占卜館都得支付房租，只租一戶雖然可以省下一些開銷，但羅世達覺得在占卜館進行自己的小小娛樂總會提心吊膽、無法盡興，所以另有住處是快樂人生的必要條件。現在占卜館的收入只能勉強打平固定支出，而羅世達確信他值得擁有更高級的生活環境，替組織辦事，就可以讓手頭更為寬裕。

大約兩週之前，羅世達打電話找到一個舊識。這個舊識曾經因為詐賭，腕部被組頭手下砍了一刀，雖然未被砍斷，但手腕神經沒能接好，手指無法靈活運動，所以沒法子繼續在牌桌上耍花樣。羅世達一直以為舊識已經另尋營生，不混幫派，所以先前沒想過要和舊識聯絡，那天試著打電話，也只是想碰碰運氣。

舊識告訴羅世達，自己的確已經不在道上行走，不過現在做的工作不壞，既輕鬆又沒什麼危險。羅世達好奇地詢問，舊識於是約他見面。

到了約定的地點，羅世達才發現那是上人團體的聚會場地。舊識沒要他繳「定緣金」，直接把他拉進會場，叮囑他先參加聚會，會後再聊。

羅世達一向打著占卜名號行騙，擅長觀察，坐在聚會場所裡頭，他看出舊識其實是上人安排在團體裡的暗樁之一，也對上人利用空洞言論和群眾效應替自己謀利的手段印象深刻。

聚會結束之後，羅世達和舊識找了個海產店喝酒聊天，舊識向羅世達誇耀團體這幾年的蓬勃發展及自己當暗樁的輕鬆收入，羅世達聽得十分羨慕；喝了三瓶啤酒之後，羅世達興沖沖地詢問舊識，有沒有辦法把自己引薦給上人，認為自己可以成為上人擴大團體規模的重要助力。

「小羅啊，」舊識的臉泛著酒精烘出來的紅光，「我們是好朋友，所以我對你說實話；我現在雖然賺得輕鬆，不過依我看，上人囂張不了太久了。」

「怎麼說？」羅世達有點失望，但也十分好奇。

「上人惹到他惹不起的大人物了。」舊識壓低聲音，強調上人的對手神通廣大，連政界和警界高層都會賣面子幫忙，「上人這幾年擴張得太快，行徑也愈來愈囂張，絕對會出事情的啦。」

「剛剛聚會裡有播錄影帶，看起來上人也認識不少有頭有臉的人嘛；」羅世達替舊識倒酒，

「你說的大人物比上人還厲害？」

「厲害太多了，我說的那個算是業界龍頭啊。你可能覺得剛在錄影帶裡看到的那些人都是你認得出來的公眾人物，所以感覺很了不起，但那些人都有他們的頂頭上司，那些上司可全是業界龍頭的熟朋友。」舊識一口喝乾啤酒，「你想想，這種人怎麼惹得起？上人一定會被他搞得很慘。」

「所以這個業界龍頭到底是誰？」羅世達問。

舊識嘿嘿笑著，低聲說了，羅世達睜大眼睛，「他不是……」

「大人物做事，想的層面和我們不一樣啦；」舊識道，「你不要說出去哦，不然我可保不了你。」

「當然，當然；」羅世達舉手叫酒，「上人如果被搞倒，你有什麼打算？」

「嘿嘿，」舊識摸摸腕部的疤，「我當然有我的計畫。」

5

舊識告訴羅世達，自己在上人團體裡的工作項目，包括替上人解決一些沒能在檯面上光明正大解決的問題。「例如有人在外頭講上人壞話，」舊識說，「那我就負責叫他們閉嘴。」

因此之故，雖然表面上舊識已經脫離黑幫，但仍保持與一些黑幫團體的聯繫，如果有必要，就向道上借幾個兄弟來辦事；這些臨時找來的黑道大多是基層分子，給點錢就可以使喚，而上人不會吝惜用一些信眾奉獻的鈔票去處理這類事情。

約莫半年前，有個黑幫幹部與舊識聯絡。舊識沒見過這個幹部，但知道當年逮到自己詐賭的賭場，就是這個幹部經營的生意之一，幹部看起來雖然是個相貌體面整齊的斯文上班族，但其實行事風格狠辣；見面之後，兩人先扯了些不著邊際的場面話，然後幹部說他輾轉得知舊識替上人工作，現在有另一個巨大勢力對上人團體的內幕有興趣，如果舊識可以提供情報，幹部會出錢購買。

有錢好辦事。幹部開出的價碼優渥，舊識對上人也稱不上忠誠，但賣了幾回情報之後，舊識驚覺：對方願意出錢買情報，表示有對付上人團體的意圖，如果對方勢力比上人更大，那麼舊識就得為自己打算。

經過幾回低聲下氣的請託，幹部透露自己代表的勢力與業界龍頭有關，舊識馬上明白上人毫無勝算，央求幹部把他引薦入夥；幹部表示，想要加入的話，光是賣情報是不夠的，得要有別的功勞才行。

舊識正在煩惱時，聽到上人的兒子學成歸國的消息。

上人這一年來已經頻繁接觸各界高層，只是成效不彰；上人認為業界龍頭勢力根深蒂固，得多花點時間才能見效，不知道後來有幾次祕密會談，已經被舊識洩露出去，業界龍頭早就採取必要的對應手段。上人的兒子回國之後，認為上人擴張版圖的動作仍然太慢，開始積極獻策，有時還親自出馬與各方人士會談。

舊識向幹部建議，與其一一防堵上人到處設法探鑽的漏洞，不如直接找個痛點對上人施壓；既然上人的兒子回國，這就是個機會。

幹部認為可行，答應可以支援人手，如果成事，就能替舊識掙到足以入夥的功勞。

上人和上人的兒子出入會有隨扈負責安全事項，舊識一時找不到機會下手，又不想找上人團體裡的其他幹部合作——人多口雜，誰知道講出去的話，有哪個腦袋不清楚的傢伙會轉告上人？

「不過，我覺得機會快來了。」舊識講得胸有成竹，「上人的兒子回來後成天工作，總有需要放鬆的時候，到時候我就會出手。不過，我這人做事深思熟慮，只準備一個計畫，我會覺得不夠妥當；你打電話給我的時候，我想到另一步棋。」

舊識告訴羅世達，上人除了有個兒子，還和一個團體裡的幹部生了女兒，雖然沒有公開，但團體高層成員其實都知道，他和幾個高層成員混得夠熟，所以也聽說了這件事。

「所以上人的老婆也知道這件事？」羅世達問，「她沒意見？」

「當然知道，而且我也看不出她有什麼意見。」舊識哼哼笑著，「當大家口中的『師母』可以吃香喝辣，沒必要和錢過不去嘛！」

羅世達點著頭，摸起開瓶器打開剛送上桌的啤酒，替舊識倒酒。

「你想想，上人的兒子雖然不是什麼難對付的角色，但好歹是個年輕男人。」舊識喝了口酒，「但那個女兒只是小學女生，一定比上人的兒子更好搞定。」

「你是說……」羅世達舔舔嘴唇，「綁架那個女生？」

「我沒這麼說哦！」舊識擺擺手，「小女生很好騙啦，只要先和對方聯絡，約個時間地點，把女生騙過去就好了；交出去，對方要怎麼處理都不關我的事。你想想，這是大功一件啊！好處絕對不會少。」

「幹，這個聽起來有搞頭，」羅世達很興奮，「也讓我參一腳！」

「當然，」舊識又喝了一口酒，「不然我跟你講這幹嘛？」

6

除了在聚會時擔任暗樁、和新進成員聊天、適時附和上人和幹部之外，舊識也得負責團體裡一些庶務工作，「說穿了就是跑腿辦雜事，但很花時間；」舊識說，「而且那個幹部很保護女兒，在團體裡很少說到女兒的事，我沒見過那個女生，連名字都沒問出來。總之，雖然計畫很好，但我自己做會有困難。」

「這事我可以幫忙；」羅世達眼睛放亮，「我負責搞定小女生。」

「小羅啊，我知道你對小女生有一套，所以你一打電話給我，我就想到可以和你合作；不過，」舊識盯著羅世達，「我也知道你看見小女生，老二就會翹起來——等等，它會翹起來吧？我聽說……」

「幹。」

「好，好，我不鬧你，但話說在前頭，如果你決定加入，那就要管好小弟弟，不要還沒交貨就把貨搞壞了。」

「不會啦；」羅世達笑笑，「我做事知道分寸啦。」

「你想想，業界龍頭要怎麼用那個女生搞倒上人，我們不確定，所以最好把那個女生完完整整地交出去；」舊識點點頭，「如果答應交人結果出了什麼差錯，業界龍頭就會回頭搞我們，到時候可不是你把屁眼乖乖獻上去就能解決的。」

「我知道啦。」羅世達自己倒了酒。

「最好是這樣；」舊識加了一句，「不准用老二，也不准用別的東西。」

「幹，我知道啦！」羅世達把酒喝乾，「快討論怎麼進行啦。」

舊識把珊德師姐的住址和手機號碼告訴羅世達，羅世達開始利用空檔跟蹤珊德師姐。第三天晚上，羅世達發現珊德師姐到占卜館附近的安親班接走一個漂亮的女孩，他用手機拍下女孩的模樣，隔天一早先到占卜館附近等著，確定女孩就在同一個學區的小學上課。

珊德師姐每天早上會把女兒送到門口，下課之後女兒會和同學一起走到安親班，安親班下課後，就算珊德師姐沒有準時出現，女兒也會一直待在安親班裡。

羅世達從前拐騙過幾個同一所小學的女學生，他會觀察一段時日後，找出目標落單的時機上前搭訕；這女孩沒什麼落單的時候，不過羅世達還有絕招——他認識學校裡的一個老師。

老師本來是占卜館的顧客，一個月總會來個幾回，羅世達認為老師沒什麼大煩惱，但從言談當中知道老師相當憎惡工作上遇到的一些狀況，不是抱怨貴族小學的家長有意無意地炫富，就是抱怨貴族小學的孩子習以為常的驕縱。有些怨懟羅世達聽來並不覺得家長或孩子的態度真的過分，他逐漸明白，老師的怨恨其實根植於她對高收入階級的不滿。

有回羅世達試探性地建議老師把她不喜歡的孩子帶到占卜館，讓羅世達開導開導，結果隔天老師當真帶來一個女學生；羅世達一看就覺得十分中意，他表面上藉著占卜要女學生注意言行，私底下運用詐騙話術，讓女學生再度單獨走進占卜館。

這情況後來又發生過幾回。羅世達隱隱覺得老師可能知道他做了什麼，但不僅沒有阻止，反倒還以行動協助；他認為老師本來就想找機會發洩自己的積怨，只是利用羅世達完成這個目標，老師還可以自我辯解，說她自己並沒有傷害學生。

被老師利用沒什麼關係，因為羅世達也利用了老師。

羅世達趁老師登門的機會，讓老師看了珊德師姐女兒的照片，囑咐老師把這個女孩帶來。老師答應了。

等了幾天，老師都沒帶人出現，羅世達倒是接到舊識的電話，說綁架上人之子的行動出了狀況，沒有成功。舊識告訴羅世達，如果羅世達可以照計畫交出女孩，那麼功勞就比原來更大。

羅世達心裡著急，結果看到珊德師姐的女兒和同學一起走進占卜館。

珊德師姐的女兒第二次走進占卜館時，身旁沒有別人。羅世達知道自己每個階段的話術都一如預期地產生效果。

舊識早先的計畫，是確認珊德師姐的女兒是誰之後聯絡幹部，約定一個合適的時間地點，直接把珊德師姐的女兒騙過去。但羅世達看到珊德師姐的女兒之後，已然暗自決定：雖然不能對這個女生胡來，但一定要把這個女生的每吋肌膚都透過鏡頭存進電腦，否則把她白白交出去，實在對不起自己。

要達成這個目的，又不能讓珊德師姐的女兒記得這件事，最直接的方法不是慢慢誘騙她寬衣解帶，而是用藥。

珊德師姐的女兒喝了下藥的紅茶，沒多久就沉沉睡去；羅世達關起占卜館，打電話給舊識。

7

舊識埋怨說這與計畫不同，羅世達辯稱是珊德師姐的女兒自己送上門來，機不可失，要舊識快去進行剩下的計畫。與幹部聯絡後，舊識告訴羅世達，已經約好時間，後天早上到約定地點，會有人將他們帶到業界龍頭面前，業界龍頭要親自接見。

「親自接見？」羅世達驚訝地問，「你是怎麼說的？」

「我說我們會帶一張能搞倒上人的王牌過去；」舊識嘿嘿笑著，「幹部回報給業界龍頭，業界龍頭想看看到底是誰。」

沒有直接掀底牌，勾起對方興趣，製造直接與高層接觸的機會——羅世達心裡佩服舊識的手段，嘴裡問著，「那我們幾點過去？」

「你得自己去，後天早上團體裡有工作。」舊識說。

「我們就要發了你還管什麼工作？」

「小羅啊，你想想，你現在就抓到人了，但後天上午才交出去；」舊識說，「這是綁架啊，她媽媽一定會忙著找人。要是報警的話，條子八成會來問些事情，我安分一點比較不會讓人起疑。」

有道理。羅世達想了想，問，「業界龍頭不是可以壓住條子嗎？」

「還沒看到貨，他不會出手幫忙啦。」舊識叮嚀，「你也小心點，別露出什麼馬腳，撐過明天我們就成功了。」

結束電話，羅世達做了兩個決定。

首先，去買預付卡，打珊德師姐的手機，說自己綁架了她的女兒，要她不許報警，喊了個漫天要價的贖款金額，約定後天下午再聯絡。羅世達認為，如此一來，珊德師姐這幾天就會為了籌錢忙亂，也不敢報警。

再者，羅世達決定學習舊識的行事方式，讓占卜館隔天照常營業，以防旁人察覺有異。羅世達把珊德師姐的女兒鎖在臥室，計算迷藥的劑量，按時從占卜館回住處持續替她補充注射；珊德師姐的女兒持續沉睡，沒有進食也沒有喝水，只有一次羅世達返家時發現她迷迷糊糊地掙扎起身說要小解，羅世達把她抱進廁所，然後又替她打了一針。

珊德師姐的女兒要上廁所這事，讓羅世達發覺自己完全忘了這個女生會有基本的生理需求——他從前誘騙過幾個小女生，都沒有和對方共處這麼長的時間。所以傍晚他早早關了占卜館，買了麵包和礦泉水回家，準備待到隔天約定的時間再出門。

沒想到我出現了。

我坐在羅世達客廳的假皮沙發上，羅世達癱在電視機前面。這些經過不是羅世達告訴我的。

猩猩在臥室裡發現依菲後，我請猩猩替依菲穿上衣服，與老闆聯絡，先帶走依菲，接著走回客廳，揪起羅世達的衣領，二話不說把他揍昏。

等騙子說實話太麻煩了。讀記憶比較直接。

羅世達的舊識就是阿興。

阿興應該事先查過，知道酒館外頭的街上沒有監視器，也知道那條街道凌晨兩點之後就鮮少有人；他把上人的兒子帶到酒館，刻意多點一輪酒，讓上人的兒子在酒館裡多留一段時間，自己通知幹部、先行離開，讓幹部派人在酒館外頭埋伏。

實際下手綁架依菲的雖然是羅世達，但計畫的源頭來自阿興。

讀完羅世達關於整起事件的記憶，我走進臥室，找出數位相機和桌上型電腦裡關於依菲的照片，全數刪除。羅世達大概認為桌上型電腦放在家裡比較安全，並不像筆記型電腦那樣將那些未成年少女的情色檔案隱藏起來，除了和筆記型電腦裡相同的檔案之外，我找到更多照片和影片。

閱讀羅世達的記憶前，我已經推測出業界龍頭的身分，羅世達的舊識提到這事，則證實了我的推論。在確認業界龍頭是誰的同時，我也確認了其他事情。

這個益智玩具比我原來以為的更巨大，部件嵌合的方式也更複雜。

而我不打算拆解。我打算直接破壞。

手機顯示猩猩發來的訊息：他依老闆指示把依菲送到醫院，老闆和師姐也到了，老闆找我過去。

我拿起電腦旁還沒開封的礦泉水，走回客廳，旋開瓶蓋，把整瓶水澆到羅世達臉上。

羅世達動了動，眨眨眼，左右張望了一下，雙眼逐漸聚焦，接著發現我站在旁邊，突然手腳並用地把身體向後挪去。

我蹲下身子，透過運動型墨鏡直視羅世達的眼睛，「替我辦個事。」

8

站在病床旁邊的老闆看起來依舊完美無瑕，白色的衣裙似乎閃閃發亮，但一天沒見的珊德師姐看起來瘦了一圈，黑色的眼袋十分明顯。

和眼袋一樣明顯的，是珊德師姐左頰上的青紫瘀傷。

「謝謝你，這回幫了大忙。」看我走進病房，老闆開口，「猩猩把經過告訴我了。」

珊德師姐動動嘴唇，但似乎不知說什麼才好，於是向我深深鞠躬。

我擺擺手。

病房裡沒什麼人，另外兩張床位是空的，沒看到猩猩，也沒看到醫生。

「猩猩和金毛也出了力，」老闆說，「我對猩猩說他們兩個可以放幾天假。猩猩剛走，說要去找金毛，順便告訴他已經找到依菲了。」

我點點頭。在尋找依菲的過程上頭，金毛和猩猩出的力其實比我還多。我湊到床邊看看依菲，她仍靜靜睡著，「依菲還好？」

「依菲沒事，真的要謝謝你。」珊德師姐的聲音嘶啞。

穿著白袍的年輕醫生走過來，手上拿著病歷表，有點好奇地看了看我的運動型墨鏡，轉頭對珊德師姐道，「抽血檢查過了，沒什麼問題，她體內的藥會自己代謝掉，所以我建議不用再多做什麼，等她自然醒來就好。接下來一、兩天可能會比較虛弱、精神不大集中，不過很快就會恢復了。」

「謝謝醫生。」珊德師姐又鞠了個躬。

「不用客氣；」年輕醫生道，「妳們可以在這裡等她醒了再走，想先把她送回家也可以。」

珊德師姐看著老闆，「我想先帶她回去。」

「早點回去也好，妳昨天沒睡吧？不過妳回去……」老闆微微皺眉，「沒問題吧？」

「沒問題的，」珊德師姐略略低頭，「他不在。」

「那個，」年輕醫生清清喉嚨，指著自己的臉頰，「如果有家暴狀況……」

「謝謝醫生，」珊德師姐打斷年輕醫生的話，「這是我昨晚不小心撞到的。」

年輕醫生沒有多說什麼，點點頭，走出病房；珊德師姐看看醫生的背影，轉頭問老闆，「這人口風緊嗎？」

「我和他很熟，他不會把依菲的狀況說出去；」老闆回答珊德師姐，然後從肩包裡掏出車鑰匙扔給我，「開我的車送她們回去，再到辦公室找我。」

我坐在駕駛座，珊德師姐摟著依菲坐在後座，靜靜地開了一段路，我打破沉默，「上人打妳？」

「啊？」我從後視鏡瞥見珊德師姐混雜訝異和猶疑的表情，然後聽到她嘆了口氣，「對。我姊告訴你的？」

我搖頭。

「那你怎麼知道他是我的……」珊德師姐的語氣先是困惑，再是放鬆，「算了，我姊對你的調查能力很有信心，就算她沒講，大概也瞞不過你。」

或許是依菲已經脫險、母女兩人已在返家途中，加上知道我已然明瞭她與上人的關係，珊德師姐少了一層顧忌，話語開始自然地流洩出來，「昨晚我把他找來家裡，告訴他依菲的事，要他準備款子；我知道他拿得出三千萬，再怎麼說，依菲都是他的女兒，怎麼能完全靠我姊幫忙？」

珊德師姐原來就預料自己會被上人斥責，罵她沒把女兒照顧好；但珊德師姐沒料到，上人除了狠狠地訓斥之外，也明白表示不會付這筆贖款，依菲出事是珊德師姐的責任，珊德師姐該自己想辦法。

「我聽了很急，因為我知道他說出口的決定，就不會再改，那如果我姊手頭的款子不夠，我還能找誰幫忙？」珊德師姐的情緒已經積累了一天，找到出口後似乎就阻止不了宣洩，「然後我想，團體裡拿得出款子的人不少，不過綁架依菲的人叫我不能報警，如果我找他們借錢，就不能講出實話，不如找個名目說上人需要募捐，要大家各自出一點把錢湊齊。」

但是上人馬上料到珊德師姐的盤算，警告她不准用上人的名義向團體成員募款，「他說要我負責就是要我負責，不能亂用他的名號；」珊德師姐道，「這真可笑，先前他用過各種名義向成員要錢，現在非但不拿出來救女兒，連我要找人出錢都不行。」

珊德師姐又急又氣，對上人抬高了音量，「我對他說，你兒子出國吃好的住好的開名車念名校，回國之後對一切指指點點，好像自己才知道怎麼經營整個團體，你說什麼他都不聽；我把你女兒教得好好的，現在被人抓走了，你居然見死不救！」

上人的回答，在珊德師姐左頰上留下那片青紫。

9

現在是晚上九點多，這城的街還很熱鬧；就算這城的街根本是名車伸展臺，老闆的這部全白Jaguar XKR仍然很顯眼。我在紅綠燈前暫停，發現其他駕駛和摩托車騎士投注的欽羨目光，他們只看到名車，不知道我在光鮮的亮白車殼裡聽到多麼俗爛的家庭糾紛。

「從他潦倒的時候我就跟著他，這麼多年從來沒要求過名分；我知道他重男輕女，所以還慶幸自己生的是女兒，不會和他兒子爭什麼，可以安安穩穩地過日子。」珊德師姐的聲音慢慢減弱，「結果換來什麼？兒子要什麼他都會給，女兒的命在他眼中倒是一毛不值。其實前幾年我就該醒悟了，要讓依菲進好一點的小學，他一直嫌學雜費太貴，兒子開口要買車買衣服，他倒是付錢付得很乾脆！」

珊德師姐的財務專長，是上人團體發展的重要助力，「我和他從無到有把團體經營到今天的規模，對於財務問題一直都很小心，最近幾年把團體裡的款子挪去做其他投資，我一向低調再低調，唉，不搞那些投資的話，這次就有足夠的現金可以挪用了；」珊德師姐已經不像是在對我說話，而像是在喃喃自語，「是不是因為我已經在這件事上頭和他吵過幾次，所以他想要趁機懲罰依菲？當年他接近我，是不是本來就只想利用我，這些年是不是都在暗中提防我？那我，唉……」

「離開？」我問。

珊德師姐低低地笑了一聲，充滿虛無，「沒那麼簡單。離開後我和依菲的生活怎麼辦？其實我現在只希望能和她過平靜的生活，我們……」

燈號換了，我和所有駕駛同時把燃料餵給引擎，Jaguar XKR與其他車輛一起發出低吼；車陣開始流動，但珊德師姐的低語或許被引擎狺狺掩蓋，或許被車流潺潺沖刷，沒再傳進我的耳裡。

抵達目的地。我拉起手煞車，回頭看看，珊德師姐睡著了，仍把依菲摟在懷裡。

方才叨叨絮絮的自語宣洩了珊德師姐積累一天的焦慮和惶急，繃緊的情緒鬆了，被重重壓在底下的疲憊就湧了上來。

假若珊德師姐就是籌不到錢，那上人打算怎麼辦？假若珊德師姐心一橫冒險報警，那上人又打算如何應付？或者，上人相當有信心，認為珊德師姐肯定能從某處弄到這筆款項？我認為上人堅持不出錢，除了重男輕女的觀念，還有別的原因。

而這個原因，我有自己的推論。

正試圖調查上人團體的阿狗提過，追蹤上人團體的金錢流向也是調查方式之一，但阿狗還沒取得有力的資料。

或許珊德師姐願意幫忙。

我把珊德師姐喚醒，幫她把依菲抱上樓。

珊德師姐掏出鑰匙開門，我告訴她，如果想要離開上人，那麼或許她願意順道做件好事，把上人處理團體成員捐款的過程公諸於世。

上人團體其實是個利用成員對上人的信仰進行斂財的集團，成員的捐獻或許算是出於自願，不過整個過程等於詐騙。再者，上人使用捐款的方式，應該也有逃漏稅的問題。

「我不想惹麻煩。」珊德師姐拒絕。

「媒體？」我瞭解珊德師姐的顧慮。

「找媒體爆料不會有用；」珊德師姐搖著頭，「團體裡就有幾個媒體高層，會把對上人不利的新聞壓下來。進來吧。」

我跟著珊德師姐穿過客廳，走進依菲的臥房，一面小心地把依菲放在床上，一面對珊德師姐說出阿興與綁架案的關係。

「綁架是阿興策劃的？」珊德師姐臉色發白，我知道她忽然理解：團體幹部大多明白上人的宣喻只是一些空話，他們繼續待在團體工作的原因不是對上人的信仰，而是對金錢的信仰。倘若珊德師姐把阿興窩裡反的事告訴上人、上人這回處理了阿興，一旦上人抵擋不住業界龍頭的攻勢，難保不會出現第二個、第三個甚至一整群的阿興。

再說，上人也不見得有能力處理阿興——把阿興逐出團體，阿興仍然可以將自己已知的內幕出賣給業界龍頭，所以真要「處理」，手段就得更狠更髒一點；但在檯面下解決問題本來就是阿興的工作，就算上人有其他管道可以聯絡黑幫，阿興可能也有自己的人脈可以反制，或者早一步和業界龍頭搭上線，以團體內幕交換自己的安全。

「前幾天，深夜聚會，」我問，「有人打記者，阿興找的？」

珊德師姐看看我，沒問我怎麼知道這件事，只是點了點頭。

我告訴珊德師姐先避開阿興，也別參加團體活動，並表示我認識那個記者，他很需要能夠揭發上人團體的資料，如果珊德師姐改變主意，我可以提供聯絡方式。

珊德師姐看看依菲，再看看我，極輕微地點了點頭。

10

傳說古希臘時代的天下第一美女海倫尚未出嫁前，她的父親擔心無論將她許配給哪一個國王，都會引發其他國王的不滿、導致戰禍，於是接受奧德修斯的建議：要所有國王立誓支持海倫的未來夫君、永不兵戎相向，如果未來夫君求援，希臘諸王都要全力協助。國王們答允之後，海倫成了斯巴達王后。

另一方面，希拉、雅典娜及阿弗洛黛蒂三名女神，為了爭奪一顆金蘋果，請眾神領袖宙斯裁決誰是最漂亮的女神。宙斯不願淌這種渾水，把任務扔給特洛伊王子帕里斯——帕里斯出生前，他的母親夢見大火吞沒特洛伊，預言指出帕里斯將毀滅此城，所以國王把他扔到山上去；三名女神找到他時，他在山上牧羊，不知道自己的身分。

三名女神分別賄賂帕里斯，而帕里斯選擇了阿弗洛黛蒂的建議：獲得海倫。

阿弗洛黛蒂拿到金蘋果，幫助帕里斯到斯巴達拐騙海倫；海倫被帶往特洛伊之後，希臘諸王決定依約向特洛伊出兵，背後還有希拉和雅典娜的協助。

率領希臘大軍的，是斯巴達國王的哥哥、邁錫尼國王阿迦門農。

出兵前夕，阿迦門農獵得一頭巨大的公鹿，誇耀自己的槍法直逼阿特米絲——阿特米絲是希臘神話裡的月神，也是狩獵之神。阿特米絲因而大怒，掀起風浪阻止希臘船隊出發，並降神喻告訴阿迦門農：必須犧牲自己的女兒伊菲吉妮亞獻祭，才能停止風浪。

阿迦門農答應了。

我坐在Jaguar XKR的駕駛座，沒來由地想起神話故事裡「特洛伊戰爭」的這個橋段。

或許是因為「依菲」的名字讓我想到「伊菲吉妮亞」。

荷馬史詩《伊里亞德》的背景是「特洛伊戰爭」，另外加上許多傳說及神話。在這個故事裡，包括女神在內的各種女性角色，形象大多不怎麼正面：女神之間的嫉妒爭名是戰爭的遠因，女人的美貌是引發戰爭的關鍵；而先被父親騙出王城、後來才知道父親要將自己獻祭的伊菲吉妮亞，則是以逆來順受、遵從父親意願自我犧牲的態度走向祭壇，倒是阿迦門農的妻子對丈夫的決定懷恨在心，埋下戰爭結束後另一樁事件的導火線。

長久以來，「特洛伊戰爭」都被視為與神話有關的傳說，但現代的考古及歷史研究已經證實，特洛伊的確曾經存在，特洛伊戰爭也是真實事件。當然，真實的戰事中沒有神話成分，學者們也認為，如此大規模的戰事並不是單純只為搶奪「天下第一美女」，而是因為特洛伊的地理位置對貿易及戰略而言都極有價值，希臘才派出大軍侵略。

如果海倫真的存在，也只是阿迦門農派兵的藉口；如果伊菲吉妮亞真的存在，也只是阿迦門農為了順利出航的牲禮。

依菲和上人與業界龍頭的鬥爭沒有關係，但卻因此遭到綁架，落到一個戀童癖手裡。

珊德師姐當年因為與上人交往而和自己的父親交惡，上人還沒成為上人，缺乏財力，珊德師姐或許真的是為了愛情而反抗父親。

但和珊德師姐的幾席談話，我覺得珊德師姐現在仍留在上人身邊的原因，或許只是經濟問題。

在現今的人類社會生活，錢很重要。那是大多數交易的基礎，而現代社會的複雜結構，必須透過交易才能取得各種來自不同專業提供的生活所需。

我不確定經過這件事，珊德師姐會不會和上人撕破臉；但既然我知道了一些事，就不能什麼都不做。

喚醒珊德師姐前，我在她的記憶裡讀到一些資料。

掏出手機，鍵入剛讀到的那些資料，檢查了一下，然後發訊給阿狗。

該回辦公室了。

他每替胖子執行一次任務，對胖子的帝國就多瞭解一點。

因為每回除了胖子要他確認的記憶之外，他都會偷偷多讀一點與胖子有關的記憶。

金邊眼鏡男人把他引薦給胖子的時候，他就已然明白：胖子不但是檯面上慈悲為懷的宗教領袖，也是檯面下冷靜殘酷的黑幫高層；替胖子工作之後，他進一步確認：胖子不僅是黑幫高層，事實上，胖子就是一個黑幫的最高領導人。

若以成員數量而論，胖子領導的黑幫組織並不是國內最大的黑道集團，不過卻有與其他幾個大型集團分庭抗禮的力量；其他黑道集團的高階幹部也與胖子的組織保持良好關係——無論白道黑道，在社會上混就是圖個利字，可以有錢大家賺，就沒必要彼此傷和氣。

胖子之所以能夠呼風喚雨，主要有兩個原因。

第一是胖子領導的宗教團體。

國內的政商名流大多都與各式宗教團體交好，尤其是幾個規模龐大的團體，因為這些團體不但具備良善的聲名，也貼近國內居民的日常生活，能夠接觸大量群眾。政商名流出席胖子教團舉行的儀式、捐款，甚至直接加入教團，對自己的形象大有助益；遇上選舉造勢之類需要動員人力的場合，也比較容易獲得胖子的支持。

因為政商名流與胖子的關係良好，對於企業商務或政策法案，胖子也就擁有了干涉的能力，或許在公開場合裡提出建議，或許在私下協商時直接插手。

胖子的組織與教團大致上像是一枚硬幣的正反兩面，彼此互不相涉；教團絕大多數成員不知道胖子掌控著一個黑幫組織，而組織的絕大多數基層不清楚自己的老大往上幾級之後會連結到胖子。僅有少部分高階幹部知道實情，這些幹部有的負責組織運作，有的被胖子安排在教團裡頭擔任主管。

如此安排，是胖子握有巨大力量的第二個原因。

分散各處的組織各自運作，能夠不斷吸納底層黑幫勢力，也能夠與其他黑道彼此達到平衡狀態，例如勢力範圍或土地利益的劃分。而無論是政商捐款或組織收益，都能夠利用宗教團體不透明的帳務運作，將髒錢洗得雪白明亮，可以利用人頭帳戶轉做其他投資、合法地以錢滾錢，也可以用來妝點胖子的門面——教團成立的幾家醫院和一家電視臺，資金有部分就來自這類款項。

胖子沒有命令他加入教團，組織裡也沒有他的位置，除了胖子和金邊眼鏡男人之外，教團和組織，都不知道他的存在。他明白胖子不會讓別人知道他的特異能力，他是胖子用來鞏固權力的暗牌；直接聽命於胖子沒什麼問題，酬勞豐厚、工作輕鬆，只是時日一久，他生出別的想法。

金錢花用和肉體欲望都已經滿足，但自己實在太像一個打工小弟了；某次任務結束後，他大著膽子詢問胖子，能否替他在教團或組織裡安排個職位，毋須太高的階級，有幾個手下可以使喚就好。

胖子告訴他：一個人的才華和性格，決定了一個人做事的資質，資質不對，就別妄想。

這是拐著彎說他不夠資格當幹部；他不大服氣，但不敢繼續爭取。

幾天之後，他第一次遇上不確定自己是否能夠完成的任務。

躺在他眼前的男人閉著眼睛，年紀看起來和他差不多。

雖然可以閱讀別人的記憶，但有時想起「記憶」這東西，他還是覺得十分奇妙。例如面前這名男人，雖然和他長得一點都不像，但一樣有張令人過目即忘的平凡臉孔；在他和男人的長相當中，究竟有什麼成分讓其他人無法留下深刻印象？

胖子的聲音在隔壁房間響起，那裡是教團的講堂。剛把男人帶來的兩人退了出去，關起門，胖子的聲音因此變得含糊不清；他收斂心神，開始閱讀男人的記憶。

男人看起來陷入沉睡，但其實是剛才在講堂參加教團儀式時，被胖子事先安排在他兩旁、偽裝成教眾的手下迷昏的。男子昏迷之後，兩個手下以先將男人帶開休息為由，把男人抬進講堂旁的小房間；他已經依照胖子的命令，等在房裡。

胖子懷疑男人並非單純教眾，而他從男人的記憶裡證實了胖子的懷疑——男人是認定教團運作另有內幕、前來臥底調查的記者，雖然還沒查出什麼重要情事，但倘若讓記者繼續留在教團當中，必然會成為隱憂。

隔壁講堂的布道結束後，他向走進房間的胖子稟報方才讀到的資料；胖子明快下令：刪除記者關於教團的記憶。

他不是沒想過要刪除別人的記憶，但也從沒認真試過；臨時接到這樣的命令，他不確定自己能否做到，但不想在胖子面前坦承自己沒有把握。

男人還沒醒。

他重新閱讀記者的記憶，一路向內裡追索。

接著，他發覺這件事其實有可能辦到。

從某個角度來說，他成功完成任務，刪除了記者關於教團的記憶；但從另一個角度來說，他失敗了。

因為他不只刪除了記者關於教團的記憶。

巡獵時閱讀記憶，他只挑能夠用來接近誘騙的部分；執行任務時閱讀記憶，他除了尋找胖子指定的內容之外，也會順便多讀一些與胖子組織相關的資料。他很熟悉記憶絲線紐絞的方式，以及如何利用記憶絲線交錯形成的節點跳往另一段記憶的技巧。

閱讀記憶時，他再怎麼集中精神，也無法扯斷記憶絲線；把記憶絲線拉出體外，過一陣子就會自動消散，但他知道那只是他眼中看到的景象——從他過往的實驗可以得知，記憶本是無形之物，記憶絲線雖然在他眼中化為虛無，但原有的記憶並未因而出現任何減損。

但在受命刪除記者記憶時，他想起自己從未更深入地探究；他沿著一條關於教團的記憶絲線持續向內裡追溯，認為自己最後應當會遇上記憶絲線的根源，但不確定那會是什麼。

他皺起眉頭。

感覺上那像是一個鬆鬆的線團，所有記憶絲線都從這裡輻射逸出；不對，他更正自己的想法，應該是所有記憶由外而裡進入，集結在這裡相互纏繞。他探進線團，扯動那條把自己引到此處的記憶絲線，絲線動了一下，沒有鬆脫；他更深入一點，集結附近幾條絲線，用力一扯，感覺到有什麼被扯裂剝離。

這感覺前所未有，或許有用。以防萬一，他扯掉更多記憶絲線，然後睜開眼睛。

「如何？」胖子問。

他重新尋找記者關於教團的記憶，發現剛才那條記憶絲線不見了。他四處翻找，那些記憶似乎徹底消失，從未存在過。

「成功了。」他答。

記者一直沒醒，胖子派人把記者送進教團經營的醫院，隔天傳回消息：記者醒了，但舉止癡傻，不僅認不出在教團見過的教眾，連生活瑣事都無法自理。

接下來幾天，胖子交給他更多刪除記憶的任務；經過多次實驗，他建立了記憶線團的理論。

一個人早期形成的記憶絲線會彼此緊密交纏，形成核心，後續由所有生活經驗凝成的記憶絲線，有的會黏附在原有的記憶絲線上，有的會直接捲進核心當中。從記憶絲線的其他部分拉扯，並不會對記憶造成影響，但如果從接近核心的位置強力扯動記憶絲線，或者更直接地突入線團、從核心上摳抓，就可以把記憶絲線拉斷或剝除。

他進一步發現：記憶絲線彼此之間的接點比絲線本身脆弱，倘若只想刪除部分記憶，那麼從靠近記憶之間交錯黏合的部位下手，也能達到效果，只是記憶絲線之間相互連結的接點可能很多，最省事的方式，還是順著記憶絲線侵入線團核心，斷開根源。

不過，處理記憶線團的核心時必須仔細，倘若在剝除記憶絲線時，鬆動了其他絲線與核心的連結，就會破壞其他記憶；倘若在剝除時損傷了線團核心，就可能造成和記者一樣的狀況。

他認為，記憶線團中間糾結的核心，就是一個人的自我意識。

自我意識初始由早期記憶形塑，然後由內而外，影響個人在生活中面對新刺激的態度，同時也由外而內，不停接收新加入的記憶；新記憶與核心纏疊或許會稍微改變線團的形狀，或許會讓核心更加緊實。

持續將近一週的高頻率實驗進入尾聲，看見最後一個實驗對象，他大吃一驚。

離開北部、替胖子工作的這幾年，他都沒再見過這個人。

金邊眼鏡男人。

他閱讀金邊眼鏡男人的記憶，得知金邊眼鏡男人最近聽說胖子健康狀況出了問題，所以正在擬定計畫，打算取代胖子的位置。他把金邊眼鏡男人的計畫告訴胖子，詢問要刪除哪些記憶，胖子淡淡回答，「廢了他吧。」

這個命令其實比刪除特定記憶簡單，但他心底一陣悚然。

因為他在閱讀記憶時也發現，金邊眼鏡男人其實是胖子諸多子嗣之一。

對外的形象是潔身修行的宗教領袖，但胖子擁有眾多情人，教團或組織裡的重要幹部，有好些是胖子不為人知的子女。

從金邊眼鏡男人的記憶看來，胖子對這個兒子頗為賞識，金邊眼鏡男人的表現也很好；但或許就因表現太好，一旦有了二心，胖子就無法輕饒。

他依言執行任務，想起自此之後，胖子就是唯一知曉他身懷特異能力的人了。

完成之後，胖子撫著肚腩，看似不經意地提及：他既然可以刪除別人的記憶，不知道有沒有辦法將一個人的記憶完整取出、放進另一個人的身體裡？

難道胖子真的出現重大的健康問題？他開口發問，胖子給了否定的答案，表示自己相當健康，因為胖子對待身體就像控制組織，發現可能的病灶，就會快速地處理；會向他提出置換身體的想法，只是因為胖子覺得好奇：他的特異能力來自於他的靈魂、還是他的身體？

「我也不知道。」他答，「不過我讀記憶的時候，從沒發現人有靈魂。」

胖子淺淺彎起嘴角，點點頭。

【八】

我的歸屬之處

我想找到我一直渴求的物事，我的歸屬之處
——〈Somewhere I Belong〉by Linkin Park

1

「送到家了？」老闆繞過白色辦公桌走向我，「珊德還好吧？」

我點點頭，把車鑰匙還給老闆。

「猩猩告訴我，綁架依菲那人是個戀童癖，從前在道上混過。」老闆問，「你要猩猩聯絡我、先帶走依菲，然後在那裡待了一陣子……所以，你怎麼處理他？」

「揍幾拳。」我如實回答。

「就這樣？」老闆皺眉，「太便宜他了吧？」

「不只。」我道，「問出幾件事。」

「猩猩提到依菲的爸爸惹上業界龍頭，所以業界龍頭找那個戀童癖綁架依菲；」老闆從菸盒裡拿菸，「我知道這是戀童癖說的，但我認為不大可能。」

「是。」我把羅世達與阿興討論計畫的過程告訴老闆，也說我要珊德師姐先躲著阿興、不要出席團體聚會，但這不是長久之計，而且我認為上人可能沒有辦法處理阿興。

「這個……邱中興是吧？他計劃綁架我姪女，當然不能放過他；」老闆用指尖挾著菸，「你有什麼想法？」

企圖綁架上人兒子的任務沒有留下可以直接連結到阿興的證據，襲擊阿狗的經過也沒有；不過阿興既然在道上混過，阿狗應該可以查出一點資料，說不定能發現其他罪狀。

我說出想法，老闆從桌上拿起打火機，「這樣不夠。你覺得邱中興的後臺夠硬嗎？」

從羅世達的記憶看來，阿興雖與黑幫有聯繫，但層級不高，目前也還沒正式成為業界龍頭的手下；我搖搖頭，老闆道，「好，那我來處理。其實，帶人要帶心，我早就看出珊德跟的那個人沒這能耐，唉呀，她乾脆直接離開那個人，再找媒體爆料整垮那個鬼團體好了。」

的確如此。

假設上人團體裡只有阿興和黑道有往來，那麼上人根本無法處理這個問題；就算還有其他做髒事的人手，也不大可能具備與業界龍頭匹敵的實力。

珊德師姐想讓依菲真正安全，一勞永逸的辦法，是整垮業界龍頭，或者整垮上人團體，或者兩邊一起整垮。

前者珊德師姐辦不到，後者珊德師姐還沒下決心，那麼對她而言，目前的應對方式就是暫時遠離上人團體，以拖待變。不想這麼消極的話，最好的方法就是透過管道公布上人團體的內幕，只要上人失去勢力，業界龍頭就沒必要對付上人——只是這需要珊德師姐下定決心。

我把想法告訴老闆。

「哦？」老闆看看我，低頭點菸，慢慢地抽了一口，「我沒告訴你依菲的爸爸就是那個『上人』，雖然有預感你一定查得出來，但搞不懂你是怎麼辦到的。」

我向老闆簡略說明自己無意間阻止了上人之子的綁架案，以及綜合羅世達說詞得到的結論，老闆吁了口煙箭，「這好像變魔術一樣，看到魔術想不通是怎麼回事，聽你一解釋就覺得理所當然。」

其實像羅世達之流的占卜騙術也是如此。
「確認這事，還有一個連結。」我道。
「哦？」
「也因如此，我推論出另一人的身分，」我道，「與老闆有關。」
「和我有關？」老闆看著我，「誰？」
「宗師。」

阿狗告訴過我，上人本來屬於宗師教團，但兩人大約在十年前翻臉。對外的說法，是上人的信仰理念與宗師教團出現歧異，所以被宗師逐出教團，但阿狗推測，兩人真正的爭執，應該來自選舉利益的分配問題。

珊德師姐曾經為了愛情與父親撕破臉，根據珊德師姐的說法，她與父親已經十年沒有聯絡；這個時點，與上人被逐出宗師教團的時間接近。

假設珊德師姐的父親就是宗師，這兩件事就會合而為一：宗師與上人的齟齬不只來自選舉利益的分配方式，還有宗師的女兒與上人交往這層原因。上人另有妻室，所以珊德師姐與上人的交往應該祕密進行，但如果被宗師得知，就算在選舉利益方面，上人願意暫且退讓、換取自己往後在宗師教團裡發展的機會，宗師也不願意把他繼續留在教團當中。

宗師可能沒料到，珊德師姐也選擇一同離去；或者宗師對珊德師姐的作為也相當氣惱，乾脆一併斬斷父女情誼。

依菲的年齡與這個時點接近，宗師或許就是因為珊德師姐懷孕才得知內情。

2

光以這個連結中的模糊時點做出如此推論，似乎不夠精確，但這個連結還有其他實證，可以支持這個推論。

上人被逐出宗師教團之後，有幾年過得並不順遂，直到六年前成立了自己的團體，才逐漸站穩腳步。這是上人團體日漸茁壯之後，上人在演講時大力抨擊宗師教團的原因——無關信仰，只是私怨。這也是珊德師姐在喃喃自語時，懷疑上人當年接近自己是不是只想利用她的原因——珊德師姐已經想到：當年上人與自己交往，可能是想利用自己與宗師的父女關係更加接近教團的權力中心，不料反倒成為上人被逐出教團的關鍵。就算珊德師姐不離不棄地伴上人走過低潮、一起創建團體，上人對宗師的恨意沒有消滅，對珊德師姐的感情也並不純粹。

團體站穩腳步、聲勢日漲之後，上人團體吸收的主要目標，除了有能力為團體奉獻鈔票或者時間的人之外，共同的特點，就是在後續幾年間，這些成員在各自的社會階層中都還會繼續升級——捐款不多但人數龐大的青年學生可以用時間和人脈拉人加入團體，成為受薪階級後長期奉獻的款項會成為上人團體的固定收入，而政界與商界的管理人員，未來會變成掌握更多資源的一級主管、企業負責人或政務高官，替上人團體提供金錢或權力。

近年政界商界的變化愈來愈快，上人團體的勢力因而快速擴張，上人希望藉機加速進度，鞏固自己的地位。這麼一來，上人團體自然引起業界龍頭的注意，因為上人團體愈是擴張，就愈可能壓縮業界龍頭原有的勢力；或者，業界龍頭會因為別的緣由，認為上人的舉動具有針對性。

例如這兩人除了利益與權力的爭奪之外，還有私怨。

因此，我先前的推斷再加上這個連結，可以確定：依菲的父親就是上人。

想通了上人與珊德師姐的關係之際，我連帶推測出業界龍頭的身分；閱讀珊德師姐的記憶後，這個推測獲得證實。

阿興口中所謂的「業界」，並不是任何一個具有明顯標誌的產業，甚至不能粗略地說是「宗教界」。精準一點兒定義，這個「業界」指的是所有「打著信仰名號詐騙斂財」的勾當，其中的大型企業是以特定信仰成立的巨大教團，與政商各類權力高層往來密切；中型企業是吸收普羅大眾、會員具有一定數量但不及大型企業的團體，更次之的則是混跡市井以占卜為詐術的騙徒。

業界龍頭肯定是這種大型企業的負責人，從阿興的敘述裡可以得知，這個大型企業不但連結各界高層，甚至也掌控某些地方幫派勢力；上人團體算是中型企業，而羅世達則屬於最下層的詐欺分子。

如此推測，就知道會被阿興稱為「業界龍頭」的人選不多，而宗師符合所有條件——他是大型教團的領導人，與上人也有私怨。

上人十年前被逐出宗師教團，至今餘怒未消；奪權除了獲益，也是報復。

宗師之所以要對付上人，並不是因為十年前上人造成家庭破裂的舊恨——我認為宗師壓根兒看不起上人，因為他當年並不打算真的扶植上人進入政界，逐走上人後也沒有趕盡殺絕，分明認為這人成不了氣候。但上人團體近年開始坐大，分食了宗師的利益，宗師就不會坐視不管。

第一次送珊德師姐回家時，她提到上人有仇家，但那個仇家理應不會對依菲不利。當時我沒有多問，只是好奇珊德師姐為什麼這麼有把握；倘若珊德師姐口中的「仇家」指的就是宗師，而宗師就是珊德師姐的父親，那麼珊德師姐的篤定就可以理解——宗師是依菲的外祖父，應當不會對依菲下手。

上人對依菲被綁的態度有恃無恐，則基於針對相同原因的不同解讀——上人認為依菲的綁架與宗師有關，目的在警告上人，但不會真的傷害依菲。

雖然珊德師姐表示自己與父親已經十年沒有聯絡，但依菲過了這個暑假要升小學五年級，是故珊德師姐還沒與父親翻臉時就已經懷了依菲；從珊德師姐的說法推測，宗師知道自己有個外孫女，這可能是父女決裂的另一個原因，也可能是宗師當年沒有對上人祭出更嚴厲懲戒的關鍵。

綜合這些線索，我相信要對付上人的業界龍頭當然是宗師——而我閱讀羅世達的回憶時，明白聽見阿興證實了我的推測。

上人團體近來頻頻接觸的政商高層人士當中，包括了黑先生。黑先生雖然無意重回政壇，但知道上人的動作最後絕對會與宗師衝突，會為了這件事來警告老闆，原因就是顧慮到假如宗師真被上人打擊，老闆會因此擔心，甚或受到牽連；黑先生和老闆是多年好友，知道老闆和宗師的關係，不過也應該明白老闆與宗師已無往來，所以只是盡人事地提出警告，沒有積極介入。

只要老闆和珊德師姐的父親是宗師，這些碎片就會拼出正確圖像。

3

聽完我大致的解釋，老闆瞇起眼睛看看我，抬頭吐出一團白煙，低頭撣下一段菸灰，「對，那個老胖子是我爸爸。不過我也說過，我和他早就沒有關係了。」

我點點頭。

昨天晚上，就在這個辦公室裡，老闆概略提過自己與父親的狀況，談到自己和珊德師姐因為堅持想法，一前一後與父親斷絕聯繫。老闆和珊德師姐各自堅持的想法並不相同，但對兩人而言，都是像信仰一樣的存在，只是父親並不認同。

「我昨天說過，我和爸爸鬧翻之後，仍然和珊德保持聯絡，但等到她也和爸爸翻臉了，我們的聯絡反倒愈來愈少；」老闆看著半空中漸漸化為虛無的煙霧，「有一部分原因是我們其實並不認同彼此堅持的理念，只是相互尊重，另一部分原因，是我不喜歡黃迦農——你查出這些，應該知道這是那個『上人』的本名吧？我總覺得他和我爸爸是同一種貨色，而且辦事能力更差，這輩子不可能爬到我爸爸那個位置。」

一年前認識黑先生時，我知道黑先生和宗師有一定程度的合作關係，不會不瞭解宗師的實力，對老闆提出警告或許是擔心宗師對上人的攻勢猝不及防，但黑先生並不知道宗師早已採取反制措施。而老闆除了不想再與宗師聯絡之外，應當也認為上人在宗師眼中不足為懼，毋須替宗師操心。

「和珊德師姐談過？」我問。

「從前提過幾次，不過每回搞得不歡而散；」老闆皺眉一口氣吸短了半截菸，「珊德當時完全一頭熱，黃迦農說的話對她而言就像天啟一樣，我的看法她聽起來自然就很刺耳。有時我會感慨，我和珊德從小就看著我們兩個的媽媽，對我爸爸表現出盲目的崇拜，為什麼長大之後、我們都已經看出爸爸根本不是有德行的宗教領袖、只是個騙子，她還會選擇跟隨另一個騙子、繼續成為像媽媽那樣的人？但有時我也會想到，珊德對爸爸的行事風格完全接受、甚至幫忙管帳，她和黃迦農在一起，一開始或許真的是為了愛，但或許只是找到了爸爸的代替品——而且還是個次級貨。」

「現在可能清醒了。」我想了想。

「我認為珊德早就清醒了；」老闆看著菸頭，「否則以她從前的死心塌地，不會還沒找黃迦農求救，就先來找我。她這幾年應該已經看清楚她和黃迦農的關係，就算她認為自己當年選擇黃迦農，是對『愛』的信仰，現在還留在他身邊，已經和這個信仰沒關係了。」

老闆又吸了口菸，在菸灰缸裡捻熄菸蒂，「現在留住她的信仰，是『錢』。」

湯姆．威茲的〈低價夢想〉曲子很短、歌詞不長，拆開每句都不困難，但合在一起乍看不大明白在說什麼。

但我這時記起這首曲子，驀地發覺歌詞要說的事相當清晰。

歌詞當中出現的，無論是等候顧客的擦鞋童還是縱放囚犯的警察、準備工作還是怠忽職守，為的都是這個舉動背後帶來的金錢利益。他們不為信仰付出，而是為錢；或者，錢就是他們的信仰。

是故，低階勞動力的擦鞋童或許不把擦鞋視為必須全心投入的職業，代表公權力的警察或許沒把維持治安視為具有社會意義的工作，怎麼做能夠獲得利益，他們就會那麼做；換個角度想，他們不大可能真的憑藉如此作為發財，為了對錢的信仰而操持的營生，反倒讓他們的夢想變得很廉價。

而最後那個把車弄進加油站的停車場管理員，問「可以用些低價夢想加滿油箱嗎？」則是對「夢想」的雙重抵毀——就算能用夢想加滿油箱，車子也無法發動上路，就算車子可以靠燃燒夢想行駛，那最大的好處，也是因為加滿油箱的夢想全都不需要花錢。

宗師和上人操弄信仰的目的，都是為自己謀利；上人帶走珊德時，宗師或許相當氣惱，但並沒有進一步的行動，直到發現上人團體可能瓜分宗師教團的利益、甚或動搖宗師在「業界」的地位時，宗師才下令威脅。

倘若羅世達和阿興的計畫沒被阻止、順利地把依菲獻給宗師，那麼宗師會如何處理？他會因為羅世達在不知情的情況下綁架自己的外孫女而發怒，讓羅世達非但無法獲得好處、反倒因而惹禍？還是會認為依菲的確是個可以利用的棋子，直接當成繼續對上人施壓的籌碼？

或者，宗師會一方面懲罰羅世達對自己家人下手的行徑，一方面仍然利用依菲脅迫上人？

4

老闆重新燃起一支菸，「我想我爸爸應該不至於對自己的外孫女下手，不然依菲一定比黃迦農的兒子更好對付，我爸爸真要這麼利用她威脅黃迦農的話，早就出手了。」

我點點頭。我也想過這件事。

「再說，我爸爸對自家人還算照顧。我先前對你說過，他的情人很多，所以我的兄弟姊妹也不少。除了珊德之外，我認識的不多，但話說回來，搞不好連我爸爸自己都搞不清楚。不過我認識的那幾個，都在教團裡擔任重要幹部。」老闆輕嘆口氣，一團煙霧像是承受了重量往下墜落，又像想開了似地輕盈飄起，「如果我沒和他翻臉，現在可能也在當幹部吧。」

我又點點頭。

「當年我念的可是明星中學，成績很好，爸爸原來很賞識我。」老闆看著愈飄愈高愈淡薄的煙，「不過我不後悔自己的決定。我看不慣他的作風，他也無法接受真正的我。」

老闆收回眼光，轉向我，「說到這個，我想起一件事。」

唔？

「我說過我在煩惱要不要順從爸爸的意思時，有個人叫我『依循本性』，」老闆道，「那句話讓我決定了自己該怎麼做。」

是，我也記得老闆昨天說，先前講這四個字的那人不是算命的。

「對；」老闆道，「那人是個推銷員。你記得吧？『那個』推銷員。」

我知道老闆指的是誰。

許久之前，我問過老闆，我們非親非故，為什麼在我遇上火車出軌意外之後，老闆提供我那麼多協助？

彼時老闆告訴我，自己有回拜訪朋友，朋友出門買飲料、剩老闆一人在家時，有個推銷員上門，想兜售健康食品之類的東西。

「你的記憶力真的很驚人；」老闆微微一笑，「我對他說我不是屋主，不能做決定，他說天氣很熱，向我要水，我起身倒水時，他一直跟在旁邊嘮嘮叨叨，有點煩人。」

老闆倒了水，遞給推銷員，禮貌地說了幾句工作辛苦之類的話，推銷員雙手接過，忽然停止叨唸，對老闆說，「別擔心，依循本性就好。」

「然後他快快把水喝完就走了，」老闆挾著菸的手一攤，「怪吧？」

的確古怪。

「先前你問我為什麼要幫你時，我說起那個推銷員的事，提到他對我說了一句很重要的話，改變了我的人生；」老闆道，「我在意外現場外圍發現你的時候，直覺你和那個推銷員長得很像，所以才決定幫你。」

我點點頭。老闆也曾提過自己和我相處之後，認為我並不是那個推銷員，不過我失去了記憶，所以無法確認。

這些對話我都記得，但我不明白老闆現在為什麼會想起這件事。

「會想到那個推銷員，是因為剛提到我爸爸。我爸爸不願意接受真正的我，我雖然反抗，但心裡其實打不定主意，十分煩惱；」老闆對我說，「那個推銷員不是算命的，說的也只是一句和任何宗教都沒有關係的話，但在人生的重要時刻聽到一句正確的勸告，比聽從任何一個半仙、把自己交給任何一個神明都有效。」

老闆走回純白辦公桌後面，坐進純白辦公椅，「所以，如果可以的話，就幫幫安帛。」

我警覺起來。安帛怎麼了？

「安帛應該還留在黃迦農的團體裡吧？」老闆把菸按進菸灰缸，「黃迦農會像吸血鬼一樣，把人的時間和錢吸光，我記得安帛想繼續考試升學，參加團體聚會和多做兼差賺錢，對她都有影響。」

老闆打開菸盒，沒有馬上拿菸，而是抬頭看我，「安帛是個好孩子，我很喜歡她。她知道自己想做什麼，只是不知道怎麼回事，一時失去方向。你或許知道原因，可以在她人生的重要時刻，給她一句正確的勸告；你的勸告，對安帛來說，會比那個團體提供的安慰更實際。」

我沒回答。我試過了。我搞砸了。

「安帛今晚有班，現在差不多下班了；」老闆拿出一支菸，「去找她。」

我在夜店外的巷子裡找到安帛的摩托車。等了一會兒，換回便服的安帛走來，看我站在車旁，表情一愣。

「嗨，」安帛先開了口，「這麼巧？」

「呃，」我腦中靈光一閃，想起一樁差點忘記的待辦事項，「明天早上有沒有空？」
「嗯？我要當義工，十點半集合。」安帛道。
「我們九點碰面，陪我去一個地方；」我說得有點急，「不會耽擱太久。」
安帛看著我，過了半晌，點了點頭。
我把碰面的地點告訴安帛，看她騎著摩托車離去。
還有時間。
我得去一趟醫院。

5

「好可愛喔！」安帛露出許久不見的笑容。
我也笑了。
九點左右，我帶安帛到昨天造訪過的獸醫院。昨天下午我在占卜館附近的小巷撿到一隻小貓，把牠送來這裡，後來接連處理一連串事件，我幾乎已經忘了小貓的事。
安帛蹲在籠子前看了一會兒，起身問獸醫，「我可以抱抱牠嗎？」
「最好先等會兒，」獸醫道，「昨晚幫牠洗過澡、檢查糞便，也餵牠吃了驅蟲藥、打了針；剛剛才點除蚤劑，先別抱牠比較好。」
安帛點點頭，又蹲下身子看著小貓；小貓也看著她，咪嗚咪嗚地叫。

我跟著獸醫走到櫃檯結帳。獸醫填著表單，問，「決定要領養了嗎？」

「還沒。」我看看安帛的背影，她正對著小貓左右歪頭，小貓睜圓眼睛，不明白這個女孩在做什麼，「請再等等。」

獸醫順著我的視線望向安帛，「你女朋友？」

我搖頭，「同事。」

「她們兩個似乎挺投緣的，」獸醫回頭填表單，「如果你不方便養貓，或許問問她的意願。」

這正是昨晚看到安帛時，撞進我腦中的想法。

「你在哪裡找到的？牠好可愛喔！」安帛坐在我對面，仍然滿臉微笑。

看過小貓之後，安帛心情大好，答應讓我請她快速吃頓早餐。我們走進附近的早餐店，拿了店家事先做好、排列在櫃檯上的三明治，點好飲料一落座，安帛就接連發問，「你要幫牠取名字嗎？你要養牠嗎？」

「還沒取名字，」我接過店員送來的飲料，「也還沒決定要養。」

「養嘛，」安帛興致很高。

早餐店的黑咖啡淡得像開水，我喝了一口，微微皺眉，「我沒什麼信心可以照顧牠。」

「你很細心，一定沒問題的；」安帛咬著三明治，「到時我也可以常去找牠玩。」

「我對生活細節相當隨便啊，住的地方又早就被書塞滿了；」雖然咖啡很淡，但我還是用它把嘴裡的三明治沖進胃腸，「妳呢？妳要不要養牠？」

「啊？我？」安帛嚥下三明治。

「對，看起來妳很喜歡小貓，小貓也蠻喜歡妳的。」

「還在讀大學時想過這個，但只是想想；」安帛挪挪身子，脖子上仍然沒戴任何飾品，我忽然覺得十分懷念那個總窩在她鎖骨中央的琥珀鍊墜，「那時覺得養隻貓作伴似乎不錯，但要上課、要練舞，晚上還要到店裡表演，養了貓也沒什麼時間陪牠——養了沒時間陪牠，但難得在家就想要有牠作伴，我覺得這個想法太自私了。」

我點點頭。

「後來和男友在一起，」安帛笑了笑，「更正，前男友；他不准我養，所以就一直沒養。」

「他實在管太多了。」

空氣瞬間凝結。安帛停下動作。

安帛聰明、善良、有主見，對未來也有計畫；大學時期開始在夜店跳舞打工，安帛一直很懂得自我保護，但在與前男友交往的時候，卻似乎忘了自己是什麼樣的人。

除了提過前男友容易吃醋之外，安帛沒有在我面前說過他任何不是；但從與安帛的聊天內容可以得知，前男友除了對安帛與異性的互動十分在意，也對安帛的未來規畫有諸多意見。他像個專權獨裁的帝王，不需要與安帛討論兩人往後的生活，只需要安帛服從他的指示；加上我從安帛的記憶裡得知他會動粗，是故對他印象極差。

幾個月前我無端捲入一連串事件，經過一陣子的調查，發現有部分事件與安帛的前男友有關。那些事件醜惡黑暗，前男友後來會失去蹤影，是他涉入那些事件之後，必須面對的可能懲罰。

我沒有把事情的真相告訴安帛，一來那幾樁事件的牽扯有點複雜，難以解釋清楚，二來如果安帛問我那時為什麼不幫她的前男友想其他解決辦法，我不知道該怎麼回答。

反正前男友離開了，安帛也想通了，不再提起這個人，我以為這個人不會再出現在我們的對話當中。

誰知道他陰魂不散。

6

安帛放下吃了一半的三明治，「有件事，我們得攤開來談談。」

我沒有任何動作。

「雖然我從前說過，希望你們可以成為朋友，但我知道你並不喜歡他；」安帛盯著我看了一會兒，低頭看著自己的指尖，「我也知道原因。」

安帛知道我對她的感情，所以認為我因此不喜歡她的前男友。雖然我自認討厭那人的原因是他對安帛的態度，不過也無法否認安帛的想法符合部分事實。

「他走了之後，我想了一陣子；我覺得你一直很照顧我、鼓勵我做我想做的事，知道很多我感興趣的東西，和我很談得來，所以……」安帛的視線從指尖移開，正對我藏在運動型墨鏡後的雙眼，「但是，你後來為什麼反而刻意和我保持距離？不要說沒這回事哦，我說要把話攤開來講，就是想把事情搞清楚。從你幫我搬家、一起去看學長那天之後，你對我的態度就變得不一樣了，到底是怎麼回事？」

因為我知道妳的前男友發生了什麼事，我不想告訴妳但也不想瞞騙妳，因為那天到醫院之後，我發現了一件事，這事與我切身相關，但後續追查的結果讓我心情煩亂；倘若我不清楚自己是誰、不讓妳知道我做過什麼，那麼我們能夠順利發展更進一步的感情嗎？或者在戀愛關係裡的人總會糊塗，一如妳的狀況，所以我根本不需要那麼多慮？因此這樣，因為那樣，所以我不曉得該怎麼面對妳——這串話我沒有說出口，只道，「妳說的對。關於這個，我很抱歉。」

安帛抬起頭。

「幹嘛道歉？」安帛重新低頭注視指尖。

「因為我剛想通了：」我道，「我的態度，是妳參加上人團體的原因之一。」

前男友離開之後，安帛自然有段低潮，不過安帛是個聰明的女孩，冷靜之後，會想清楚自己與那樣的對象在一起，無法發展出長久的關係。

但我還在她身邊。

我們有類似的興趣，相處時的氣氛一向愉悅；有回我請安帛協助我的調查工作，她覺得相當有趣，而對於安帛想做的事，我也一向支持。和我在一起的時候，安帛可以放鬆地做自己，不用擔心說話會受到訓斥，也不用顧慮壓迫呼吸的占有欲和醋意。

安帛決定把心力放回報考研究所的準備作業，雖然不覺得必須馬上接納新的交往對象，但與我共處時，會有意無意地示好。

不過我卻在那個時刻明顯地拉開距離。

安帛一向獨立，她清楚自己對舞蹈的熱情，也計劃繼續升學，所以盡力在生活中同時兼顧興趣與生涯規畫；選擇與前男友在一起，讓這兩者都偏離了她原先預期的航道，但在熱戀階段，她或許會說服自己這樣的改變是值得的，又或許會希望時日稍久之後，前男友就會理解她的想法，從反對轉為支持。

前男友無預警地離去，雖然是個情感上的打擊，但也是個讓安帛導正航道的契機；況且還有我在，安帛心裡的感覺應該比從前更加篤定。

結果我也不知為何漸行漸遠。

然後，珊德師姐出現了。

安帛並不認為上人主持的團體聚會真有什麼神奇力量，但因為前男友的不告而別和我的態度疏遠，使得安帛或多或少產生了對自己的質疑，彷彿自己有某個自己也不知道的、不值得別人付出感情的缺陷。

結果，上人團體填補了那個缺陷。

上人的演講沒有什麼啟發，但團體成員構築出相互扶持的溫暖氛圍，讓安帛產生了安心的歸屬感，開始想在團體裡多待一些時間。

參加聚會的次數愈多，愈容易覺得與團體成員一起為一個毋庸置疑的領袖付出，是相當舒服愉悅的事情。安帛會開始說服自己：自己的確需要追尋上人、盡量待在團體當中，就算團體會因此要求安帛奉獻金錢或者原先理應用來完成目標的時間，也絕對值得。

「妳根本不用把生命浪費在那個地方，」一口氣說完這些想法，我看著安帛，「因為事實上，妳沒有任何缺陷。」

7

安帛在我的注視下轉開目光，過了會兒，又把頭轉回來，「這些是你推測出來的？」

我肯定地點頭。

「你好恐怖喔。」

啊？

「我自己其實沒想得這麼清楚。」安帛的眼中出現笑意，「一開始答應珊德師姐去聚會，除了心裡煩、所以覺得不妨姑且一試之外，也因為珊德師姐是我的學姐，常常主動關心我的生活起居，所以覺得人家那麼熱心，我好歹也該參加一次聚會，不然過意不去。後來繼續參加，只是單純認為在團體裡的感覺很好；不過聽你剛才有條有理地講了一遍，發現我當時的思緒差不多就是那樣——所以我才說你好恐怖，根本是讀心術。」

原來如此。

「不過，你的推測還是和真實狀況有點出入；」凝結的空氣再度流動，安帛重新拿起三明治，「我那時想到的不是自己有什麼缺陷，而是懷疑我是不是被什麼髒東西纏上了。」

「髒東西？」我覺得好奇，「怎麼會這麼想？」

「因為你們兩個對我的態度都轉變得很突然呀！」安帛道，「我檢討了一下，發現自己和你們的互動沒什麼不對，結果有點開玩笑地想到：搞不好有什麼超自然力量介入？但在這個月裡頭，我並沒有做過什麼民間傳說的禁忌舉動，也沒到過所謂『不乾淨』的地方，而且，我沒找人算過命、不認識什麼奇人異士，如果真的有什麼髒東西，我也不知道應該怎麼處理。」

「這是決定去參加聚會的另一個原因？」我眉心微皺，「但如果去過，就會知道上人也沒提供驅魔避邪之類的業務呀。」

「沒錯；」安帛道，「但是參加了一次，心情好多了，所以我想或許上人真的有什麼力量，可以對付在我身上的髒東西吧？」

「妳相信這個？」

「本來不信，但那個時候好像相信；」安帛想了想，「但或許就像你剛說的一樣，我只是說服自己相信。」

時至今日，人們相信超自然力量的原因，其實與遠古時代相差無幾。

遠古時代人們相信超自然力量存在，因為這些力量雖然幾乎都是憑空想像的產物，但可以解釋一些人們不瞭解的現象，於是人們的認知倒果為因——本來是得證明「超自然力量存在、有什麼能耐，所以會導致那些現象」，結果反倒變成「因為那些現象發生了，所以超自然力量存在」。

有些物事的因果關係很早就被發現了，例如「燃燒」——雖然還不清楚構成「燃燒」現象的物理要件，也不明白「燃燒」就是種劇烈的氧化反應，但已經可以透過試誤實驗，得知怎麼生火、怎麼用火，並且應用在生活各個方面。就算從前的人相信有「火神」之類神祇，也會知道「火」是可以經由特定程序取得的東西。

觀察現象、設法重現，的確是科學實驗的基礎；透過反覆實驗、分析紀錄，一一操縱各項變因並持續記錄結果，就可以找出更精準的因果關係；累積了足夠的資訊、擁有了更好的技術，就能探究構成「燃燒」更深一層的因果關係。

但有些物事的因果關係無法經過實驗確認，例如「好運」或「噩運」，將超自然力量填進這個「原因」的空缺，可以為那些「結果」找到解釋。

經過年月的反覆沉澱，這樣的因果解釋也會出現類似實驗的「特定程序」，就是固定的「儀式」。人們相信經由固定儀式可以接觸、感知，甚至操控超自然力量；但這些儀式的細節再怎麼鉅細靡遺，都無法保證結果如同預期。這個時候，主持儀式的人可以將不符預期的現實歸因於超自然力量的不可掌控，例如「神明不開心」，解決方式就是再進行另一種儀式；也可以歸咎於儀式參與者，例如「身上不乾淨」或者「心裡不虔誠」，解決方式就是檢討儀式參與者。這類解釋會讓大家認為：儀式沒有產生預期的結果，並不是儀式有什麼問題；實際上的因果關係並未準確建立，但人們會繼續選擇相信儀式的效力。

「對了；」我道，「珊德師姐並不是妳的系上學姐。她沒讀過大學。」

「唔？但是她對我們系上的事情好像很熟……等等，」安帛歪著頭，「你怎麼知道？」

珊德師姐沒讀過大學這事，是老闆與我談話時隨口提到的，但要解釋這個，就會講到老闆和珊德師姐的關係，甚至得從我協助尋找依菲，一直到昨晚成功救人的事都說一遍。

或許，我該對安帛坦承的，還不只這些。

8

這兩天我一直在思考一件事。

或者說，從三個月前我開始閱讀《廢物手記》，以及陪安帛到醫院、幫忙把安帛學長滑出床沿的胳臂放回床上蓋好薄被時，我就已經在思考這件事。

又或者，從大約三年前，我在老闆的協助下出院，帶著忘記自己身分卻記得很多龐雜資訊的腦袋開始在夜店打雜的新生活時，這事就已經常駐在我的思緒當中，只是我一直沒有正視。

新生活沒什麼問題。

雖說老闆表示每個月會從薪資裡扣掉一定金額、當成分期償還當時代我墊付的住院費用，但老闆也提供了地下室的小房間當我的住處，替我省了房租，還讓我在夜半無人的時候自由使用健身房，同時解決運動和盥洗的需求；況且，每個月扣掉分期的住院費用後，薪資數字仍然不少。

日常民生必需的支出不多，我的物質欲望也低，薪水用來應付興趣——包括購買書籍、唱片及看電影——綽綽有餘；我和同事相處愉快，老闆交辦的任務都能圓滿完成，其中幾次雖然狀況比較複雜，但也都順利解決，有回我甚至因此賺了筆我不確定數字的外快，寄放在酒保那兒，我的酒錢和找她幫忙做駭客工作的費用都從裡頭扣除，至今還沒用完。

除了老闆之外，沒有同事知道我對自己的過去毫無印象，金毛常把我臉上因為意外留下的疤痕編成各種黑道傳奇，半開玩笑地到處亂說，真被他唬住的人還不少；在這城生活了幾年，我也從未遇過認出我的長相、知道我真實姓名的人。

只要看看鏡子就可以知道，我覆在傷疤底下的五官相當平凡、乏善可陳，這可能是沒什麼人記得我的原因之一，意外之後我長期戴著運動型墨鏡，墨鏡比我的長相顯眼，這可能是沒人認出我的另一個原因；倘若我原來的社交生活和現在一樣平淡，或許朋友不多，這城人口數字龐大，一直沒遇上過往熟人的機率不小，當然，也可能我本來不住在這城。

我對自己原來是誰自然相當好奇，但幾乎沒有能夠指引尋找方向的線索，而且新生活愈穩定，我回頭確認舊身分的意願就愈淡薄——總說人生要向前看，繼續朝未來走既然很平順，何必太執著於過去？

不去解題，題目就不存在；題目不存在，答案就不重要。但我明白自己其實是在意的。

夜店工作夾在日與夜交會的灰色地帶，往來接觸的對象龍蛇雜混。在處理幾次比較特別的任務時，我還會接觸到更多不同階層的分子，無意或有意地窺探到他們的記憶。在那些時候，我總會思索：像我這樣的人，與由更多人組成的「社會」之間，關係是什麼？我該如何定位自己？

這層思索，會重新連結「我是誰」這個問題，也會帶出「我信仰什麼」這個疑惑；而最近這三個月，我漸漸摸索出了答案。

換個角度看，倘若我與安帛真能有什麼進一步的發展，我也應該先對她坦承許多先前沒告訴她的事。

「不只珊德師姐的事，我還知道很多別的事。」我看著安帛，「包括妳前男友離開的經過。」

安帛輕輕皺眉，「我不明白。」

「將來如果有機會，我可以解釋——前提是妳想要聽；」我道，「不過，妳要有心理準備，因為知道真相不見得是件愉快的事。」

「將來？」安帛問，「為什麼不現在講？我當然想聽呀。」

「因為我得走了，」我看看錶，「有事要辦。」

「要走了？」安帛不明所以，「什麼事？」

「妳有沒有想過，」我沒有直接回答問題，「妳的信仰是什麼？」

「啊？」安帛一愣，「沒想過。」

「我要去辦的事，」我站起身來，「和我的信仰有關。」

9

「替我辦個事。」

昨天夜裡，在羅世達住處的客廳裡，我浪費了一瓶礦泉水在羅世達頭上，然後對他這麼說。

羅世達停下手腳並用仰面向後爬的動作，伸手抹抹臉，沒有說話。

我站直身體，伸出手，羅世達縮了一下。

「放心，」我拉他起身，把他推向沙發，「好好合作，我不動粗。」

羅世達聽話坐下，搖了搖頭，「其實你怎麼做都沒差別，反正你已經害死我了。」

「我知道你會這麼想，是因你朋友和宗師的人談好，明天要帶『一張能搞倒上人的王牌』過去，」我重覆在羅世達記憶裡讀到的句子，「但現在你無法交差，所以擔心宗師找你出氣。」

「你怎麼知道？」羅世達緊緊皺眉，「我根本沒說這些事。」

我沒理會他的問題，「你被騙了。」

「啊？」羅世達坐直身體，「你什麼意思？」

「綁架上人的女兒，從布局到下手都是你做的，你的朋友根本沒出什麼力，只動動嘴而已；然後他告訴你，綁架上人兒子的行動沒成功，如果你照計畫綁架了上人的女兒，功勞就更大。」我道，「你怎麼知道他沒成功？假設他根本沒動手呢？」

「嘎？」羅世達顯然沒想過這個問題。

「你朋友如果對這個計畫這麼有把握，」我繼續問，「那他明天為什麼不和你一起去？」

「因為這樣才不會令人起疑……」羅世達搬出阿興的理由，已經忘了反問我為什麼知情。

「也因為他其實沒把握。」我沒讓羅世達有時間繼續思考，「你自己去，如果順利，他就有好處，如果宗師沒把小女孩放在眼中，或者你帶人過去的途中出了什麼差錯，他也可以撇得一乾二淨——別忘了，他從頭到尾沒碰過那個女孩，搞不好也沒下手綁架上人的兒子，那不管是宗師怪罪、還是上人報警把事鬧大了，所有的問題，你都得一個人扛。」

「這個……」我彷彿可以聽見羅世達腦袋裡的齒輪想要努力運轉、但卻一直卡住的聲音。

「你們兩個那麼多年沒聯絡，為什麼他馬上找你合作？還不是因為他知道你有對付女生的能力？」我繼續道，「但他只打了通電話，其餘所有麻煩事都是你出力，風險都是你要擔，他根本穩賺不賠。所以，我說你被騙了。」

「知道被騙也來不及了。」羅世達帶著自暴自棄的表情癱回椅背，「明天反正我死定了。」

「不，」我道，「你還是可以帶一個人去。」

羅世達抬起頭來，「誰？」

「我。」

羅世達狐疑地看著我，「你是女生的媽媽找來的，帶你去有什麼用？」

「其實我是上人團體的幹部，上人找我幫忙，我當然要出點力。」我道，「你的朋友有件事沒騙你：上人肯定不是宗師的對手，被撂倒是遲早的事。只是那個女孩不會是關鍵。」

「但是帶你去能幹嘛？」羅世達問。

「上人不知還能撐多久，我也要替自己想出路；」我道，「我很清楚團體裡的金錢流向，這個比綁架小女孩有用多了。」

我頓了一下，續道，「而且，很多年以前，我跟過宗師。」

「真的假的？」羅世達睜大眼睛，「那你幹嘛不自己去見他？」

「宗師何等人物，我怎麼可能說見就見？搞不好，他已經不記得我了。」我搖頭，「幸好你的朋友已經牽好了線，所以我需要你帶我去見宗師，見到了面，我就有辦法說服他，到時候大家都開心。」

我告訴羅世達：先不要通知他的朋友，以免節外生枝；明天直接帶我去見宗師的聯絡人，把我引薦給宗師後，我會爭取到對所有人都有利的條件。

倘若羅世達仔細想想，就會發現我這套臨時想出來的說詞漏洞百出，至少他也該問我：既然我要他帶我去見宗師，剛才為什麼還要揍他？不過無論羅世達提出什麼問題，我都有把握，他最終仍會接受我的建議。

羅世達是個騙子，騙子面對平白得來的好處會生出戒心，因為「提供平白得來的好處」正是他們行騙的基本伎倆之一；我利用這個心態，讓他對舊識產生懷疑，認定自己被舊識欺騙、陷入一個無法逃脫的困局，再提出能夠幫他解除困境的建議，對羅世達而言，接受建議是目前唯一的選擇。

再者，羅世達可能認為我掌握了某種他不知道的資訊，所以才會知曉那麼多他沒坦承的內情；是故，他可能也會認為我的確擁有宗師需要的上人團體內幕。

沉且，我會和他一起去見宗師，就算他不完全相信我是宗師需要的那張王牌，我得面對的麻煩也會比他更大。

羅世達答應了。

10

付過帳，我把安帛留在早餐店，自己到與羅世達談定的地點。

羅世達坐在一部半舊的Toyota駕駛座裡對我招手。

昨晚說服羅世達帶我去見宗師，但我對「見到宗師後要做什麼？」並沒有篤定的想法。

我只是需要直接面對宗師。

面對宗師可能解決我這兩天、這三個月，或這三年來刻意無視但持續卡在心裡的事，既然眼前出現一個機會，那我就不該放過。該怎麼做，等見到之後再說。

宗師最大的道場在南部，那裡也是宗師發跡的起點。

大約一年前，這城有個都更計畫，要拆掉一個老舊社區，利用空出來的地興建新式商業園區；重建計畫當中，包括一座屬於宗師教團、占地廣大的宏偉道場。

當時黑先生還是政壇明星，在這個計畫裡與宗師彼此合作，但因為文資團體持續抗議，都更計畫進行得不算順利，還曾鬧過火災，賠了人命。一年過去，老社區終究被拆掉了，但重建一直沒有進行，黑先生已經淡出政界，原來常在媒體上提及新道場的宗師，後來也不再談這件事。

我知道一些當時的內幕，可以合理推測宗師和黑先生後來反目，黑先生不再提供政界的權力支援，宗師也沒法子如願在這城興建道場。

雖然沒有大器的新道場，但宗師教團在這城仍有幾個據點。

我原來以為羅世達會帶我到其中一個據點，結果他左彎右拐之後停好車，帶我走進一棟住宅大樓，按了其中一戶居住單位的門鈴。

一名穿著背心的精壯漢子開門，示意我們進屋。

屋裡還有兩名漢子，穿著同款背心，雙臂刺青的那個站著，在背心外罩著襯衫的那個坐著。

「你是羅世達？這就是要帶給宗師的人？」襯衫漢子起身開口。

羅世達縮著脖子點頭。

刺青漢子走過來，伸出手把羅世達和我全身上下摸了一遍。

「幹嘛搜身啦。」羅世達低聲道。

「規矩。」刺青漢子沒停手。

襯衫漢子上下緩緩打量我，「你有點眼熟啊……」

「幾年前跟過宗師。」我道。

「哦？」襯衫漢子在我面前停下腳步，「你有什麼東西可以貢獻給宗師？」

「上人團體的資金流向。」我道。

襯衫漢子看著我，過了會兒，轉頭向羅世達說，「你可以走了。」

「啊？」羅世達眨眨眼。

「你也有東西要貢獻？」襯衫漢子睨著羅世達。

「沒有，但他……」羅世達不知該說什麼。

「那留著做什麼？」等在門邊那名精壯漢子打開門。羅世達看看門，又看看我。

我道，「先回去，等我的消息。」

羅世達張開嘴，又閉上嘴，走了。

精壯漢子關了門，襯衫漢子問，「跟過宗師？見過我嗎？」

「見過一次。」

「知道我是做什麼的？」

「對。」

「我的名字？」

「宗師沒說過。」

「既然知道我是做什麼的，就該知道別想亂來。」襯衫漢子道，「資料帶在身上嗎？交給我就可以了。」

我笑了，「我來是想重新跟著宗師，順便幫朋友們一把。資料當然不在身上，我會直接告訴宗師。」

「不笨嘛。」襯衫漢子點點頭，「我帶你去。」

我隨著三名漢子搭電梯到大樓的地下停車場，走出電梯，刺青漢子掏出一個布套，「照規矩來，套在頭上。」

不確定自己坐進停車場裡的哪部車，車裡沒有音樂，精壯漢子和刺青漢子一左一右夾著我坐在後座，感覺不大舒服。過了一陣子，車子開始頻繁轉彎，我在心裡估算一下時間，明白自己被載往山區，也明白自己會被帶去哪裡。

頭套取下的時候，我和三名漢子一起站在一個寬敞的房間中央。

沒有窗戶，除了天花板有盞發生慘白光線的頂燈，房間裡唯一的家具，是盡頭一張巨型沙發。

一個胖子坐在沙發上。

我在運動型墨鏡後面瞇起眼睛。宗師。

襯衫漢子走到宗師身邊，傾身說了幾句話。房間雖然很空，但沒有迴音，可見用了吸音建材。沒鋪地毯的地板大致上刷得乾淨，但有幾處暗色汙漬。

宗師點點頭，襯衫漢子朝我們招招手，我身後的兩名漢子和我一起邁步向前。

「跟過我？」宗師開口。

「是。」

「墨鏡拿下來。」

我摘下墨鏡。

宗師的視線在我臉上來回梭巡，忽然撐開肥厚的上下眼瞼，「是你啊。」

他跪在地板上，壓著水泥地面的光裸膝頭相當疼痛，但他不敢亂動。

閱讀金邊眼鏡男人記憶時，他讀到胖子擁有一本手冊，記錄許多政商名流的祕密情事，在必要時刻可以用來要脅。金邊眼鏡男人原來計劃偷走手冊，增加自己取代胖子的勝算，但還沒行動，就被胖子逮住了。

這本手冊引起他的興趣。最近幾天，他閱讀過的幹部記憶中，有幾個人也聽說過這本手冊，但金邊眼鏡男人知道的更多、準備的更齊，不但已經探知手冊收藏的位置，口袋裡甚至備有複製好的鑰匙。

他沒有金邊眼鏡男人的野心，但假若可以拿到這本手冊，就等於閱讀了那些政商名流的記憶，這對他而言是個誘惑；況且，見識過胖子對付自己兒子的手段之後，他認為自己如果哪天犯了事，持有這本手冊，或許也可以當成與胖子談判的籌碼，至少能夠自保。

按照金邊眼鏡男人記憶裡的資訊，他帶著從金邊眼鏡男人口袋裡摸來的鑰匙，搭計程車抵達一幢位於山區的僻靜別墅。

與他讀到的記憶相符，別墅不小，但燈光全暗，無人居住。他順利使用複製的鑰匙進入大門，撳亮剛買的手電筒，穿過客廳，走進書房，找到藏著手冊的書桌。

抽屜鎖著。

金邊眼鏡男人的記憶裡沒提到這個狀況，當然也沒有抽屜的鑰匙。

他舉起手電筒檢查書桌，到處都沒看到鑰匙；他左右掃射書房，心想或許能找到工具。手電筒的光柱似乎掃過什麼東西。

他一怔。接著失去知覺。

醒來的時候，他覺得後腦疼痛，全身發冷，接著發現自己躺在沒鋪地毯未經打磨的水泥地面，渾身赤裸，只穿著內褲。

他掙扎地翻身站起，有人朝他的膝蓋後窩踢了一腳，他不由自主地重重跪下，發出一聲慘叫。

「跪好別動。」他身後的聲音冷冷地說。

他轉頭向後看，室內沒有任何擺設，三名精壯的漢子站在他身後，不知道剛才踢他和說話的是誰；回過頭來，眼前是這個空間裡唯一的家具，一座龐大的沙發。

胖子舒服地端坐在沙發上。

他注意到地上有些赭鏽色的汙漬。

胖子開始說話，語調不疾不徐。

他開始發抖，一方面因為寒冷，一方面因為害怕。

胖子告訴他，這裡是山區別墅的地下室。胖子在全國各地擁有好幾幢別墅，每幢別墅都有類似的地下室，沒有裝潢，沒有家具，完全與外界隔絕。這樣的房間會讓胖子記起自己一無所有、從零開始打拚的年輕歲月。

記得自己曾經清苦，就記得自己多麼努力才擁有一切；記得自己多麼努力，就記得自己應該保持警覺，因為自己掌管的事業版圖愈是巨大，愈有可能在小地方出現蛀蟲，如果不及時快速處理，蛀蟲就有機會侵蝕整體結構，造成無法挽回的崩壞。

尋找蛀蟲最好的方法，不是一一檢視結構哪裡有問題，而是準備誘餌，讓蛀蟲自己出現。

誘餌的形式可以有很多種，端視蛀蟲喜好，可以是金錢，可以是女色，可以是另一隻蛀蟲的偽計畫，也可以是胖子健康情況不佳的假消息。

當然，也可以是一本不存在的手冊。

胖子一直知道他不會只讀任務需要的記憶，是故一直注意他報告的內容。讓他知道一些教團和組織裡的狀況沒什麼關係，因為胖子認為他沒有足夠的野心和能力，無法做出什麼危害大局的行動；但他沒向胖子稟報手冊的事、還摸走金邊眼鏡男人褲袋裡的鑰匙，讓胖子發覺他可能也對這個誘餌有興趣。

金邊眼鏡男人會知道有這本手冊，進一步探知手冊藏在何處、拿到複製鑰匙，全是胖子安排的機會；胖子告訴他：機會出現時，每個人都可以自由決定該怎麼做，但每個人的決定也都會顯示自己對組織的想法和地位的企圖——換句話說，每個人會決定自己是否要成為胖子眼中的蛀蟲。

他的舉動，宣告了自己也是一隻蛀蟲。

胖子在每幢別墅裡準備類似密室，是因這種房間喚起的記憶讓胖子保持醒覺，適合胖子在孤絕獨立的環境裡靜心思考、策謀籌劃；而有些時候，這種房間也能提供一種讓胖子放鬆的娛樂。

這種娛樂，就是觀賞撲殺蛀蟲的過程。

那三名精壯的漢子，和他一樣，是不屬於教團或組織、直接聽命於胖子的特殊成員，但和他不同的是，那三名精壯的漢子只懂得忠實地執行胖子的命令，沒有對其他權力的妄想。三名漢子沒有他的特異能力，無法刪除別人的記憶，但十分擅於消滅蛀蟲。

他比上回在旅館房間裡面對金邊眼鏡男人時更害怕。

因為他發覺，上回他靠著特異能力脫困，但這回無法再用類似手法。是故，他知道自己無法活著離開這個房間。

他想要向胖子討饒、想要告訴胖子自己只是好奇想看看手冊、就像想讀別人記憶一樣，是種窺私的欲望，也想指出自己可以替胖子閱讀三名漢子的記憶、確認三名漢子是否真如胖子所想的那麼忠誠。

胖子沒有給他機會。

他不知道先動手的是哪個漢子，只知道第一記踹進他肚腹的踢擊，讓幾年前他在旅館房間承受的擊打顯得無關痛癢。

三名漢子的動作相當輕鬆寫意，他一次次被揪著頭髮或支著腋下起身，一次次在拳擊或膝撞下倒地。每記砸進他身體的粗暴力量，都讓他以為那是最痛苦的人生經驗，但下一記都會讓他嚐到更大的痛苦。

一名漢子的手刀砍中他的喉嚨，他氣息一窒，彎下身子，雙手撐地乾嘔；嘴還沒闔上，另一名漢子的腳掃向他的臉頰，他噴出一口混著唾液的血沫，側身傾倒，看見自己的血和地上赭鏽色的汙漬混在一起。

胖子仍在說著自己對他多麼禮遇、給的酬勞多麼大方，而他卻無法對胖子報以誠信，覬覦他根本沒有能力擔任的位置、一看到誘餌就決定變成蛀蟲。

但他沒聽進去。他只想到先前不知道有多少人曾在這個房間裡受刑，才會留下那些刷洗不掉的汙漬。

有人一腳踩中他的側腹。他哀嚎一聲，覺得肋骨可能斷了，同時眼前一黑。

昏倒吧，或者死了吧，只要不再感覺到痛，怎樣都好；閉上眼睛之前，他腦中只剩下這個念頭。

醒來的時候，房裡沒有其他人在，只有周身的疼痛提醒他：他仍活著。

昏倒前因為實在不想再忍受疼痛，所以覺得死了算了；現在雖然覺得每吋肌肉都在慘叫，但他想到，既然胖子沒有殺掉他，那麼或許自己還有活命的機會。他躺在地上思忖：這表示自己對胖子而言仍有用處，如果未來有機會，還是設法脫離胖子的控制比較穩妥，伴君如伴虎，而且胖子的城府算計比老虎的利爪尖齒更可怕。

他回南部之後，已經另外開了幾個不同的銀行帳戶存入叔叔的遺產，胖子應該不知道這件事，生活不要太張揚的話，那些錢足夠應付。

門開了，胖子走進房間，神情看來像剛吃過大餐；經過他身邊，胖子瞅了他一眼，悠然地坐進沙發。

他不敢再躺著，咬牙支著自己起身；胖子擺擺手，「坐著吧。」

胖子表示，先前已經囑咐過三名漢子，沒有對他痛下殺手；三名漢子都是行家，下手懂得分寸，他的骨頭沒斷、臟器未損，其他小傷待會兒到胖子的醫院就診抹藥、回家休息幾天就會好。

他瞞著胖子偷盜手冊的行為，讓胖子改變了對他的評價——雖然胖子認為這個行動形同背叛，但也發現他或許真有成為幹部的潛力。

在他還沒替胖子工作的幾年之前，曾經有個胖子的手下脫離組織。那人不是胖子的子女，但在教團裡有胖子安排的職位，算得上是胖子的親信；因為某個緣故，胖子與親信起了衝突，胖子沒有下令狙殺，只是將親信逐出教團與組織。

很難得的，胖子承認自己當年一時心軟，做了錯誤決定。因為親信這幾年在北部成立了另一個團體，表面上沒有宗教色彩，實際上玩的就是胖子早年的手法。胖子本來以為親信成不了大事，不料那個團體近年開始坐大，還把瞄準吸收的族群，從原來的中產白領擴展到層級更高的政界與商界人物，倘若放任不管，肯定會開始影響胖子教團的利益。

胖子原本打算利用組織的力量進行打壓，不過因著某些考量，遲遲沒有出手。胖子指示他前往北部，加入親信的團體，找機會接近親信；只要他有辦法自己把親信搞成廢人，胖子就會肯定他的潛力，讓他正式成為組織幹部。

離開醫院，回到住處之後，他仔細考量自己目前的處境。

胖子的命令明顯只對胖子有利。

他明瞭胖子對異己不會「一時心軟」，是故當年沒直接滅口、近年沒強力打壓，表示那個親信有什麼特殊之處，讓胖子覺得不好對付。派他去接近連胖子都難以應付的對象，其實就是派他去送死；如果他真的僥倖完成任務，那胖子就鏟除了一個自己對付不來的勢力，付出的代價只是施捨給他一個幹部職位而已。

趁機脫身吧。

他收拾幾件衣服，把存有叔叔遺產的帳戶提款卡分別塞進不同衣服裡，沒帶證件、信用卡和手機，只帶走手頭上所有現金。如此一來，胖子如果查覺有異，派人到住處找他，看起來只會像是他臨時出門，不會馬上想到他已經逃走。

最好出國躲一陣子。沒有證件，就不能循正常方式出境；他知道組織裡有偷渡管道，但決定最好不要利用——組織裡的人並不認識他，只是接觸組織，胖子就可能知情。不過既然對偷渡管道有大略的認知，他有把握自己可以找到其他門路。

首先要離開南部。

他利用公車和火車，每次都只買短程票，或許中途下車換車，或許刻意坐過站後再補票，曲折向北前進。他打算在北部藏躲幾天尋找偷渡機會，然後盡快離境。

一路都沒遇上任何麻煩，再搭一班火車，就能回到好幾年前生活工作的北部那城。

他在火車上找了位置坐下，留意四周，忽然發現對座的男子有點眼熟。

【九】

順其所好

我想我能說的，都已經說了

——〈Serve the Servants〉by Nirvana

1

「時間啊時間，過多久了？」宗師自問自答，「三年？四年？嗯嗯，我確定是三年。的確是張王牌，但其實比較像張鬼牌，當年我還以為已經成了廢牌。早知是故人來訪，不該只套頭，應該也套手。」

我可以感受到房間裡的氣氛出現明顯變化。對三名漢子而言，我是一個被羅世達帶來的陌生人，雖然襯衫漢子覺得我有點眼熟，我也表示從前在宗師手底下工作，但他們不敢掉以輕心，搜身、蒙頭，執行了每個為了保護宗師而定的規矩。

但宗師的確認出我來了。而且因為宗師講話的口氣，會讓他們認為我是「自己人」。三名漢子的警戒態度放鬆了。

教團裡的信眾是有機會見到宗師的，但大多是在公開宣教場合，沒多少信眾有機會和宗師近距離接觸；宗師在公眾面前出現時是相當具有親和力的，有時摸摸孩子的頭、有時握握長輩的手，但那大多是事先預做的安排，信眾得要有大量的捐款或特殊的身分，才能獲得那幾秒鐘的關注。

信眾心裡認為自己信仰的，是教團供奉的神祇，但神祇是個常人無法直接感知、對話，甚或單向聆聽教誨的存在，因此需要修行時間更長、悟道程度更高的宗師，替神祇向信眾傳遞訓示，而信眾的奉獻也得透過宗師及特定儀式歸予神祇。

當然，信眾明白，自己捐款當中有一部分會成為宗師及教團幹部的生活經費，但維持教團運作就是維持自己與神祇的溝通管道，沒什麼不對；因為信眾的供奉，宗師得以更專心修習，更接近神祇，這對信眾來說也有好處。再說，教團道場愈來愈多、愈蓋愈大，正是榮耀神祇的現世表現。

宗師的形象愈親切，就愈顯出他關懷眾生；宗師的距離愈遙遠，就愈顯出他超脫凡俗。不知不覺間，信眾的信仰表面上仍是神祇，實際上已經轉為宗師；宗師原來的塵世代言身分，變成出現在人間的真神。

信眾雖然不清楚自己內裡的變化，但宗師很清楚。而且宗師明白，他要的是現世享受，而非來世極樂——有權有錢，就能盡興滿足各種俗世欲望，信眾各種形式的供奉可以提供一部分，但遠遠不夠。

「您的記性真好。」我道，「大約三年。」

「可不是三年了嗎；人生幾多三年，如此一瞬，一眨眼，還以為什麼都沒變。」宗師轉向三名漢子，「你們記得否？三年前，在南部的房子。」

在我身後的兩名漢子應該搖了頭，所以宗師對他們招手，「上前相認。」

精壯漢子和刺青漢子走到我旁邊看了看，眼神疑惑地望向襯衫漢子，襯衫漢子道，「剛剛我的確覺得他有點眼熟，但沒認出他是誰。」

「三位經手處理過的人太多了；」我道，「不會記得的。」

「勿積怒意、勿存恨心，不要再為過去那事生氣。你心深處，應自明白，那事錯之在你。三年既已轉瞬而過，何必仍如此介懷？」宗師微笑，「諸位皆是我的得力助手，各有專擅、各盡其功。既然今日你已返轉，今後彼此就仍應同心協力，切勿心存芥蒂，妄生齟齬。」

三名漢子整齊劃一地點頭答應；我道，「當然。」

2

信眾的鈔票與人際網路，是宗師教團發展的基礎，但宗師需要的權力和金錢，無法單靠信眾的奉獻滿足。

宗師採取了兩個手段。

一是積極拉攏政商高層。政界商界大多對宗教組織友好，就算自己信仰的是不同神祇，也不會排斥宗師教團；倘若政商高層加入宗師教團，雙方就都有好處，倘若不便加入，偶爾參加教團活動也沒什麼問題。表面上這是政商高層對神祇的尊敬頂禮，實際上這是政商高層與宗師的資源共享——政治運作和企業經營都需要群眾，與宗師教團交好，就擁有了支持的群眾。

另一則是成立幫會組織、與黑道勢力結盟，一方面讓教團的力量滲入到幫派，一方面在組織裡頭培養一些能處理骯髒事的手下。

與幫派勢力連結的好處很多，最重要的一點是可以發揮對地方選舉的影響力；教團在明、幫派在暗，憑藉這兩方助力進入政界的政客，等於是未來可以在相關法令及利益分配時，為教團與幫派服務的內應。

除此之外，即便不計入數量龐大但不明白教團內情的信眾，宗師教團的規模也已經等同於大型企業，但與大型企業不同的是，宗師教團當中不透明的運作規則與財務流向更多，團體內自然需要有能力打理種種無法見光事務的人手；幫派分子，正適合這類工作。

因為崇敬神祇或者宗師而加入教團、在各地據點工作的修道者，不見得知曉教團的另一個面向；而在亮晃晃神祇光芒掩蓋下方陰影裡做事的幫會成員，也不見得對修行有任何興趣。這是一枚硬幣的兩面，只有握有硬幣的宗師同時知道兩面的各自樣貌。

無論是這枚硬幣的哪一面，都已經發展成穩固的組織，有不同職掌的不同層級，宗師可以像變魔術一樣，依表演需要決定讓哪一面朝上；但這枚用來變魔術的硬幣還有別的機關，由宗師直接控制。

三名漢子屬於硬幣的機關。

我會知道這些事，是因從某個角度來說，「我」也曾經屬於同一個機關。

三名漢子和我像是構成機關的不同零件，彼此沒有往來，只知道要聽從宗師指揮、做好宗師交辦的任務，至於這些任務最終會合成哪種魔術效果，宗師不多說，我們也不多問。

我在三年前因故見過三名漢子，但他們不記得我，我並不覺得意外——誰會記得三年前只見過一面、長相非常平凡毫無特色的人？再說，那時他們根本不在意我是誰；在他們眼中，我就是一項必須處理的任務，僅此而已。

就算經過宗師提醒，三名漢子仍然不確定我是誰；他們奉命執行太多次類似的任務，不可能每次都記得。再說，他們為宗師工作，需要的也不是記性或思考能力，而是忠誠與肢體暴力。

宗師決定派三名漢子負責把人帶到這裡，顯出他的謹慎。

阿興聯絡的對象是宗師帝國裡屬於陰影面的幹部，而宗師肯定會從幹部口中知道阿興來自上人團體；阿興表示要送上「一張能搞倒上人的王牌」，但沒說明「王牌」是什麼，還說會差另一個人送來，聽起來頗為可疑。

是故宗師一方面認為不該透過組織層層過濾，應該親自接見判斷，另一方面決定把接送的任務交給三名漢子——如果「王牌」是張會對宗師不利的鬼牌，或者是張根本沒用的廢牌，宗師都可以直接命令三名漢子做出必要處理。

「諸位皆已放下心結，甚是爽快，不枉我平日倚重，多所期待，有才，有才；」宗師笑了笑，挪挪看起來比三年前填塞了更多重量的身子，「不知你是否仍然記得，三年之前在我南部靜修之處，你曾應允一項工作？」

「記得。」我道。

「甚好，甚好；」宗師瞇起眼睛，「既是仍舊心頭掛念，匆匆三年，你在哪兒？可有半點進度？」

3

「出了意外，」我道，「在醫院待了一段時間。」

「唔？所以聲音才變得如此古怪？」宗師胖胖的手指在眼眶附近畫圈，「臉上疤痕，是否出自相同因由？」

「是。」我道。

「人生總有劫厄；」宗師的口氣沒什麼憐憫的意思。

「大概是我先前做錯事的報應吧；」我看看三名漢子，「雖然他們遵照您的指示，對我手下留情，但老天可能覺得給我的懲罰還不夠。」

「哈！」宗師笑了出來，「說得彷若你篤信因緣果報似的，有趣，有趣。三年前你失去聯絡，我派人四方找尋，他們發現你的住處看似一切正常，諸物俱在，不知你是日常行走就遇車追撞，亦或落入某些仇敵之手。尋了一陣，一無所獲，我心忖你已在無人知曉之處化為骸骨，結果怎麼著？你是遇上報應了！」

我相信宗師當年發動人力找過我，因為如果我真的出車禍慘死，那沒什麼關係，但如果我被他的競爭對手抓到了，那就不妙——我幫宗師做過一些不可告人的勾當，而且宗師也不希望我的能力被其他人利用。雖然能和宗師對抗的勢力不多，但宗師不會冒這種風險。

「讓您操心了。」

「你素常怯懦，但並非蠢笨，知道我有必須找你的理由，毋須做作；」宗師舒服地靠上椅背，「待我直言，我也未堅持太久，畢竟時光經過但一切如常，我便沒再多加理會。你說的『意外』，究竟何事？」

我約略說了火車出軌的經過。

「那是大事，此刻提及，我仍有印象。」宗師微微皺眉，「不過，事故之後，我也記得曾經派人查核住院的旅客名單，並未看見你的姓名。」

宗師的調查相當仔細，或許是因為出軌事故發生的時間和我失蹤的時間接近，所以宗師認為不應放過這個可能。

「因為我身上沒帶證件；」我道，「只帶了必要的現金。」

「當然，當然。你的皮夾就在住處，證件、信用卡之類與身分有關之物皆在其中；」宗師似笑非笑地看著我，「只帶現金不告而別，我的另一個猜想，便是你退意已生，想要遠離。」

「那時剛被這幾位教訓過，的確想要離開；」我指指三名漢子，「那是個錯誤決定，所以才會有報應嘛。」

「而後如何？」宗師擺擺手，大概是聽煩「報應」了；我會不會表演得太過頭？

「出院之後，我有點反省，覺得自己不太適合再替您工作；」我道，「所以就留在這城，不回南部，打工過活。」

我告訴宗師，工作兩年多之後，我被同事找去參加上人團體的聚會，聽到上人嚴辭譴責宗師。

「那個時候，我重新想起您當年要我做的事；」我道。

「想必你不是替我不平，而是憶及替我辦事時，諸事如意的寬裕悠然；」宗師厚厚的左頰被揚起一邊嘴角的淺笑向上推擠，「打工的收入肯定微渺，而待我直言，當年我可是待你不薄。」

「那天我做了決定。」我微微低頭，沒有否認，「要把任務完成，再找機會回來替您工作。」

「既想復返，」宗師問，「為何不直接同我聯擊？」

「先前不告而別，我知道您會發現我打算離開，況且那時在您這裡犯了點事，也不敢說回來就回來。」我道，「所以我想，如果完成任務的話，就比較有膽子再回來見您。」

「這證明我評你並不蠢笨，絕非妄言。」宗師點點頭，對三名漢子道，「只是，他雖不蠢笨，卻也容易思岔想錯，誤生事端；你們毋須仿效，只需依我命令，不動腦筋，就不會出錯。」

三名漢子再度整齊劃一地點頭答應。宗師轉向我，「既是如此，三年前那樁工作，你會如何繼續？」

「我知道宗師希望我做什麼，但沒有特殊關係，不大容易接近黃迦農；」我道，「可是我接觸過許多團體的高層幹部，獲得的資料交到您手上，絕對可以整垮他。」

「『接觸』過幹部？」宗師露出意味深長的微笑，接著緩緩搖頭，「三年前要辦這任務，想來輕鬆許多，若你並未蹉跎這許多光陰，現下我們早已輕省。」

4

編出那套參加上人團體、接觸高層幹部的胡話，我的目的，是想聽聽宗師的說法，看看他是個怎樣的人。

我在媒體上看過幾次關於宗師的報導或談話，內容大多溫和圓滑、閃避任何尖銳議題，說好聽點是以和為貴、大局為重，說難聽點就是站在既得利益者的位置、利用神祇名義去規勸倡議改革者。宗師必然知道自己的言論不只代表自己，所以這種態度出現在一個巨型教團的領袖身上並不難理解。

真正讓我對宗師開始存疑的，是大約一年前的都更事件。那個現在已經拆掉的老社區接連發生過幾次火災，後來鬧出人命，我因故介入，得知背後的幾股相關力量之一來自宗師教團。

當時我並不確定宗師本人與那些事件的關聯有多深。但大概三個月前，我開始從某人的記憶裡得知，宗師其實不只是教團領袖，除了自己牽涉許多政治人物與地方派系的勢力，也做過許多與「勸人向善」之類教義南轅北轍的勾當。

美國漫畫的劇情常以超能力者之間的衝突為主線，所以角色獲得超能力之後，大多會選擇成為超級惡棍或超級英雄，前者負責在故事裡引發犯罪事件、後者負責解決；但在現實生活當中，不大可能發生這種事。

現實裡的罪犯，大抵由警務系統負責追緝，逮捕後經檢調單位調查起訴，進入司法審判；也就是說，社會當中建立了處理罪案的體制，有固定成員為這個體制工作，政府則以稅金支付酬勞。假使現實裡真的出現了超級惡棍，對付他的也是這個體制；假使現實裡真的出現了超級英雄，他也不能凌駕這個體制、以自己的判準決定處理罪犯的方式。

體制未必完善，但應當經由民主機制建立的規則逐步修改。有些時候，罪行並未浮出檯面，自發性的舉報可以提醒檢調單位進行追查；而新聞媒體的循線報導，則可能提供促使檢調單位開始動作的證據。

宗師沒有超能力，但他利用巨大權力所做的事，幾乎就是個超級惡棍；我有超能力，但我不是超級英雄。

想當面見見宗師，有別的原因。

雖說沒有完整計畫，但對於見到宗師後要做什麼，我昨晚想過幾套可能的方案。因為不確定與宗師見面時會在哪種場合、旁邊有多少人、現場會不會有監視錄影機等等設備，所以每個方案都充滿變數。

但是感謝宗師。他選擇這個見面地點的謹慎考量，反過來替我減少了許多麻煩。

我在某人的腦袋裡讀過這些記憶，那人三年前曾在南部一處類似的房間裡，被三名漢子痛毆。

宗師在全國各城擁有多處房產，其中有些設有這類房間，平日無人使用，只有兩種時間例外：一是宗師想要獨處的時候，另一則是宗師命令三名漢子執行特殊任務的時候——三名漢子會在這類隔音效果良好的地下室教訓惹怒宗師的人，而宗師喜歡坐在那張巨大的沙發上，臨場感十足地觀賞。

宗師認為我就是那個人。他並沒有認錯人，從某個層面來說，那人的確是我。

但精準一點講，那個「我」並不是我。

「倘若您覺得要靠資料整垮黃迦農太過費事，那還有別的辦法；」我道，「給我一筆錢，讓我快速成為團體裡的重要成員或當上幹部，那要接近黃迦農、用您希望的方法解決他，就簡單多了。」

「人窮志短，時日一久，連腦筋也會糊塗；自個兒聽聽，你開口說的是什麼要求？」宗師揮揮手，「你到底掌握何事？先讓我瞧瞧。」

「好。」我轉向離我最近、離另外兩名漢子最遠的精壯漢子，揚手將運動型墨鏡朝他扔去，「接著。」

精壯漢子接下運動型墨鏡，不明究理地低頭看看，還沒抬頭，我已經欺近他眼前，左拳擊中他胸肋下方的肝臟部位，右拳接著打歪他的脖子，左拳再鑽進他右頰上方接近太陽穴的位置。

精壯男子踉蹌退開，我墊步向前，朝他的下巴補了一記右上勾拳。

三名漢子都是打手，我要搶得先機，下手得盡全力。

精壯漢子仰面倒下，後腦撞到地面。

我回頭瞧見宗師的錯愕表情，也瞧見另外兩名漢子注視著他、等他下令的眼神。

後足點地，我舉拳向刺青漢子躍去。

5

刺青漢子舉臂準備擋下我的拳頭，這是正確判斷，因為我剛放倒精壯男子時用的都是拳擊，向他躍去時也做出揮拳姿勢；但他上當了。

舉拳只是虛招，落地後的下段踢才是實擊。我準確地踢中刺青漢子的左大腿內側，他失去平衡，沒能擋住我接下來的右腿中段旋踢。

我應該踢斷了他的肋骨——這個念頭剛閃過腦海，我的左腹吃了一拳。

太近了，所以旋踢沒能發揮最大效果；但基於相同理由，刺青漢子的拳頭也沒有足夠的揮擊距離。

我退開兩步，刺青漢子大吼一聲，向我衝來；我剛要起腳用前踢制住他的攻勢，耳中聽見宗師道，「拿下他。」

襯衫漢子即將加入戰局，我得加速解決刺青漢子。剛抬起的腳向下踏穩，我險險避開刺青漢子的顏面直擊，他的左拳擦過我的額角時，我的右拳轟中他的鼻梁。

右手很痛。我揮拳的力量以及刺青漢子衝來的速度，加重了這拳的力道；刺青男子五官緊皺、向後退開，我沒浪費時間，搶步上前，揍歪了他的下巴。

刺青漢子頹倒，一記直拳從他身後竄來，我一歪頭，拳頭擦過左臉。

襯衫漢子來了。

左臉一陣刺痛。我知道剛那記直拳劃破了皮膚。襯衫漢子的右拳不知幾時戴上了手指虎。不過沒有正面擊中，這只是皮外傷。

我左右擺擺頭，放鬆肌肉，重新擺出戰鬥姿勢。

襯衫漢子沒有搶攻，只是瞇眼看著我。

一對三，我必須盡快把敵人的數量減少；現在是一對一，我不必急著出擊。

襯衫漢子和我彼此打量，緩緩移動；他的步伐有點猶豫，我快速一晃肩膀做了個假動作，他的身形一窒，接著緊繃。

我突然明白：因為負責講話的是襯衫漢子，所以我下意識以為他是三人之中最能打的領頭人物，但這兩者之間並沒有絕對的關係。再者，從方才兩名漢子的動作來看，真正接受過搏擊訓練的，或許只有刺青漢子；襯衫漢子的姿態太緊張，這是實際對戰時的大忌。

宗師讓三名漢子擔任懲戒角色的原因，或許並不是他們在搏擊技術上特別出色，而是他們完全聽命於宗師，而且在揍人的時候特別狠。

這樣的話，我需要擔心的，只有那支手指虎。

「等來何事？」宗師的聲音有點不耐煩，「快動手。」

襯衫漢子舉步衝來。

雖然知道要防著手指虎，襯衫漢子的主要攻勢也集中在揮刺手指虎，但我不能完全不理其他方向的打擊，而防備的時候，就無法完全閃避手指虎的威力。

左肩後方被手指虎擊中，幸好沒有打到骨頭，但肌肉相當疼痛；腹部也吃了一記，雖然我急急後退卸去部分力道，但不確定腹肌有沒有好好地護住裡頭的臟器。最麻煩的是為了擋開衝著我下巴而來的揮擊，我的右拳撞上手指虎，原來已經很痛的手指更痛了——我相當確定指骨裂了。

不過，在閃躲一陣之後，我也摸清了襯衫漢子的攻擊模式。

襯衫漢子再度刺出右拳。他第一次如此攻擊時，我向右閃開，他趁機抬左腿膝撞；第二次攻擊時，我擋住了膝撞，卻被他擊中左肩後方。所以這回我不再右閃，反倒朝左側身，左手抓住他的右腕，藉勁後旋的同時右臂穿過他的腋下，壓住他的後腦。襯衫漢子譙出一個髒字，我左右手分別使勁，聽見一聲關節錯位的悶響。

襯衫漢子右臂垂下。他的肩膀脫臼了。

我舉膝撞擊襯衫漢子的後方膝窩，迫他跪下；襯杉男子漢來不及再罵，我已經將全身重量壓上他的背部，把他的臉重重砸向地面。

襯衫漢子的身體鬆開。我放開手，他軟軟趴下。

我確認襯衫漢子已經暈厥，拿下他的手指虎，起身檢查另外兩名漢子的狀況。

三名漢子都不省人事。很好。

我站直身子，望向宗師。

6

剛才曾經表情錯愕，但宗師現在一派淡然，「三年不見，你倒未虛擲光陰，想來是自認不足之後，拜師求藝，到某處修習了格鬥技法？」

「看書。」

「還變得很幽默呢，甚好，甚好；」宗師哼了一聲，「你現在搞這齣所為何事？被黃迦農洗腦了？」

「你不害怕？」宗師的態度讓我十分好奇；我剛擊倒他的三名打手，手上還拿著手指虎，但他看起來一點都不擔心。

「怕誰？怕你？」宗師笑了笑，「虛妄之論。人心內裡，有其不變之處，凡人皆同，無一例外；就算早晚燒香、口宣佛號、在胸前劃十字、定時朝聖城方向跪拜，還是從白嫩嫩的肉雞訓練成滿臉疤的鬥雞，該處都始終如一。我能坐擁今日權勢、長踞此刻地位，正因我能夠一眼看透人身虛像，直視該處。我早已看透你了，是故完全毋須驚懼。用任何手段傷了我，後續你必得面對更多麻煩，但你一向會避開麻煩；乾脆了結我的性命？你沒那種膽量也沒那種資質，殺人越貨，非你所長。縱使黃迦農叫唆你來對付我，但我絕對可以提供更吸引你的條件，反將他一軍——這麼一來，就是他把一張好牌白白讓來；害怕？我開心得很。我問你，黃迦農是否知曉你的能力？」

我搖頭。

「你瞧，那人壓根兒不明白何謂『用人唯才』！把你當打手使喚，完全大材小用，這種體力活兒只適合讓躺在地上那幾個貨色，不應讓你負責。」宗師用手指點點額邊，「不過，待我直言，我總好奇，你讀了那麼多人的記憶、刪了那麼多人的記憶，自己的腦袋是否也因而紊亂糾結、不甚清明？想來是的，正因如此，你才會信黃迦農的連篇鬼話。」

宗師相當清楚，上人經營團體的主要伎倆有二：一是利用直鎖手段快速增加成員，直鎖賣的大多是某種可以提供美好生活想像的物質，上人賣的則是某種可以提供美好生活想像的心境；另一則是利用團體聚會進行的洗腦工程，在成員之間安排暗樁，製造彼此關懷同時又尊崇上人的氛圍，讓成員坦承自身煩惱，製造群體當中的親密連結及一致的向心力，接著在與世隔絕的環境裡持續灌輸上人的意念，輔以名人見證，讓成員不自覺地信奉上人。

「這套技巧其實甚為基本，我早年已然全盤熟悉，現下在一些不同城市裡的教團會所，仍在繼續使用——畢竟有效，沒有棄置之理。」宗師撫著肚子，「但黃迦農的眼界太低，只見到初階層次，未洞悉組織運作的真相：要掌握真正的權力，就要掌握社會的黑白兩面……」

「上人的確沒你厲害，」我打斷宗師的演講，「就我所知，他和地方幫派沒什麼聯繫，團體裡能提供暴力服務的成員數量也少。不過，他還是對你造成了威脅。」

宗師停了口，揚眉看我。

「明眼人都看得出來，」我道，「所以你才派人綁架他兒子。」

阿狗提過，上人團體積極募集的成員，主要是公眾人物、企業高層、白領階級和青年學生；這些成員有的可以成為團體的門面，有的可以大量捐款，有的可以長期參加活動，有的可以接觸到更多現在還沒加入團體、但有機會加入的成員。

更要緊的不是這些成員目前可以貢獻的資源，而是他們未來可能擁有的地位。

透過多年經營，宗師掌握了政界商界更頂端的人脈，但這些久踞權力頂層的分子會逐年衰老，政治與商業結構的變化也愈來愈快，再過一段時間，上人現今握有的這批人，很有機會取而代之。

宗師明白這件事，所以才要打壓上人；上人也明白這件事，所以一方面在聚會時大力抨擊宗師，另一方面設法加速擴張版圖。

「你對付上人的原因，不是擔心他會瓜分你利用信仰獲得的利益；」我道，「你是害怕他取代你。」

7

「哈，」宗師從鼻孔彈出一個不屑的笑，「取代我？黃迦農未夠資格。」

「他的思考和布局的確不到你的層級。」我問，「你派人綁架他兒子，本來希望他怎麼合作？解散團體？」

「那是下下之策，」宗師搧搧手掌，彷彿我的問題是隻愚蠢的蒼蠅，「他耗費多年時間精力找到的那群人，留之有用，棄之可惜。聚集群眾對我而言雖不算難事，但黃迦農長年在團體裡對我造謠毀謗，所以能留在他團體裡的人，絕大多數不會是我的信眾。如此思考，便會明白：直接把他的團體併進教團、化為我的信眾，才是上策。」

「那些人一直聽他罵你，怎麼會加入你的教團？」

「當然，一定會有少部分成員因此離開，」宗師不以為意，「但你還是沒有真正明白『信仰』的力量。只要黃迦農宣稱：在我的指導之下，他獲得了更高層次的感悟，於是發現教團裡信奉的神祇才是成員應該追隨的唯一指引，我也前嫌盡棄地歡迎他重回教團，這麼一來，保守估計，至少有九成五的人會跟著他一起加入。」

宗師表示，上人之子遇襲之後，宗師已經派人接觸過上人，提出將上人團體併入宗師教團，以及讓上人擔任教團高層幹部或者協助上人從政的條件。

「他怎麼說？」

「還在考慮。我知道黃迦農的層次不高，腦子不好，看不出這是對他最有利的方案，我答應給他幾天時間好好想想。十年前我就已然看透，此人資質有限；那時他想倚仗我的力量參選，我沒有出手協助，他因此懷恨在心，對我惡言相向。對於沒有自知之明的人，我只簡單教訓，把他逐出門牆，算是相當客氣。」宗師若有所思，「待我直言，這幾年黃迦農的成績的確令我刮目相看，不過那並不是我當年未能準確識人，而是這社會的群眾近年來信仰缺乏得太過誇張。要不是我想吃下跟著他的人，要收拾他實在不是難事。」

「國內的政治和商業結構都在變，你原來那套會漸漸失效，」我道，「就算把另一個團體拉進來也一樣。」

「你對人太沒信心。」宗師笑了，「渴望英明的領導也好、追求自由的體制也罷，所有人都有自己信仰的某個東西。只要能夠成為大多數人信仰的目標，政商體制的變化，就只是一些手段上的小小調整而已。」

我沒說話。

宗師豐厚的手掌撫著肚子，「待我直言，聽我這番諄諄告誡，你應當已然明白，幫著黃迦農對付我，不會產生什麼作用。黃迦農遲早會成為我肚腹內的食物，現在幫他，對你的未來沒有好處。而且我剛再三強調，我很瞭解你，我知道你要什麼。」

我看著宗師。

「你想要權力，但不清楚權力可以做什麼；你想要錢，但不懂得該怎麼真正花錢；」宗師也看著我，「你以為自己要權要錢，但那不是你真正想要的東西，只是你看我呼風喚雨，就以為你也想要這種生活。你一向低調行事，不引人注意，因為你的長相沒有特色，早就習慣沒人注意，也因為你不想被人發現你有特殊能力。」

宗師舔舔嘴唇，「待我直言，假若我擁有你的能力，我的發展就遠遠不只於此；但你卻一直只是個小角色，因由為何？因為你光是用你的能力去讀女人的記憶、藉此騙她們寬衣解帶，胯下穢根滿足了，你就也滿足了。你真正要的只有這點東西，浪費才華；這種欲望要能滿足，何難之有？替我做事，要哪個明星名模，我都可以安排。」

我搖搖頭，「我不是你說的那個人。」

8

「是嗎？你說如何便如何罷；」宗師漫不經心地道，「我言盡於此。你需要的利處我一應俱全，依你的腦子，想來可以明白繼續幫黃迦農沒有意義。」

「我不替他工作。」我道。

「哦？」宗師微微抬眉，「所以你剛在胡扯？不對，你的確只說加入他的團體，沒說是否替他工作；但如果不是替他工作，你費心到這裡來，所為何事？」

「見你。」我道，「我沒法子直接聯絡你，所以得利用機會。」

「我是發號施令的頭子，你是聽命我指令去解決問題的嘍囉，是你替我辦事，不是我替你辦事，我當然不會讓你知道怎麼找我。」宗師睨著我，「但既然你想見我，就是想要回來工作，我剛已經提出工作待遇，而且你馬上就有任務，只要待會兒就去把黃迦農廢了，我還可以加碼給酬，讓你坐一個不用管事的幹部位置。」

「方才說過，」我道，「我不是你說的那個人。」

「既是如此，你因何故想要見我？」

「我要問你，」我道，「大約四十年前，你是否曾經和一個女孩發生過關係？」

「好個大哉問。」宗師挪挪身子讓自己坐得更舒服點，彷彿剛吃過大餐，「四十年前？那時我已經一心向道，清心寡欲……」

「少說廢話。」我打斷宗師的自我吹噓。

「否則你便如何？」宗師好整以暇。

「這裡沒人可以幫你。」我轉轉拎在右手的手指虎，手指傳來一陣痛。

「虛張聲勢對我沒用。」宗師語調不變，「我剛要說的是，因為一心向道，清心寡欲，所以那時我已經較少把時間耗在女子的兩腿之間；但是耗時次數雖已不多，應付數量仍舊不少，你這種問法，我無從得知究竟所指何人。」

《廢物手記》的最後幾本，記錄了約莫四年前，廢物回國找尋生父的過程；到各地查訪之後，廢物的偵查漸漸聚焦。

從年紀推算，廢物知道母親是在精神狀態異常之後懷孕的。廢物的外祖父母原來已經計劃重新在國內定居，但因為女兒出現古怪症狀，外祖父母決定將治癒女兒當成第一要務，在那兩、三年內，外祖父母絕大多數的時間，都帶著女兒在全國各地探訪名醫。

彼時國內的醫學技術沒能有效治療廢物的母親，所以雖然外祖父並不怎麼相信民俗療法或靈界力量，但在外祖母的勸說下，他們也向每個探聽得到的神醫妙手求診、到每座靈驗無比的廟宇道觀參拜。

廢物的外祖父對他提過一些當年到訪的地點，廢物把他記得的一一列在《廢物手記》當中，逐地訪查。廢物認為，母親發病後大多數時間被留在外祖父母身邊，方便隨時照料，但倘若在大小醫院或宗教會場當中，就可能出現母親單獨接受診療或進行儀式的機會，自己的父親，肯定是利用那些時機下手的。

以生日計算，廢物的母親受孕時，外祖父母帶著女兒四處求診的行程，大多在國內的南部地區。彼時母親才不過十一歲左右，應該剛進入青春期，廢物很清楚，會對這樣的小女孩下手，自己的父親不管是醫師還是神棍，都算不上什麼好人；廢物不打算認祖歸宗，也不打算讓父親進入自己的生活，他只想找出父親的身分，至於找到後要做什麼，《廢物手記》裡寫了許多假設，但沒有一個確定的方案。

當年外祖父母接觸過的醫療院所與宗教團體，現在還找得到的，廢物全都查過了，現在已經不存在的，廢物也設法循線找到相關人士；有的人記得曾經見過這一家人，有的人早就忘了，廢物的尋訪，並沒有令他滿意的結果。

快要放棄的時候，廢物想起一件事。

9

廢物的外祖父說過，他們一家人在南部求醫的那段期間，加入了一個教團。那是個信眾正在增加、名氣日漸響亮的教團，初始是外祖母聽聞名聲，所以一家人到教團的根據地求神，接著發現教團的會所也提供住宿服務，外祖父母認為教團裡環境清幽，而且暫住於此，也方便繼續在這個地區替女兒尋診，所以決定在那裡住下。

住宿期間，教團信眾提供了許多協助，待在教團裡的確也讓人感到心境平和，是故一段時間之後，外祖父母不但也成為信眾，外祖父還捐了一筆金額相當可觀的善款。

因為出手慷慨，所以當時教團中一個聲望極高的年輕修道者，常常與外祖父母碰面講道，也多次幫廢物的母親祈福驅邪。

廢物開始認為，自己的父親，可能就在教團當中，甚至可能就是那個年輕修道者。

「我想外祖父母發現母親懷孕時，也思考過這個可能；但一來那時他們已經回到美國，二來沒有真憑實據，所以沒有再回國查證。」廢物在《廢物手記》裡寫道，「其實，我認為外祖父並不希望我去追查生父是誰——他雖然疼我，但可能覺得母親未成年懷孕畢竟是件憾事，而如果我的父親就在教團當中，那麼外祖父會因此責怪自己。」

親自到訪教團之後，廢物發現當年的年輕修道者，現在已經成為教團的唯一領袖，被信眾們尊稱為「宗師」。廢物開始參加教團儀式，與幾名信眾逐漸熟稔；廢物向他們詢問單獨面見宗師的方法，他們告訴廢物：宗師空餘時間不多，除非求見者的身分非常特殊，否則難有機會獲得接見。

廢物憶起外祖父的經驗，盤算自己是否也該用鉅額奉獻來換取與宗師單獨談話的待遇；但當真見了面該說什麼？廢物還沒理出頭緒。

「其實，對我來說，最佳狀況並不是直接去面對宗師——我該問什麼？」廢物在手記裡寫下自己的混亂思緒，「問他『你是不是我爸爸』？他不可能會給我肯定的答案；問他『幾十年前是不是曾經對一個女孩亂來』？他也不可能承認多年前玷汙未成年少女。就算他真的承認了，那我該怎麼做？」

廢物明白，能夠面見宗師對真相的追查仍然沒有幫助，最好的辦法，是繼續追查可能的線索。廢物在美國生活的時候，接過一些委託，替人查找一般管道難以搜尋的資料，但那些任務使用的技術來自廢物建立的龐雜知識體系或者外祖父多年累積的冷僻研究，並非現實的偵搜技巧；廢物從那些任務裡獲得一些經驗，也把經驗用在自己找尋生父身分的過程中，只是從外祖父留下的訊息以及四下訪談的紀錄查到宗師教團之後，廢物已經不知道還有什麼線索可以連結到將近四十年前的事件。

某日廢物參加教團儀式，散場之後，一名與他相熟的信徒追上他，表示有事相談。

廢物在教團裡打聽消息時，這名信徒常會幫忙，和廢物很聊得來；但兩人找了家路邊咖啡館坐下之後，信徒說出的話讓廢物暗暗吃驚。

信徒自承觀察廢物多時，知道廢物並非真的一心向教，只是想打探與宗師有關的事；信徒勸告廢物，宗師並不是一個溫和光明的求道者，要廢物別惹禍上身。

雖然不知道自己是哪裡洩露了真正意圖，但在驚訝之餘，廢物馬上想到：信徒既然出言勸告，可見對廢物並無惡意，言談當中甚至顯示信徒並不相信宗師。

廢物詢問，「你怎麼能確定我無心求道？而且你居然在我面前直指宗師不是，如果宗師當真和表面形象不同，那你難道不擔心這話傳到宗師耳裡。」

信徒微笑表示，只要多留神廢物與信眾們交談的內容，就會發現廢物的焦點一直放在宗師身上；得知此事之後，信徒做了調查，確認廢物是個生活簡單的歸國僑民，與教團之間沒有關係。

「我不知道你為什麼會對宗師有興趣；」信徒對廢物道，「只是希望你小心一點。我已經在教團裡調查一陣子了，宗師絕對是危險人物。」

「調查？」廢物相當意外，「你是偵探？還是警察？」

「都不是。」信徒搖頭，「我是記者。」

10

記者告訴廢物，自己參加教團活動的原因與宗教信仰無關，而是認為宗師教團另有黑幕，想要揭發箇中弊端。

既然是個臥底記者，那麼就比自己更有可能查出宗師的過去——廢物如此認為，於是對記者說出自己查找生父的經過。

「所以你認為宗師可能就是令尊？」記者沉吟，「從你剛提到的資料來說，的確有可能，但還不能確定。」

「對，但我也不知道接下來該怎麼辦。」廢物問，「你的調查裡有什麼相關線索嗎？」

「或許會有，但那方面我還沒空進行；」記者想了想，「宗師早年在教團裡就是個極有名望的修道者，隨著教團擴張，他在教團裡的勢力也愈來愈大。但是教團擴張的方式不見得符合所有修道者的期待，宗師想要變成教團體系當中獨一無二的領導，就必須設法排除教團裡其他反對力量。我先前查過幾個從前也在這個教團裡頭、位階不低但現在都已經不參與教團活動的修道者，他們有的改投其他教派，有的乾脆放棄修行，重新投身世俗工作。這些人很可能都是與宗師理念不合、被宗師鬥垮後才離開的，所以我打算去拜訪他們，或許其中會有人知道關於令堂的事。」

「那太好了。」廢物喜出望外，「我能幫什麼忙？」

「這是我的工作，我來就好。」記者笑道，「倒是你為什麼沒想過找專業人士協助，要自己查？」

「不是沒想過，但我握有資料很零碎，要搜尋的時間和空間跨度都太廣，很難仔細說明；」廢物說道，「再說，我喜歡找資料，所以覺得自己應該也找得出人來，還能趁機到國內不同地方看看。」

「資料是死的，人是活的；」記者邊搖頭邊說，「這兩者不大一樣。而且，你問話的方式不大高明，繼續待在教團裡不會有什麼進展，反倒可能引起注意，最好遠離這裡。」

「總有什麼我可以做的；」廢物追問，「需要資金援助嗎？」

「金援永遠有幫助啊，尤其是這種需要花很多時間進行的任務；」記者道，「有需要時我一定會向你開口。不過我話說在前頭，我不確定能不能查出和令堂有關的事，所以你很可能只是白白花錢。」

「無妨，」廢物說，「就當是我贊助你對宗師的調查吧。」

記者與廢物約定，幾天後就會開始查訪已經脫離教團的那些人，屆時把結果告訴廢物。

廢物當晚在手記裡寫下自己與記者見面的過程，隔天離開居住了一陣子的南部旅店，回到自己在這城的住處。

只是約好的時間到了之後，記者並沒有依約聯繫。

廢物多等了一週，決定再去教團看看。

這是《廢物手記》最後一頁的內容。

廢物沒能再回這城寫手記。因為他在回程途中碰上意外。

「我雖然不記得每個承我眷顧的女子，但假若確認她們因我受孕，我對孩子們可都是悉心照料。且慢，難道你亦是我的孩子？不對，」宗師自顧自地道，「我決定用你時，派人查過你的底細，你是叔叔帶大的，你媽姿色平常，即便自薦枕席，我也絕不可能願意臨幸。」

「那女孩大概十一歲。」我道。

「既然年齡特別，你就早該先說。我的確曾經寵幸過一個女娃兒。待我直言，我對女娃兒並無特別興趣，會記得這事，因為那是個一時興起的嚐鮮舉動。那女娃兒有些精神異常，父親是個學究，不知變通，母親長得相當標致，女娃兒完全繼承了母親的樣貌。我有意親身關心一下那母親，但沒什麼機會，於是有天興致一來，決定試試自己未曾探索的領域。」宗師第一次真心笑了起來，「待我直言，雖說『標致』，但我現下已然記不清那對母女的長相。你也想試試？我可以安排。」

我發現自己被帶到這個房間時，就應該只問一個問題，然後做一件事。

搬出我虛構的故事、耗了這麼多時間，只是因為我想和宗師聊一聊，聽他說幾句話。

但我發現我根本不需要按捺情緒聽這些。問了那個問題後，我還發現我根本也沒必要問那個問題，應該直接做完那件事。

我走向宗師。

宗師盯著手指虎，表情首度有了警戒，「你問了，我也答了，還待如何？」

我看看手指虎，把它扔到一邊，深吸口氣，「我不能說很高興見到你，但我很高興要向你告別。」

「喔，」宗師鬆懈下來，「要走了？你無意考慮工作？」

「再見，」我舉起拳頭，「父親。」

他想起來了。

約莫一週之前，他奉命刪除臥底記者的記憶；在記者的記憶裡，他曾經見過眼前這名男子。記者和這名男子接觸過，男子懷疑胖子是自己的父親，希望記者協助確認，並且表明可以贊助記者的行動。

就算你查出來胖子是你爸爸，那又如何？他在心裡不屑地笑笑：你是單純想認祖歸宗、還是想找媒體爆料說宗教領袖行為不檢？你不知道胖子是個黑幫帝王，惹不起啊。

那時他覺得記者與男子接觸一事無關緊要，所以沒把這個資訊告訴胖子，而且如果胖子要求他去把男子找出來，他就替自己多攬了麻煩工作。但現在重遇男子，他想起男子對記者提過，自己也做了些調查。

記者在教團裡臥底一段時間，就他看來，記者查出的資料仍屬皮毛，是故，他不認為一個外人能查清楚胖子教團與組織之間的關聯。但既然男子出現在他面前，他就可以趁機閱讀記憶；倘若男子出乎他意料地查出與胖子有關的重要內幕，那麼刪除男子的記憶，就是大功一件。

不，他又想，胖子不知道記者和這名男子聯絡過，記者曾經查過男子的背景，但他沒有細讀那部分記憶，所以不確定男子的來歷和底細。所以最好的辦法，是從男子的記憶裡確認男子知道什麼，回報胖子，請胖子派人調查，這樣才能取信於胖子，證明他不是隨便刪了某人的記憶就想邀功，也證明他對胖子的確忠心耿耿。

清晨從住處離開的時候，他還想著要遠離胖子的掌控，不到一天，他現在想的全是如何討好胖子。

他並不認為自己的態度矛盾。他認為這叫識時務者為俊傑。

因為全身是傷、搭車換車，閃閃躲躲了一整天，他已經覺得十分疲憊；想到接下來在北部不知還得藏匿幾天、不知能否順利找到偷渡的門路、不知會不會驚動胖子，也完全不知得在國外待多久才算安全，他就覺得自己被絕望滅頂、無法呼吸，根本不可能如同自己想像那樣撐下來。

先前他很肯定胖子不會知道他存放叔叔遺產的那幾個帳戶，但累了一天，他現在左思右想，不再那麼篤定。胖子神通廣大、高層人脈眾多，僅需向銀行主管吩咐一聲，要查出他有幾個帳戶不是難事；他不可能不動用帳戶裡的款項，但一旦他提款花錢，胖子就能夠查出他的所在。

當然，他也想起幾年之前，他從北部溜回南部，一出車站就被胖子逮住的往事。現在他雖然採取了更迂迴的逃亡方式，但或許在胖子的眼中，這根本不算什麼。

自己實在太衝動、計畫也太簡陋了。

他夢想中的生活，不就是依靠特異能力獲得穩定優渥收入、可以隨意和任何一個他看上眼的女人上床嗎？替胖子工作，不就能夠如此安逸地生活嗎？自己為什麼要多事說想當什麼幹部呢？為什麼要好奇想拿那本手冊呢？乖乖聽話就好了呀！

眼前這名男子，是讓他回歸夢想生活的關鍵。

首先，他可以告訴胖子，本來只是想要出門買個東西，結果認出這名曾經與記者接觸過的男子，於是跟蹤男子，打算找機會閱讀記憶，確認男子是否知道什麼與教團、組織，甚或胖子有關的情報。

假若胖子問他：既然知道記者與這名男子談過，為何當初在閱讀記者記憶時沒有報告？他就找個理由搪塞，例如當時只依照胖子的指令確認記者身分，所以沒有多讀其他記憶，但見到這名男子時，想起記者是進入教團臥底後才與男子見面的，所以才會起疑。

這理由或許不夠好，不過他還有時間想更完整的說法；況且只要確定男子知道教團和組織的任何內幕，就能向胖子討功勞，而只要他幫胖子揪出一隻組織之外的蛀蟲，胖子或許就不會那麼計較他先前知情不報的過失。

他會告訴胖子，自己很有誠意將功折罪，也很樂意像過去那樣隨傳隨到，替胖子服務。他已經認清自己的資質，並不適合擔任幹部，也沒有能力隻身對付那個另外成立團體的親信；不過如果胖子用別的方法抓到親信，那麼他會盡全力摧毀親信的記憶與自我意識、將親信變成廢人。

只是，假設眼前這名男子對教團與組織的關係一無所知，那該怎麼辦？他想了想，忽然靈機一動：倘若讀了記憶卻發現男子毫不知情，那就由他透露一些內幕給男子吧！這和當年金邊眼鏡男人的妻子找他當替死鬼的手法一模一樣，再說男子本來就委託記者協助調查胖子，光憑這點，他就沒有冤枉男子。

他並不打算確認男子是否是胖子的兒子——男子自己一定不確定，否則就不需要調查，所以閱讀男子的記憶無法確知此事。再者，無論男子與胖子有沒有父子關係，只要對胖子的利益有損，胖子就會不留情面地鏟除，看看金邊眼鏡男人的下場就明白了。

不過現在沒什麼機會閱讀男子的記憶。

要閱讀記憶，必須碰觸到男子，最簡單的方法，是和男子握手，或者以看手相為理由搭訕。但貿然要求握手很古怪，搭訕感覺也不大對勁；而且他的喉嚨遭精壯漢子的手刀砍傷之後，現在沒法子正常發聲，這天每次購票，他都得找自動售票機解決。

一個看起來像大學生或研究生的年輕男生，在他旁邊坐下，把背包挪到腿上抱著，神情看起來有點緊張，也有點期待。

好吧，這麼一來，更難對男子下手了。

他斜眼看看學生的表情，心忖那個背包裡八成是色情雜誌或色情光碟，只有那些東西會讓年輕男生露出那種心癢難耐，巴不得馬上回家關門脫褲子的猴急蠢樣。太嫩了啊；他在大學時期，早就已經不會被那類搔首弄姿的照片和哼哼唉唉的影片挑起欲望了。

算了，等對座男子要下車時，自己再跟蹤好了；路上可能會有機會閱讀記憶，知道男子住在哪裡，未來也可以找到時機。

只是不能拖太久，不然就不大好向胖子交代。

車廂猛地一震。

三年後回想那樁火車出軌意外，他記得的經過非常混亂。

感覺很像是電影裡的慢動作畫面，每個細節都看得很清楚，頭腦在極短的時間裡處理了比平常更大量的外來刺激，但因為資訊太雜太多，所以一切又都糊成一團。

車廂在震動之後傾斜扭轉，他、學生和對座男子一起被拋離座位，撞向窗戶。他在慌亂中伸手亂撈，抓到學生的後頸、握住對座男子的手腕。

接著，他聽見車窗迸出裂痕的聲音。

這段鐵道旁邊是山坡，也就是說，如果窗戶破裂，他們就會朝山下墜去。

特異能力在驚懼當中劇烈增幅，他赫然發現，學生、對座男子，以及他自己的自我意識和纏繞其上的記憶線團，全都被扯離身體。

他沒遇過這種狀況，但無暇細想處理方法；車窗發出裂痕急速擴大的細瑣爆響，他閉起眼睛，盡力集中心神，試著把三人的自我意識和記憶線團塞回身體裡。

成功了！他感覺到某種方才失去的安全感，彷彿從失重狀態重新站穩腳步。

還沒來得及睜開眼睛，車窗脫離窗框。

胖子曾向他提出的問題，答案是肯定的。

他的特異能力，的確能夠將一個人的記憶完整取出、放置到另一個人的身體裡。

因為他醒來之後，從聽到和感覺到的資訊拼湊得知，自己當時在驚慌當中完成了這件事——他把自己、學生和對座男子的自我意識和記憶線團，塞進了不同的軀殼當中。

同時，他也確認，特異能力來自他的身體，和他的內裡毫無關係。因為他失去了自己的軀殼，所以也失去了特異能力。

車窗破裂前的那個剎那，他犯了錯。

這三年來，他有時會好奇其他兩人後來怎麼了。擁有對座男子軀殼的那人是否因為認不得那付外表，所以被當成精神失常？擁有他軀殼的那人是否已經被胖子追殺，死得莫名其妙？

最好他們都在出軌意外中死了；他會恨恨地想，但總也會因而悲嘆：死了也好，比起自己被困在這個身體裡、什麼都不能做來得乾脆。

他現在根本就是在服一個沒有假釋機會的無期徒刑。

那個近三個月頻繁到訪的男子，今天晚上又來了。

他原本以為這名男子可能對昏迷的男體有異樣的癖好，每回男子出現，他都覺得相當噁心。

但男子每次到訪，除了站在床邊、握著他的手腕之外，沒有其他動作。

今天晚上想起那些往事，他突然想到：男子的動作，就像是在閱讀他的記憶。

若是如此，就表示男子在三年前獲得了他原有的軀體，同時也擁有了他的特異能力。

喂、喂！他的自我意識大喊：我還在這裡，快想辦法把我弄出去！

男子似乎沒有察覺，只是安靜地握著他的手腕。

過了會兒，男子放開手，走出病房。

不知怎的，他覺得男子不會再來。

低價夢想

【十】

報僮們製造了新聞頭條

——〈A Nickel's Worth Of Dreams〉by Tom Waits

1

從別墅回來後的第三天凌晨，我朝酒館走去。

雖然被載到別墅地下室的房間前，我全程套著頭套，但要離開沒什麼問題——宗師和三名漢子腦中的記憶不但告訴我別墅的地址，還指出別墅裡監視攝影機裝置地點以及存放錄影檔案的設備位置。

車鑰匙在襯衫漢子的褲袋裡。

我開車離開山區，到了山腳下，在周圍道路繞了幾圈，在一個禁止停車的路段停好車、熄了火，把鑰匙留在車裡，走一段路，在公車站牌下等了會兒，搭車回到市區看醫生。

一進酒館，就看見老八坐在吧檯邊。

老八轉頭看見我，朝我點了點頭。我想了想，在他旁邊落座。

酒保在我面前擺上波莫，什麼也沒說，轉身回到吧檯另一頭工作。現在午夜剛過，酒館裡客人還很多。

「都這麼晚來？」老八問，「你喝什麼？」

「波莫。」其實我到酒館的時間大多是凌晨三點之後，平常這個時間，我應該正準備要到健身房做重量訓練，但手指剛包紮不久，我打算先休息幾天。

「威士忌？不錯，不過我喝不慣波莫，你該試試這個；」老八晃晃自己幾乎見底的酒杯，「這是『老伯』，Old Parr，好東西啊。」

我點點頭。看來老八是專程在這裡等我的，但他不會是想找我談威士忌的。

「昨天局裡掃黃組的同事逮到一個戀童癖，那混蛋的兩部電腦裡有一堆未成年小女生的裸露圖片，罪證確鑿，他想賴也賴不掉。」老八喝了口酒，咂咂舌頭，「同事告訴我，戀童癖供稱有個國小老師是他的共犯，還是個女老師；電腦裡的確也有老師的照片，所以同事也把老師請來問話，結果老師說她只是曾帶學生找戀童癖算過命而已——喔對了，開占卜館是那個戀童癖的工作。」

所以羅世達被捕了，還把導師咬了出來。不過老八告訴我這事做什麼？

老八放下酒杯，「同事告訴我這件事時，我瞄了一眼證物，發現戀童癖的筆記型電腦看起來很眼熟。」

羅世達的筆記型電腦背蓋上，貼著一張塔羅牌，編號十七的「星」。我帶著那部筆記型電腦找過酒保，要離開時曾撞見老八。

「你和這事有關係嗎？」老八看著我，資深刑警的眼光很銳利。

我搖頭。

「是嗎？」老八輕輕聳聳肩，喝乾了酒，放下酒杯，「我得走了，最近很忙。下回早點來，我請你喝杯老伯。」

「我請波莫。」我道。

老八在酒保住處見到我的時候，酒保在沖澡，羅世達的筆記型電腦躺在茶几上。去沖澡之前，酒保已經應我請託，在羅世達的筆記型電腦裡做了必要的設定、埋了一支病毒程式。我把筆記型電腦交給金毛，金毛把它放回占卜館、接上電源和網路的那個瞬間，酒保植入的病毒就會啟動。

無論筆記型電腦看來是不是開機狀態，那支程式都會連結網路，持續把硬碟裡的未成年少女裸照及性愛影片檔案，寄到警局的電子信箱裡。

每封電子郵件夾帶一張照片，如果遇上影片檔案，電子郵件裡就會是一個下載網址，指向保持連線狀態的筆記型電腦。硬碟裡這類檔案很多，所以警局的電子信箱很快就會被同一個寄件者發出的大量信件塞滿，負責相關業務的警員不可能不注意。

從老八的話裡可以知道，羅世達已經被警方循線逮捕，也供出了依菲的導師；警方在他住處的桌上型電腦裡找到這類檔案，足以將羅世達定罪，不過導師的說詞與羅世達不同，那些被導師帶去的女孩，可能還得在警方追查時重新面對她們的經歷。

我已經事先刪掉桌上型電腦中拍下依菲身影的存檔。如果我有酒保的駭客技術，就能把檔案清除得更徹底；不過羅世達電腦裡的檔案已經很多，只要電信警察沒有太費事去回復被刪除的資料，依菲就可以不必再被這樁事件煩擾。

希望如此。

2

老八走了之後，我坐在吧檯慢慢喝掉兩杯波莫。

客人漸漸少了。三點過後，酒館裡只剩下我和酒保。

酒保整理完桌子，關了大多數的燈，只留下吧檯上方的光源，回到吧檯裡倒了杯水。

「提早休息？」我問。

其實三點過後還上門喝酒的客人很少，我走進酒館的時候，常常都只有酒保一個人在。我一直沒問酒保為什麼要把營業時間拉到早上七點，但我想她應該很喜歡黎明之前單獨待在這裡看老電影、聽藍調或搖滾唱片的感覺。

剛開始到酒館，是因為我只有這個選擇；但酒保對電影和音樂的喜好與我接近，所以我逐漸成了常客。大約也因為喜好類似，加上我話少，所以酒保也不覺得獨處時間被我打擾，後來還因緣際會地成了朋友。

「坐，沒要趕你；」酒保拿著水杯走到我對面，「我爸這幾天開始忙，不過我覺得他今天是特地過來，看看會不會遇到你的。」

「忙什麼？」

「有記者向他爆料，說那個上人團體和黑道有往來，他正在查。」

把阿興的身分告訴阿狗後，阿狗也開始行動了。

「我爸應該只是想碰碰運氣，如果真的有事，他大可直接找你；」酒保問，「但我爸找你做什麼？」

「不是那事。」老八在酒保住處遇見我時，酒保曾經擔心老八誤會我們正在交往。

「我知道，我問過他了啦；」酒保道，「就算他不知道我喜歡辣妹，至少也對我的品味有信心，知道我不會看上東尼．蒙大拿啦！」

東尼．蒙大拿是電影《疤面煞星》裡由艾爾．帕西諾飾演的主角，不過說實話，那個角色臉上的疤痕數量和我差遠了。

我告訴酒保，前幾天請她安裝病毒程式的那部筆記型電腦，已經順利成為警方逮捕戀童癖的證據；老八來找我，是因為他想起自己在酒保住處看過同一部筆記型電腦。

「抓到了就好，這回的工作我免費服務，不收你錢；」酒保喝了口水，「我最討厭仗著某種優勢去欺壓別人的混蛋。」

我知道酒保想起過去不愉快的經驗。

「不過還真是不能小看我爸的觀察力啊；」酒保皺皺眉，「你會有麻煩嗎？」

我搖搖頭。

老八曾經同我說過，在現實當中，「正義」很複雜；他多年來一直在第一線服務拚搏，相當明白這層道理。換個角度想，雖然看過各種複雜，但老八仍是個潔身自愛的刑警，可見他認為法律能夠在各種複雜當中，劃出一個他能夠接受的標準。

既然已經逮到人了，老八不會想要多生事端。

因為老八信仰法律。

「那就好。說到我爸的觀察力，我發現一件事；」酒保想了想，「從前他還常叨唸我，或者說要幫我介紹男友，但已經很久沒提過這些事了……你覺得我爸會不會已經知道我的性傾向了？」

「問他？」

「說得倒輕鬆，我爸觀念很傳統，我根本不知道該怎麼開口啊；」酒保嘆了口氣。

「他也一樣。」

「也是。」酒保看看水杯，抬起眼睛，「你覺得我該告訴他嗎？」

我本來想說「我不確定，但不管妳決定如何，我都支持」，轉念一想，點了點頭，「當然。」

隔天傍晚，我在夜店門口找到金毛和猩猩，把羅世達和導師被捕的消息告訴他們。

「這就是你的安排？你到底做了什麼？」金毛抽著菸，「好吧，雖然我還是想痛扁他一頓，不過既然他被抓了，那就希望他待在裡頭時被搞得更慘一點；出來混的最看不起這種人了。」

「我還是覺得不公平。」猩猩看著我。

猩猩一直信任我的處理方法，但他看過依菲未著寸縷、在床上昏睡的模樣，所以認為羅世達應該受到更直接的懲罰。

我理解猩猩的想法。但無論怎麼處置羅世達，依菲的遭遇都不會改變。我讀過羅世達的記憶，知道他拍攝裸照時，依菲一直處於昏迷狀態，但我不確定依菲是否留有某些片段印象。最好的方式，或許是刪掉依菲的一部分記憶。

送珊德師姐母女回家、發現她們都睡著了的時候，我的確考慮要這麼做。

但我沒有動手。

真相可能讓依菲變得畏怯，也可能讓她變得更堅強。

我衷心期盼是後者。而我沒有權力阻止她面對真相。

3

「不只這個；」猩猩道，「羅世達說綁架是什麼業界龍頭下的命令，羅世達雖然被抓了，但這個幕後主使根本沒被教訓。」

阿興找羅世達的經過，是我在羅世達的記憶裡讀到的，猩猩並不知情，也不知道業界龍頭就是宗師。我解釋業界龍頭並未下令綁架依菲，那是另一個人的主意。

「你說的人是邱中興吧？」金毛插嘴，「從前因為詐賭被砍壞手筋的那個？」

我詫異地望向金毛。

「老闆前幾天找我，說這個人和綁架案有關，要我去處理一下。」金毛看看我的表情，「他只是斷了幾根骨頭而已，還活著啦；不過揍過他之後真爽，這幾天和猩猩打電動一直贏。」

猩猩翻了個白眼，沒說話。

羅世達認為我原來受依菲母親之託去找依菲、後來則想要透過他接觸宗師；我刪掉依菲的檔案，除了為了讓依菲遠離這件事，也為了讓羅世達檢查檔案後認為我的確只在意依菲、沒打算因為其他女孩找他麻煩。因此他會安心地保留那些戰利品，酒保的木馬程式於是可以持續把檔案寄給警方。

但刪掉依菲檔案的問題，就是與依菲綁架案相關的三名罪犯，都不會因為這樁案子接受法律制裁。羅世達和導師會因為電腦裡的其他證據被咎責，但既然依菲的檔案已經消失，羅世達不會自己說出綁架案，也就不會提到阿興。

我希望阿狗可以查出一些和阿興有關的資料，阿狗應該也已經查到東西，所以向老八爆料；但我記起當時同老闆提及這事的時候，老闆的確認為這樣還不夠，說會另外處理。

金毛的表情顯示這樣的處理方式讓他很滿意，猩猩嘛，看不出來他能否接受。

我也不確定怎樣的懲罰才算足夠。

送珊德師姐母女回家、她們兩人在後座沉睡的時候，我讀了珊德師姐的記憶。那時我不確定珊德師姐是否會與上人決裂，但我認為不該讓上人團體繼續運作下去。

我在珊德師姐的記憶裡讀到上人團體使用的幾個人頭帳戶，從那些帳戶追查資金流向，可以找出一部分上人團體使用成員捐款的方式。讓我訝異的是，從珊德師姐的記憶得知，這些被當成分散及模糊資金流動的帳戶之一，是安帛大學時系上的教授。

這解釋了為什麼珊德師姐沒念大學、但在問出安帛系所時卻能說出幾個系所的老師與事務、讓安帛相信她是學姐的原因。不過，真正讓我驚訝的不是這個魔術手法的揭密，而是我因而發現：連在大學擔任教育工作的知識分子都參加了上人團體、名字甚至被當成人頭使用，這是因為教授認為加入團體有什麼好處？當真把上人的鬼話當成真理？還是我對知識分子的標準抱持了錯誤想像？

讀了記憶後，我喚醒珊德師姐，幫她抱依菲上樓進屋，然後回到車上，把剛讀到的人頭帳戶資料傳給阿狗。

阿狗說他會去查。

我從宗師別墅離開後的第六天晚上，接到阿狗的訊息。

見我進門，阿狗舉高胳臂朝我揮手；他坐在酒館最裡頭的那張圓桌旁邊，眼前擺著他慣常點的紅牌約翰走路。

「開始了。」阿狗的眼神看起來很興奮，不過語氣倒是比平常冷靜，「這案子很大，我們幾個同事已經擬好了整套專題企畫，明天開始會有一系列報導上線。」

阿狗告訴我，他已經向稅務機關通報，提供了那幾個人頭帳戶資料，「我先前提過，我認為上人團體的金錢流向是個調查的重點，不過一直沒找到有力的突破口，你告訴我的那幾個帳戶很有用。稅務機關工作會需要一些時間，在他們還沒公布調查結果之前，我們也準備了熱身節目。」

人頭帳戶的提供者來自不同行業、不同社經階級；阿狗和同事們訪問了幾個，發現他們有的記得曾經提供個人資料給團體幹部，但都宣稱對於自己的資料被用來另開帳戶當成人頭並不知情。「其中還有好幾個更誇張——他們說自己從沒加入上人團體。」

我先是一怔，然後點了點頭。

「你想到啦？沒錯，」阿狗道，「那些人都是勞工或小攤販，本來就不大容易進入上人團體，我推測是上人團體的某些成員，平常有自己的職業和生活圈，這些成員曾經因為其他事情和那些人接觸，握有那些人的個人資料。上人團體有需要時，那些人的個資就被貢獻出去了，人頭帳戶直接有的被用來投資，有的被用來成立基金會、上人團體再利用基金會轉移資金；那些在傳統市場辛苦叫賣的大嬸，完全不知道自己居然成了某個基金會的董事。」

阿狗的推測，在幾個小時前得到證實。

4

「有個上人團體的幹部和我聯絡，說她願意爆料，今天下午我和她見過面，她不但證明了我的想法，也願意提供更多團體的內部資訊。」阿狗看看我，「今天找你出來，是要說聲謝謝，因為除了人頭帳戶的資料，這個幹部也說是你要她打電話給我的。」

前一天晚上，老闆把我找到辦公室，珊德師姐等在那裡，又向我表達了一次謝意。

「本來想把依菲帶來當面謝謝你，」珊德師姐看起來精神好多了，而且似乎和從前有點不同，「不過她說那天她回占卜館後，喝了占卜師請她喝的茶，接下來的事就全都不記得。所以我想，還是不要讓她知道好了。」

我點點頭，珊德師姐又道，「還有，我這幾天想清楚了。你上回說有信得過的記者對吧？把他的聯絡方式給我吧。」

「記者？」老闆問。

「我要離開他。」珊德師姐平靜地回答。

「我當然贊成妳離開他，」老闆明白了，「不過既然要找記者，表示妳除了要離開他之外，也要把他那個團體裡的髒事抖出來對吧？這樣妳以後的生活要怎麼辦？」

「手頭沒那麼多錢的日子，我又不是沒經歷過；」珊德師姐笑了笑，「當年和他在一起的時候，不也是這樣生活的嗎？」

珊德師姐說，依菲獲救那天晚上，她就把阿興的所作所為告訴了上人，上人也答應會處理。但幾天過去，什麼動靜也沒有。

珊德師姐找上人追問後續，上人表示，他和阿興談過，但阿興堅決否認自己參與過綁架依菲的計畫，並指出自己大多時間都在為團體工作，不但不知道依菲被綁架，連依菲的名字都沒聽過。

沒有證據可以把綁架案連結到阿興，阿興自然有恃無恐。

「說到最後，他用很誠懇的態度對我說，現在爸爸要對付他，團體幹部應該同心抗敵，不要互相猜忌。」珊德師姐道，「在他眼中，女兒的安全比不上團體利益，我突然覺得他那個誠懇很假。就在那個時候，我決定要帶著依菲離開他，也離開團體。」

珊德師姐告訴老闆和我，她準備搬離這城，「存款還夠，我名下也有些投資；依菲不念貴族學校的話，能省下不少開銷——除了學雜費外，每年送名牌包給老師的錢都可以不用花了。」

「需要幫忙的話，記得找我。」老闆道。

「沒問題的啦，」珊德師姐微笑，「姊。」

我發現珊德師姐今天看起來會有點不同，是因為每個表情都很真誠。

「也可找我。」我道，同時把阿狗的聯絡方式告訴珊德師姐。

「你已經幫了很多忙了，包括這個記者；」珊德師姐把阿狗的手機號碼存進自己的手機裡，抬頭道，「我不知道你為什麼這麼盡心盡力，或許只是因為你是個好員工，我姊講了什麼，你就會全力做到，但或許也因為，你是個很好的人。」

「那個幹部和我見面之後，我發現我在團體聚會時見過她；」阿狗對我說，「但是幾乎沒和她講過話。她說團體裡的金流財務，有相當大的比例由她經手；她已經決定脫離團體，只要我答應不讓她的姓名曝光，她就願意把她弄得到的資料都交給我。」

「這很重要。」我道。

「我知道很重要，身分曝光會引來麻煩，我當然會保護我的消息來源啦，放心，這我有經驗。」阿狗豎起大姆指，「不過，和她講話的時候，我突然覺得我聽過她的聲音。她打電話給我時我就有這種感覺，見面之後的感覺更明顯。我認為我們接過那幾通和上人團體有關的爆料電話當中，有一通是她打的。」

倘若珊德師姐先前就打過爆料電話，那麼可能是與上人在某次爭吵後的一時氣憤，但打電話後就後悔了，所以沒有說什麼細節，後續也沒再打過電話。

當然，也可能珊德師姐那時已經打算與上人決裂，只是還沒下定決心。

依菲遇上的事，是珊德師姐最後決定的關鍵。

「最近除了這個，我也聽到一些宗師教團的消息；」阿狗盯著酒保放在我面前的波莫，「你還是喝波莫？你不覺得那個味道很像化學藥品嗎？」

「宗師教團？」我沒理會阿狗的問題。

「喔對，這事還沒公開，不過應該壓不了多久了。」阿狗喝了一口自己的酒，「宗師腦子壞掉了。」

阿狗表示，宗師教團裡早有不同派系，先前大多相安無事，但這幾天幾個派系領袖動作頻頻，感覺內鬥正要開始；有記者同業暗中打聽，得知宗師似乎出現了精神異常的狀況，連日常起居都無法自理。

「領頭的主子垮了，想趁機搶位置的人就按捺不住了；」阿狗道，「說句不好聽但很老實的話，我其實蠻爽的，好像前輩在失能的狀況下用什麼超能力報仇了一樣。」

5

我知道宗師的狀況。那和阿狗的前輩無關，與我有涉。

身為記者，阿狗以揭露真相為己任，但這並不是阿狗最終的目的——阿狗一向希望在揭露真相之後，能讓世界回到某種標準。這種標準難以言明，概括來說，或許可以簡稱為「真理」。

阿狗信仰真理。

我得知的事件真相不易說明，也沒什麼必要告訴阿狗。

宗師教團假使分裂，對珊德師姐而言就是件好事。

假設上人團體會因為阿狗的報導以及稅務機關的調查出現危機，那麼在其中工作的阿興就會積極設法切割自己與上人團體的關聯，同時替自己鋪排後路——是故，阿興可能會想再次利用依菲當成獻給宗師的見面禮。

但倘若宗師教團也出了狀況，那麼阿興就沒理由再動依菲的腦筋。

和阿狗喝完酒的隔天中午，我在床上醒來，想起宗師教團裡的派系鬥爭。

宗師曾說他對自己的孩子很照顧，領導那幾個派系的，是否就是宗師的眾多子女？那些同父異母的兄弟姊妹，是否為了權力與利益，正在準備彼此打壓？身為教團幹部，他們的信仰是什麼呢？

然後，我想起廢物。

三個多月前，我被捲入一起事件，為了自清開始主動調查；調查結束後，我從某人手中拿到總數五十本的《廢物手記》。近三個月我反覆閱讀《廢物手記》，覺得廢物似乎是一個我相識已久的好朋友；會有這種感覺，主要是因為《廢物手記》裡雖然大多是閱聽紀錄、提及私人生活的部分不多，但廢物閱聽過的作品我都相當熟悉，廢物的感想也與我非常類似。

不過，在調查事件時，我讀過擁有《廢物手記》那人的記憶，那人和我搭過同一班出軌列車，甚至就坐在我的鄰座；火車意外發生之後，那人不知怎的獲得了對面座位乘客的外貌，並且以對座乘客的身分展開新生活。

擁有《廢物手記》的那人不是廢物。對座乘客才是。

我認識那人時，出軌意外已經過去兩年左右；那人接收了廢物的身分，清掉廢物原有的東西，搬了家；但因《廢物手記》裡有一部分生活紀錄，以防萬一，那人沒有把這些筆記本扔掉。

那人的記憶透露一樁不可思議的事實：一個人的內裡與外在，有可能不是同一個人。現代科學已經逐漸脫離「肉體／靈魂」二元論的看法，但無法解釋我讀到的事實——照那人的境遇來看，那人的自我意識和記憶，都完整地轉移到廢物的肉體當中。

這麼一來，「真正」的廢物到哪兒去了呢？如果那人和廢物在意外當中交換了身體，廢物在另一具軀殼中醒來，應當會覺得困惑，並且開始尋找答案才對。倘若廢物和那人一樣，仍然保有原來的記憶，就會設法回到過往生活圈中查探；那人處理掉廢物的東西，並且另覓住所，就是不想讓廢物找上門來。

那人的做法相當成功，意外過去兩年之後，廢物並沒有出現在那人的視線裡。

開始讀《廢物手記》的原因，是想搞清楚這事；但在閱讀《廢物手記》的過程裡，我漸漸認為，廢物一定遇上別的狀況，否則以他調查生父的行動來看，不大可能還沒查出關於自身軀殼的任何線索。

廢物還在美國生活時，手記當中關於個人生活的部分，記錄的大多是外祖父告訴廢物家族歷史點滴，包括外祖父母如何一前一後抵達美國，數十年後又如何回到國內，最後再度選擇遠離故土；除了閱聽感想之外，廢物大多只寫下這些資訊，顯見他雖未明說，但對於自己的出身相當在意。母親過世、廢物回國之後，閱聽記述沒變少，但生活紀錄變多了，其中絕大多數篇幅是如何追查生父身分的思索，也可看出他極想確認這事。

開始閱讀《廢物手記》原因，主要是我對「一個人裡外不一致」的疑惑，想從廢物從前的紀錄當中，試著尋找意外之後廢物可能的下落；不過讀著讀著，先是被廢物與我高度重疊的閱聽感想生出興趣，再是對他回國尋親的結果感到好奇。

但廢物推論生父可能是宗師之後不久，《廢物手記》的紀錄就中斷了。

6

廢物多次造訪宗師教團，結識的那個臥底記者，就是阿狗的前輩。

阿狗的前輩為了調查宗師教團，搬到南部、成為信徒，混進教團當中，後來突然昏迷，被送進醫院，雖然隔日醒轉，卻已經失能，調查也因此中斷。

從《廢物手記》的記述可以讀得出來：廢物當時雖然覺得自己應該即將確認生父身分，但同時也陷入一種很少在筆記中出現的徬徨心緒。廢物不知道找到生父之後，自己要做什麼——不打算認祖歸宗，甚至不打算讓父親知道有自己這個兒子，那麼費那麼大的力氣尋找父親做什麼呢？

廢物想來想去，認為自己只是單純地想知道父親是誰，最多就是和父親說幾句話，如此而已；那幾句話甚至也不會觸及兩人身分，就是一般閒聊，藉此聽聽父親的聲音，看看父親的表情，觀察一下父親是個怎麼樣的人，思索當年他為什麼對母親做出那樣的事。

我可以明白廢物的心情。過去的已經過去，無法回頭改變，而廢物也不想讓過去影響自己的現在和未來；但是，廢物想要知道過去的真相。

廢物喜歡閱聽各式各樣的資訊，像顆沒有容量限制的硬碟；他從沒想過要用那些資訊去做什麼事，他只是純粹想要從無止境的資訊裡去整頓、排列、分析並且理解，關於世界是怎麼運作的，以及人是怎麼回事。

這是廢物的信仰。廢物信仰真相。

阿狗的前輩在教團裡，觀察到廢物企圖接近宗師，查過廢物的背景後，阿狗的前輩認為應該給廢物一些忠告。

廢物記下那次的會面經過，提及這是調查當中的重要助力，十分熱切地期盼兩人再度見面，但卻沒再接到音訊。

阿狗提過，前輩在教團裡先是昏迷、後來失能的時間，是三年多之前；那正是《廢物手記》中，廢物與記者見面的時候。約定聯繫的時間過了一週，廢物決定再去一趟宗師教團；我不確定廢物那時有沒有找到阿狗的前輩，就算有，阿狗的前輩也已然無法告訴廢物任何資訊。

無論有沒有找到，廢物從南部搭火車要回這城的途中，在快抵遠目的地時遇上火車出軌意外。

阿狗遇襲那晚，在急診室裡向我說了自己決定進入上人團體臥底的因由，也提到前輩先前在宗師教團調查時遇到的狀況。阿狗口中前輩的症狀，讓我想起另一個人。

那個人有能力破壞他者的意識，讓他者呈現失能狀態。

兩個多月前，安帛慢慢從前男友不告而別的低潮情緒中恢復，我幫她搬家那天，陪她去醫院探望她已經昏迷兩年多的學長。安帛否認學長和她曾有情侶關係，不過學長出事後，安帛一直會抽空探視，直到醋勁十足的前男友禁止，她才沒有再去；我知道安帛心地善良，但想來即使沒有正式交往，她和學長過去也應是感情很好的朋友，所以她才如此掛心。

那天與安帛一起離開醫院，安帛隨口提到日本漫畫，而我發現自己似乎沒有讀過任何一部日本漫畫；當晚我回到住處時想起這事，連帶想起廢物。

廢物和我的閱聽經驗幾乎一模一樣，但《廢物手記》當中，也從沒提過任何一部日本漫畫。當晚「我和廢物是否有什麼關係」的想法閃現，我從床上坐起身來，憶及那日在醫院發生的另一件事。

在學長病房裡待了一會兒之後，學長的母親也來探視；安帛提過學長的母親久病臥床，也在同一家醫院裡，那天學長的母親坐在輪椅上，被一名外籍看護推著走進病房，看起來健康狀況的確欠佳。

輪椅不小心撞著床腳，學長的一條胳臂滑出床沿。

我就站在學長病床旁邊，所以很自然地幫著把學長的胳臂擺回床上，蓋妥薄被。接觸到學長胳臂的剎那，我讀到學長的記憶。

7

閱讀他者記憶的能力必須在他者失去知覺的情況下才能進行——這是我經過多次實驗後，確定的規則之一。

在那樣的情況下，閱讀記憶的感覺像是暫時代替他者重新經歷一次某段過去，而在閱讀記憶的過程中，我可以隱約感覺到他者體內除了被我閱讀的記憶之外，還有另一個「什麼」存在其中；那個「什麼」位於所有夢線的內裡深處，像是一團由記憶絲線糾結而成的線團，雖然存在，但不會干擾我的閱讀。

我推論那個「什麼」，是他者的「自我意識」。

如此推理的理由顯而易見：因為他者失去知覺，所以自我意識暫時停止活動，鬆開與記憶以及肉體的連結，在這段時間裡，我的能力得以召喚他者記憶，將其揉絞成非實體的絲線形態。

過往對於人類記憶的想像，大抵將記憶形容成扔在巨大櫥櫃各抽屜裡的雜物、圖書館內分類收藏的書籍，或者硬碟當中雜亂儲存但有索引可查找的檔案，但近年的研究偏向將記憶視為記憶形成伊始，神經元活化串接的軌跡。我用手指拉出的夢線是記憶的集合，是故與近年研究的認定較為一致；當某個神經元與兩項以上的記憶有關，夢線便會出現分岔或者交疊。

近代科學對記憶的研究尚未完備，對自我意識的研究也仍在繼續。自我意識與記憶及肉體都有關係，但卻也非完全扣連，它有點類似所謂的「靈魂」，但無法確知存在於大腦或身體的哪個部位；而新近的研究則認為它可能是無形的，是大腦與身體綜合運作時的過程。

當我發現自我意識與記憶可能從一具軀體轉移到另一具時，擬出一套理論：當某人發現自己是個獨立個體的剎那，記憶開始有了依附的核心，逐漸糾結纏繞、凝成自我意識；因此，在轉換肉體時，自我意識與記憶會一併挪移。

但閱讀學長記憶的狀況不大一樣。

剛開始發現自己的特異能力時，我需要集中精神才能拉出夢線，更專注點才讀得到記憶；但使用能力一段時間之後，拉出夢線和閱讀記憶都變得熟練，有時甚至在沒打算使用能力的時候，能力都會自行啟動，或者他者在我閱讀中途清醒，閱讀也不會中斷。

我並不想閱讀學長的記憶，但學長的記憶自動透過我的指尖湧來。

然後我發現：學長的自我意識，並非處於休眠狀態。

自我意識雖未休眠，卻似乎無法成功地與身體連結；學長只能被動地接收聽覺嗅覺和觸覺之類外界刺激，但連命令眼瞼上下撐開都辦不到。

或許這就是某些植物人的狀態——雖然自我意識清醒，但無法順利指揮肉體；我一面想著，一面放開學長的手臂。

學長的記憶尚未消失之前，我查覺某個古怪。

那天晚上，我沒有告知安帛，再度前往醫院，重新閱讀學長的記憶。

我發現安帛的學長和當初擁有《廢物手記》那人一樣，外在與內裡分屬於不同的人。

從那天開始，我會找機會潛入學長的病房，持續閱讀記憶。

我對學長的記憶並沒有興趣，這麼做的原因有二，是我想到：學長因為三年前的火車出軌意外陷入昏迷，而在那場意外裡，廢物的內裡被某人取代；既然學長的內裡也不是自己，那麼被困在學長軀殼裡的那人，或許就是真正的廢物。

但事實與我的想像不同。

現今占據學長軀殼的自我意識與記憶，原初屬於一名替宗師工作的男子，和我後來遇上的三名漢子一樣，並不隸屬宗師教團的正反面任何組織，直接聽命於宗師。

宗師會決定不透過任何組織直接命令那三名漢子，是因為三名漢子具備忠心、而且慣於使用暴力的特質，可以替宗師解決一些比較私人或者不願意交給組織進行的任務。

而宗師決定要這名男子直接聽命於己，則是因為這名男子與眾不同的能力。

這名男子，是個有能力閱讀他者記憶的「記憶閱讀者」。

8

最近形成、或剛被提醒的記憶最容易以夢線形式拉出來，所以過往閱讀記憶時，我大多從當下往回追溯；但記憶閱讀者已經臥床兩年多，近期的記憶沒什麼重要資訊，是故我直接找到源頭，從頭讀起。

經由分段閱讀的記憶，我慢慢明白這名記憶閱讀者的人生，以及更多關於特異能力的使用方法。

我的能力與記憶閱讀者相仿，但記憶閱讀者使用得更加嫻熟，也知道更多不同的應用方式。從記憶閱讀者的記憶當中，我得知如何在他者清醒狀態下閱讀記憶的訣竅。除此之外，記憶閱讀者甚至還能在抽出他者記憶後將其刪除。

宗師因此問過他，是否有可能將某人的內裡完整搬移到另一具軀體當中；記憶閱讀者沒有給予肯定答覆，但後來意外地確認了這個可能。

幾週之前，我讀到記憶閱讀者在火車出軌時的記憶，赫然發現一個事實。

在出軌的那列火車上，安帛的學長和記憶閱讀者比鄰而坐，廢物坐在兩人對面。記憶閱讀者認出廢物，他知道廢物正在調查宗師，認為應當刪除廢物的記憶，但在思索如何進行的時候，意外發生。

火車出軌，他們所在的車廂被甩出軌道、扭曲變形；三人被拋離座位，撞在一起，砸破車窗。

那個剎那，記憶閱讀者慌亂地伸手亂抓，攫住另外兩人，能力在驚駭中啟動，瞬間增幅，將三人的自我意識與記憶全扯出軀殼之外。

記憶閱讀者馬上發現不對，在被甩出車窗前急急將自我意識與記憶塞回軀殼，但出了差錯。

安帛的學長被塞進廢物的軀殼裡，運氣最好，受傷不重。清醒之後，安帛的學長發現廢物的長相斯文好看，持續運動的身體狀況極佳，加上廢物擁有可觀的存款，於是決定不要浪費這個自己不明究理得來的好運，以廢物的身分展開新生活。

記憶閱讀者被自己胡亂塞進安帛學長的軀殼裡，運氣最差，在落地時撞到頭顱。清醒之後，記憶閱讀者發現自己無法控制身體，心知不妙。透過聽覺，他漸漸明白自己在把自我意識與記憶塞回軀殼時出了紕漏，但他失去對外溝通的一切可能，只得持續被這付軀殼囚禁。

廢物則被塞進記憶閱讀者的軀殼裡，而且因為記憶閱讀者原本企圖刪除廢物的記憶，是故在能力增幅的混亂當中，廢物的自我意識受到破壞。廢物飛出車窗，臉朝地面滑下斜坡，獲救之後臉上多了橫七豎八的疤痕，而且因為自我意識有了缺損、並不完整，所以記不起自己是誰。

於是，廢物變成了一個失去記憶的人。

我就是廢物。

記憶閱讀者的自我意識在我閱讀記憶時仍然清醒，是故我不確定他是否知道我在兩個多月間斷斷續續地閱讀了他的記憶。不過無妨，因為我閱讀記憶的過程與從前相同，毫無阻礙，就算記憶閱讀者知道這件事，也對我的行徑無計可施。

我也不確定他在自我意識清醒的情況下，有沒有辦法反過來在我碰觸他的時候讀我的記憶。不過我不在乎，再者，我認為記憶閱讀者已經失去了能力。

記憶閱讀者在醫院醒來後，曾試著閱讀別人的記憶——醫生、護士，或者來探病的人，總有碰觸到他手指的機會，但他的嘗試沒有一次成功。

換個角度看，我被塞進記憶閱讀者的軀殼後，就獲得了這個能力，所以，這個看起來像是心靈異能的能力，其實屬於肉體。記憶閱讀者頂多從我頻繁造訪、握他手腕的舉動，推論出我繼承了這個能力，但無法肯定這個推論。

我想，也因為這個能力屬於肉體，所以在意外之後、我見到穿戴廢物外貌的安帛學長時，接觸到他的額頭，才會首次啟動能力——我的自我意識模糊地認知到眼前那人其實穿著我的身體，而記憶閱讀者的軀殼在意外發生前，正在拉扯那具身體裡的記憶。

而我碰觸穿戴安帛學長外貌的記憶閱讀者胳臂時，身體感知到原有的自我意識，所以在我沒打算閱讀記憶的情況下自行啟動。

想來在意外之後，我會覺得身體不聽使喚、開始運動的原因，除了臥床太久以及廢物本來就有健身習慣之外，還有身體與自我意識並未完全結合這個因素。或許，除了損及腦部之外，身體無法與自我意識妥善連結，也是記憶閱讀者遲遲無法使用現今軀殼的緣故。

9

從《廢物手記》和記憶閱讀者的記憶當中，我拼湊出自己的身分、失憶的原因，以及在那場意外當中發生的事。

但我不知道接下來要做什麼。

失去了廢物的外貌、廢物的存款，不過我對好看的長相沒什麼需索，對目前的生活也沒什麼不滿，尤有甚者，幫老闆工作後的人生經驗與社會觀察，比廢物過去學者式的過活方式豐富許多。

冒險嘗試交換軀殼是不用考慮的選項。就算真有辦法換回原來的身體，過去三年也無法改變。

我知道我喜歡自己現在的狀況，也願意繼續這樣的人生。

只是，知道真相之後，我什麼都不做嗎？對我而言，這似乎也不是個正確的態度。逐步拼湊、慢慢得知真相後卻好像卡住了；我與安帛的關係變得緊張、安帛加入上人團體，以及依菲的綁架事件，所有狀況都讓我覺得心煩。

直到得知羅世達打算把依菲獻給宗師的計畫，我才豁然開朗——既然知道我就是廢物，那我應該先把三年前中斷的調查收尾。

我必須藉由羅世達的計畫去見宗師，確認他是不是廢物，也就是我，的父親。

安排好了去見宗師的前一晚，我走進病房，最後一次複習記憶閱讀者與宗師相處時的記憶，並且重新確認刪除他者記憶與破壞自我意識的方法。

我擁有記憶閱讀者的外貌，也讀過他所有記憶，只要羅世達成功地領我見到宗師，要讓宗師認為我就是記憶閱讀者並不困難。我研擬了幾套說詞，目的是想和宗師說說話，至於後續該怎麼做，我還沒有完整的想法；我不確定刪除記憶的手段會不會派上用場，不過既然宗師掌握巨大權力，倘若發生衝突，我就可能有必要抹去某些人的記憶，否則可能會留下意想不到的麻煩。

讀完記憶閱讀者的記憶，我看著他，想了一會兒。

記憶閱讀者利用能力欺騙過許多人，替宗師做了許多見不得光的勾當；當他發展出刪除記憶的技術後，還刪除了好幾個人的記憶，甚至破壞了幾個人的自我意識，包括阿狗的前輩。

或許讓記憶閱讀者的自我意識與記憶，就此困在這具無法動彈的軀殼當中，是個適合他的懲罰。

宗師對我承認自己是廢物的生父。這意謂著老闆與珊德師姐，都是我同父異母的手足。珊德師姐其實不用對我多次道謝。拯救依菲，是我拯救了自己的姪女，協助珊德師姐，是我協助了自己的姊妹。

我不確定我是否如珊德師姐所說，是個「很好的人」；我只確定，知道有個孩子身處險境，我不能袖手旁觀。

與宗師的談話並不愉快，因此最終我做了我認為該做的事。

我打量宗師，讀了記憶，確定他真的是我的父親、並未信口胡云，然後刪去他大部分的記憶，略一思索，繼續深入，破壞他的自我意識。

宗師的帝國是個極權組織，要讓它崩解的最直接方式，就是廢掉首腦。

或許這是因為我看不慣利用信仰掩蓋惡行的作為，或許這是為了確保依菲未來的安全。或許，我只是為了我自己。

我要截斷自己與宗師的關係。

三名漢子還沒醒來。我刪掉他們腦中關於我的記憶。

最後我找出別墅的監視錄影檔案，抽走整個硬碟，放在車輪底下，開車壓成碎片；下山停車之後，我把碎片分別扔進幾個路邊的垃圾桶裡。

沒人記得我來過。沒人知道我走了。

10

隔了一週才進健身房，每個動作都比先前吃力。

我躺在健身房的躺椅上做胸大肌的臥推，右手食指、中指和無名指被夾板固定，沒法子彎曲，指骨真的裂了。醫生替我包紮時，叮嚀我盡量別使用右手，然後瞄了一眼我臉上的疤，沒說什麼別的。

主要幾根手指都套著夾板，連觸控手機螢幕都辦不到，就算醫生不講，我也沒法子如常使用。幸好健身房有史密斯健身組，臥推用手掌就可以做。

我在盡量不碰到右指傷處的情況下咬牙做完每一組訓練，流著汗走進淋浴間。

水柱從蓮蓬頭沖下，我舉高右臂。

廢物信仰真相，我也信仰真相。

真相只有一個樣子，但從不同立場不同角度觀察，它的每個面向看起來都不一樣。

我和廢物雖然是同一個人，卻在意外前後經歷了截然不同的人生。我失去了某些在現世具備優勢的東西，但獲得了某些無法透過金錢交易擁有的東西。

因此，我和廢物一樣，想要盡力理解真相，但無法和廢物一樣，只想單純地理解真相。

我認為我要多做點什麼。這個「什麼」或許受限於我對真相的觀察角度，受限於我的智慧、握有的資訊及可以發揮的能力，但在追尋真相、面對真相後做出回應，會決定我怎麼看待自己，怎麼以目前的身分繼續走下去。

一如我確認失去的記憶後所採取的態度。

我不再是廢物。我就是我。

沖完澡，我背起背包，走到酒館。

這禮拜來過幾回，時間都比較早，酒館裡還有別的客人。今天推開酒館的門，看見酒保獨自坐在吧檯後看老電影ＤＶＤ，我的心底湧起一種熟悉的安穩。

我坐上吧檯，從背包裡掏出一張唱片遞給酒保。

「湯姆．威茲？」酒保看看唱片封面，「沒聽過這張專輯啊。」

我在國外網站上找到一張《低價夢想》，今天剛收到。這張專輯由歌迷在不同現場的側錄集結，因為沒有正式發行，當年廢物要買得費不少工夫，現在仍不好找，不過透過網際網路，至少簡單了些。

第一軌〈彭丘悼詞〉開始，湯姆．威茲的聲音直接響起。

我發現運動時收在背包中的手機裡頭，有安帛傳來的訊息。安帛發訊的時間是凌晨一點多，那時我應該已經站上跑步機熱身。

這個禮拜我並未與安帛聯絡。

我記得去見宗師之前，我對安帛說過什麼，但結束與宗師的會面之後，我不知道如何向她開口。

等她找我再說吧；我對自己道。

幾天之後，我認為安帛不會再找我了。

可是現在她的訊息就在我的手機螢幕當中。

安帛在訊息裡說，那天我離開早餐店後，她想了半晌，回到獸醫院領養了小貓；那天剩下的時間，她都陪著小貓，沒有到上人的團體去。

接下來第二天也沒去。這個禮拜都沒去。以後也不會去了。

我知道安帛領養小貓的事。從宗師別墅回來的隔天，我去過獸醫院。

現在接近凌晨四點，安帛應該已經睡了吧。

我不想打擾她，回了一個笑臉圖案，沒說別的。

螢幕彈出一個訊息，「你在酒館嗎？現在去找你，會不會不方便？」

我愣了一下。重新讀一次訊息，不知道該回覆什麼。

過了會兒，我打了幾個字，按下發送。

《低價夢想》裡大多數的曲子都不長。與這張「靴子腿」同名的〈低價夢想〉是第十二軌，沒有收錄在其他任何專輯裡，曲子長度不到一分鐘，而且根本沒有旋律、沒有配器，只有湯姆．威茲彈著手指用他自定的節奏把歌詞唸完。

我和酒保靜靜聽著，沒有說話。

湯姆．威茲結束〈低價夢想〉最後那個問句後，哼出一段像是汽車引擎發動的聲音。

酒館的門開了。

我轉頭望去。

《低價夢想》後記——我信仰故事

原點很簡單。

二〇〇六年，我出版了《舌行家族》，一個質疑「歷史」真偽的故事。「歷史」是一群人集體記憶的紀錄，存續的時間往往比一個人的生命更長，但並非全然可信。記載歷史者有心無心的偏誤，會留下與事實不符的紀錄；紀錄若遭遇損毀或竄改，後世認為的歷史也會與事發當時的情況不同。

會寫《舌行家族》，因為「記憶」。

「記憶」一直是我很感興趣的題目：人怎麼組成記憶、怎麼儲存記憶、怎麼重新喚醒記憶，以及怎麼放棄記憶。記憶是一個人在生命進程當中定錨自己的關鍵：記得過去做了什麼、現在為什麼在這裡，然後推展到未來要做什麼及要到哪裡；質疑「歷史」真偽，原初是為了討論「記憶」。

出版《舌行家族》之後，我想限縮範圍，從「集體記憶」聚焦到「個人記憶」，另寫一個故事。既然記憶是一個人在生命進程當中定錨自己的關鍵，那麼倘若寫一個「不知道自己是誰的人」，去尋找一個「不知道自己在哪裡的人」，似乎會很有趣。

這是《碎夢大道》的原點。

《碎夢大道》初稿在二〇〇六年動筆、二〇〇七年完成，在這個版本裡，「不知道自己是誰」的主角最後找到了那個「不知道自己在哪裡」的人，也搞清楚了自己的身分。幾個編輯朋友讀過稿子，給了建議，我也做了一些修改，但總覺得故事還有些不足之處，最終並未正式發表。

過了幾年，我愈來愈關注某些社會議題，總覺得應該把它們寫成故事；但直接以小說筆法重述真實事件，並不是我想要進行的創作形式。在某回整理資料時，我想到一些我持續注意的事件，其實與「記憶」相互扣接。

我決定把原來的《碎夢大道》拆開，將現實事件變形，結合兩者。這麼做的時候，我已然明白：加入社會議題之後，原來想講的內容無法在一本書裡全數道盡，而且也不能再照原來的方式敘述；想要完整交代，我必須繼續寫這個主角的故事。

那個時候，我也發現，這個主角的設定雖然源自我對「記憶」的興趣，但同時也成為「臺灣」某些狀況的隱喻。

修改過的《碎夢大道》在二〇一三年完稿，二〇一四年出版前夕，「三一八運動」爆發。到過幾回現場、參與幾次活動，那段經驗成為續集《抵達夢土通知我》的背景——我在《抵達夢土通知我》裡頭想寫的是部分移工發生的事件，而「三一八運動」的起因與移工離鄉工作的緣由，有某種奇妙的連結。

二〇一六年《抵達夢土通知我》出版之後，我已經確定下一部小說會替這個主角的故事做個小結——有些埋在《碎夢大道》的伏筆，在《抵達夢土通知我》裡向前推進，下一部小說是個合適的收攏時機；與此同時，各種或大或小打著「宗教」名號的團體造成的問題，正輪番上演，這正是我預埋伏筆，打算在第三部小說討論的議題之一。

我上過屬於基督教會的主日學，讀過《新約聖經》和《舊約聖經》，小學時就讀過屬於道教體系的《地獄遊記》和《天堂遊記》，我因故背過佛教的《心經》，也讀過出處極具爭議的《維摩詰經》，對於伊斯蘭教的認識則相對粗淺。經過宮廟，我可能會雙手合十敬拜，每年有固定時日，我會返鄉祭祖；我知道幾個不同文化的神話故事，但我沒有特定宗教信仰——或者說，年紀愈長，我愈認為「宗教」與「信仰」並不完全是同一件事。

人可以不遵奉任何宗教，但擁有信仰；相反的，人也可以毫無信仰或誤解信仰，卻成為虔誠熱衷的教徒。

因為其他出版計畫的緣故，我在出版了散文集《硬漢有時軟軟的》、短篇集《FIX》及長篇小說《螞蟻上樹》之後，才真正開始寫這個關於宗教與信仰、名為《低價夢想》的故事；又因種種緣故，這個在二〇一八年年末寫完的長篇，經歷大幅改動之後，終於有機會在二〇二〇年出版。

感謝春山出版的總編輯莊瑞琳持續提供的建議，沒有她的建議，《低價夢想》不會成為更貼近我創作企圖的作品；感謝漫畫家61Chi設計這三部曲的封面，她的單行本《房間》、發表在《熱帶季風》及收錄於《羅浮7夢》中的作品都相當優秀，與這樣的創作者合作，是我與作品的榮幸。

當然，也要感謝湯姆．威茲。《低價夢想》的書名，源自他的創作曲名。

回頭看看，二〇〇六年開始寫的十多萬字《碎夢大道》初稿，在十多年後，變成了合計超過四十五萬字的三部曲。

原點很簡單。但要讓這個「不知道自己是誰」的主角找到自己，花費的時間和字數都超過當初的想像。或許因為要尋找自己，本來就不是件簡單的事。它必須經過時間、累積經驗，在旁人提點與自我反省當中不斷修正，才有可能緩慢地觸及。而在我的人生歷程當中，閱聽故事及創作故事，都提供了極大的助力。

因為故事可以用有趣的方式討論深沉的議題，可以用不同的視角記錄人間的樣態，可以透過角色的經歷思索自己所處的情境，可以訓練閱聽者用多種角度審視塵世種種，無論是生存、死亡、宗教、信仰、性傾向、社會制度，或者記憶。

是的。我信仰故事。

感謝您的閱讀。希望您也一樣。

Literati

春山文藝 010

低價夢想

A Nickel's Worth Of Dreams

總編輯　莊瑞琳
作者　臥斧
行銷企畫　甘彩蓉
封面繪圖　61Chi
封面設計　陳永忻
內頁排版　張瑜卿

出版　春山出版有限公司
地址　臺北市文山區羅斯福路六段297號十樓
電話　(02)2931-8171
傳真　(02)8663-8233

經銷　時報出版企業股份有限公司
地址　桃園市龜山區萬壽路二段351號
電話　(02) 2306-68422

印刷　瑞豐電腦製版印刷股份有限公司
初版　二〇二〇年五月
定價　三八〇元

國家圖書館出版品預行編目(CIP)資料

碎夢大道三部曲：低價夢想／臥斧著
一初版．一臺北市：春山出版，2020.05
一面；公分．一（春山文藝；010）
ISBN 978-986-98662-7-9（平裝）

863.57　　109004199

春山 出版

填寫本書線上回函

EMAIL SpringHillPublishing@gmail.com
FACEBOOK www.facebook.com/springhillpublishing/

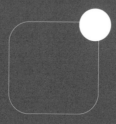

From Interest to Taste

以文藝入魂